박종삼 장편소설

음주운전
박살내기클럽

Magic House
마법의책공장

초판 1쇄 인쇄 2020년 1월 13일
초판 1쇄 발행 2020년 1월 20일

지 은 이   박종삼
디 자 인   김민성
펴 낸 이   백승대
펴 낸 곳   매직하우스

출판등록   2007년 9월 27일 제313-2007-000193
주   소   서울시 마포구 모래내로 7길 38 서원빌딩 605호
전   화   02) 323-8921
팩   스   02) 323-8920
이 메 일   magicsina@naver.com
I S B N   978-89-93342-92-5

책값은 표지 뒤쪽에 있습니다.
파본은 본사와 구입하신 서점에서 교환해드립니다.

박종삼 장편소설

음주운전
박살내기클럽

Magic House
마법의책공장

목차

음주운전 박살내기 클럽

1. 프롤로그

한 가정에서 차를 2대 이상 보유할 정도로 거의 대부분의 사람들은 성인이 되면 자연스럽게 차를 운전하게 된다. 그런데 한 가지 문제는 이 많은 운전자들이 모두 안전에 신경을 쓰며 타인들을 다 내 가족이라 생각하며 각별히 운전에 집중을 한다면 문제가 될 게 없겠지만 그렇지 않다는 것이다.

사실, 문제는 한두 가지가 아닐 것이다. 그렇지만 다 나열하긴 어렵고 핵심사항만을 밝혀 보고자 한다.

음주운전 문제이다. 스트레스가 많은 나라이다 보니 술을 먹는 사람들이 무척 많다. 그러다보니 술을 먹고 운전을 하는 것이 큰 문제이다. 대형사고가 터지기 때문이다. 그래서 음주운에는 강력한 단속과 징계가 따르는 것으로 안다.

이 음주운전 못지않은 심각한 문제가 하나 더 있다면 진한선팅일 것이다. 그런데 왜, 이 부분은 강력한 단속이 이뤄지지 않는 것일까? 어딘가 기사를 보니 사생활이 침해되기에 단속하기가 곤란하다고 한다. 도대체 이게 무슨 해괴망측한 논리인가?

왜 사생활을 보호해 줘야 하는가?

그리고 무슨 사생활을 말하는가? 거의 대부분의 진한 선팅의 사생활적인 것은 불륜을 저지르는 이들의 측면이 압도하는 게 사실이다. 게다가 더 웃긴 건, 관계기관입장에선 과다 진한 선팅차량이 80%가 육박할 정도로 너무 많아 규제단속하기가 어렵다고도 한다.

이 또한 무슨 해괴망측한 궤변이란 말인가? 결론은 단속대상이긴 하지만 너무 포화가 되어 엄두가 나지 않는단 말이다. 위의 논리가 타당한 논리로 성립되기 위해선 이런 예를 설명할 수 있어야만 한다.

만약 물론 그래선 안 되겠지만 전체 국민 중, 80%가 절도범이라 가정하자, 아니면 다른 어떤 탈법, 위법, 불법행위자가 80%라고 가정하자, 그렇다면 이런 자들이 너무 많아 규제단속, 체포, 구속하기가 어렵고 엄두가 나지 않아 그냥 방치할 것인가?

그저 어렵고 너무 방대하여 엄두가 나질 않는단 논리를 내세우며 수수방관할 것인가? 관계기관은 이 대목에 대해 눈을 감고 깊이 생각해 보길 바란다.

탈법, 위법, 불법이란 크든 작든 엄중히 다스려야 그로 인한 피해를 최소화할 수 있고, 국가기강이 바로서는 것이다. 이점 명심하라!

그렇다면 이들로 인해 길을 지나는 보행자나 불행하게도 다른 운전자들이 불의의 치명상을 받게 되는 일이 속출하고 있는데도 그저 위와 같은 개인의 사생활을 보호해 줘야 한다는 명분으로 강력한 단속을 못한다면 이 나라는 전체국민의 안전보다 불륜을 저지르고자 하는 음험한 성향의 소유자의 편에 서 있는 정책과 규율을 하고 있다고 볼 수밖에 없다.

전 세계 어느 나라에도 이런 경우는 존재치 않는다. 주객이 전도된 무엇이 더 중요하고 핵심사항인지 분간을 못하는 형편없는 나라이다.

혹시, 만약 그것을 강력하게 규율하고 단속하게 되면 대통령, 국회의원들이나 법원, 검찰, 경찰 고위관계자의 사생활들까지도 알려질 수도 있기에 꺼리는 것인가?

물론, 이것은 아니기를 바랄 뿐이다.

어쨌든 진한 선팅은 음주를 하고 운전하는 것 같은 몸의 반응이 나온다고 하니 심각한 문제 중의 문제이고 전체국민의 생명을 위협하는 살인병기임에 틀림없다.

자신들에게 이익이 오는 것은 필사적으로 법을 통과시키려

들면서 정작 국민생명을 심각하게 위협하는 문제엔 방관하는 대통령, 국회의원, 법원, 검찰, 경찰들의 심리가 자충수가 되어 당신들의 생명까지도 위협하는 문제에 직면하게 되는 일이 발생한다는 점을 명심하길 바란다.

마음을 비우고 대의명분을 중시하라. 참된 삶을 살아가겠다고 노력하길 바란다.

어쨌든, 이 정도로 하고 이제 본격적인 얘기를 시작하고자 한다.

2. 번개음주운전클럽

2015년 1월 초에 수도권에 결성된 한 클럽이 있었다. 이 클럽은 음주운전 동아리이다. 말 그대로 술을 많이 먹고 진한 선팅을 하고 차를 운전하는 모임이다. 꼭 차가 아니어도 된다. 소형 오토바이어도 된다. 이 음주운전 동아리는 귀천을 가리지 않는다. 운전할 차 또는 오토바이만 있으면 가능하다. 학력 차별, 계급 차별 그런 것이 존재하지 않는 모임이다.

매주 술을 먹고 운전하며 수도권을 돌아다닌다. 거기에다 지나가다가 마음에 드는 여자가 나타나면 차에 싣고 어디론가 가서 성폭행을 일삼는 클럽이다. 즉, 미치광이클럽이라고도 볼 수 있다.

이들은 번개 같은 삶을 살고 싶다며 클럽 이름도 번개음주운전클럽이라고 지었다. 약칭 번개클럽이 되겠다. 이 번개음주운전클럽은 수도권을 중심으로 주로 활동하지만 본거지는 따로 있다. 그곳은 바로 용인 기흥구 구갈동이다.

구갈동에 상가 하나를 얻어 이곳에서 일주일에 한 번씩 모여 기본 소주 세 병을 마셔야 운전대를 잡을 수 있는 룰이 있다.

모이는 이들도 무척 다양하다. 고위층에서부터 일반 평범한 회사원들까지 천차만별이다. 그러다보니 이 클럽에 가입한 회원들의 차종도 최고급부터 최하급은 물론 소형 배달용 오토바이까지 헤아릴 수가 없을 지경이다.

어쨌든 2015년 1월 4일 일요일에 번개음주운전클럽을 결성하였는데 일주일이 지난 1월 11일이 되자, 회장과 부회장, 그리고 임원진을 뽑는 투표가 있었다.

회장으로 출마한 사람은 차지태, 최인강 이렇게 두 사람인데 차지태가 당선됐다.

먼저 차지태부터 소개하겠다. 지태는 서울중앙지방검찰청 검사장 출신이다. 지금은 변호사를 하고 있다.

최인강은 수원세무서 과장으로 있다가 돈을 횡령하여 파면된 후, 집에서 놀다가 돈을 싸들고 학교법인 한석학원에 찾아가 거액의 뒷돈을 주고 한석대학교 경제학과 교수 자리를 꿰찼다. 경제학과 교수가 되긴 했지만, 이 사람의 최종학력은 농고이다. 농고를 나왔지만 9급 세무직 시험에 합격하여 근무했다. 워낙 아부를 잘해 진급이 빨랐다. 대학 교수가 되기에는 학력이 조금 그래서 미국에 가서 돈 주고 박사 학위를 하나 샀다. 이력으로 보이기에 괜찮은 대학으로 말이다.

회장으로 당선된 차지태가 당선소감을 말하고 있었다.

"아아… 여러분 너무너무 감사합니다. 저를 이렇게 높은 자리에 올려주셔서 무한한 영광으로 생각합니다. 앞으로 우리 번개음주운전클럽이 더욱더 성장하고 발전해 나갈 수 있도록 최선을 다하도록 하겠습니다. 그러기 위해선 여러분의 뜨거운 격려와 성원이 필요합니다. 그것은 다른 게 아닙니다. 이왕이면 소주든 맥주든 양주든 한 병 더 먹고 운전을 하겠다는 의지와 또 선팅도 엄청 진하게 하고 운전하겠다는 결의 이 두 가지를 두루 갖추고 또 속력도 최대한 번개같이 빠르게 운전하겠다는 각오가 필요합니다. 그런 의미에서 다 같이 파이팅 합시다. 파이팅!"

"파이팅… 파이팅… 파이팅… 와 아 아 아아아… 브라보… 아 싸 싸 아 아아아."

여기저기에서 들리는 함성과 결의하는 소리와 각오를 다지는 소리들이 이어졌다. 그리고 당연히 아깝게 선거에서 떨어진 최인강이 부회장직을 맡게 됐다. 그 이하 임원진의 선임도 이어졌다. 두 명이 더 뽑혔는데 먼저 팀장은 조명찬이 뽑혔고 총무는 배철준이 됐다.

이들도 소개해 보겠다. 명찬은 수원에 있는 학천대학교 검도학과를 졸업했고 하는 일은 검도체육관관장으로 있다. 그의 나이 54세이다.

철준은 같은 대학교 킥복싱학과를 졸업했다. 하는 일은 명찬이 하고 있는 체육관에서 킥복싱을 전문으로 가르치고 있다. 그는 51세로 명찬의 후배이다.

이 번개음주운전클럽은 이보다 더 다양한 직업의 종사자들이 포함되어 있지만 지도급 네 명을 이런 형태로 이룬 것은 나름대로 강온작전을 적절히 구사할 수 있게 하기 위함이었다.

자리를 지키는 회장, 부회장직은 문인으로 활발히 움직이는 팀장, 총무는 무인으로 뽑았는지도 모르겠다.

용인시 기흥구 구갈동에 본거지 사무실을 얻은 이들이 모이는 날이 정해진 경우도 있지만, 수시로 삼삼오오 모여 술을 잔뜩 먹고 운전대를 잡는다. 이들이 이렇게 음주운전을 하고 진한 선팅을 하고 교로교통법을 위반하더라도 아무런 문제없이 활동할 수 있는 것은 이 클럽의 회원들 중에 검찰, 경찰, 법원 고위관계자들이 대거 포진하고 있어 이리저리 법망을 빠져나갈 수 있게 음으로 양으로 도움을 주고 있기 때문이다. 어디서 음주단속을 하는지 정확한 정보를 갖고 있다. 그러다보니 음주운전으로 사고를 내지 않는 한 이들은 단속되는 일이 전혀 없다.

지도부를 선출한 바로 다음날 월요일저녁이 되자, 회원들은 일제히 구갈동 사무실에 모여 소주를 병째로 먹기 시작했다.

당연히 운전을 위해서이다.

회장인 차지태 변호사를 주축으로 하여 음주운전이 시작됐다. 지태는 자신의 차 벤츠에 올라타 핸들을 잡고 다른 차량들을 바라보며 크게 소리를 지른다.

"자! 여러분 소주를 막 마시니 알딸딸하시죠?"

"아네, 너무 좋아요. 회장님, 세상이 핑핑 도는 것 같아요."

"아! 그럼 됐어요. 자, 맹렬히 달립시다. 푸 하 하하하하. 이젠 앞으로 머지않아 우리 수도권은 모든 차량들을 음주운전자들로 만들어버리겠다. 그래서 그런 모든 음주운전자들이 밖에서 아예 보이지 않게 아주 진하게 선팅하고 아주 거칠게 운전하는 세상 그런 세상을 만들고야 말겠다. 우 하 하 하하하하 파이팅… 야호!"

"좋아요."

벤틀리, 벤츠부터 시작해 캐딜락, BMW7시리즈, 포드, 볼보 등등 외제차들이 이어지며 에쿠스, 그랜저, 아반떼, K9, K7, 모닝, 트럭, 소형 오토바이까지 음주회원들은 줄을 지어 음주운전 대열에 동참했다.

그런데 여기서 한 가지 특이한 일은 다른 이들은 다 혼자 운전을 하고 있는데 차지태 회장만이 옆에 어떤 여인을 태우고 운전을 하고 있었다. 이 여인도 참 대담하다. 만취 음주 운전자의 옆에 동승하여 데이트를 즐기고 있으니 말이다.

차지태 회장은 자신의 변호사 사무실에 소송의뢰인으로 찾아왔던 이 여인에게 접근하여 애인으로 만들어 버렸다. 처음엔 이 여인이 '난 남편이 있는 사람이라 안 된다'고 완강히 저항했지만 지태는 이에 대해 아랑곳하지 않고 중요한 일이 있다며 같이 갈 곳이 있다고 차에 태우고 어디론가 가다가 변두리 공터로 가서 세워놓고 차안에서 강제로 그녀를 성폭행했다. 그런데 아이러니하게도 강간을 당한 후엔 오히려 차지태 변호사를 좋아하기에 이른다.

검사장 출신 변호사라고 말하니까 그런 것인지! 아무튼 차안에서 강제로 장미꽃이 꺾이기 전엔 몸부림치며 심지어 거친 욕설, '개자식이라고 서슴없이 내뱉던' 그녀가 장미꽃이 꺾인 후론 야릇한 미소까지 지으며 오히려 자신의 입술을 지태의 입술에 대고 꾹 누르고 한참 동안 머물렀다. 지금은 이렇게 다정하게 애인이 되어 꼭 붙어 다니고 있다.

수원 쪽으로 신나게 음주운전을 하고 돌아온 회원들은 일제히 구갈동 사무실에 다시 모여 2차로 또 술을 퍼붓기 시작했다.

차지태 회장의 격려의 말로 2차는 시작된다.

"아! 여러분 너무 즐거우셨죠? 행복하세요? 그렇다고 생각하면 함성 질러!"

"그래요. 회장님! 술 먹고 운전하니까 좋고… 돌아와서 또 술 먹으니까, 너무너무 좋아요. 와우 아 아 아 아아아!"

"아! 근데 회장님 옆에 계신 사모님이 엄청 미인이십니다."

"아아, 사모가 아니고 내 애인이야! 하하하하."

사무실에 모인 번개 회원들은 일제히 차 회장의 옆자리에 있는 여인에게 시선을 빼앗기고 만다. 그것은 미모가 되기 때문이다.

그 중에서도 부회장인 최인강은 속이 끓어 오르기 시작했다. 왜냐면 그 여인은 회장의 부인도 아니면서 이런 자리에 참석하여 클럽활동을 하니까 그렇고 또 세컨드를 보란 듯이 자랑하는 것은 자신에 대한 모독이라고도 느끼기 때문이다. 왠지, 인강의 무엇인가 대응이 있을 것 같은 분위기이다. 자신도 명색이 부회장이라는 자존심이 작렬하고 있으니 말이다. 자신에 대한 예우를 하지 않고 있다고 생각하고 있다.

그러던 중, 인강에게 복수의 응보화살의 불씨를 더 강하게 잡아당기는 모습이 보였다. 그것은 다름 아닌, 지태가 그 여자에게 회원들이 다 보이는 데서 스킨십을 시도하는 것이었다. 더군다나 인강이 봤을 때, 이상형이 아니라면 조금은 덜 화가 나겠지만 마음에 쏙 드는 타입이라는 게, 더 시샘하는 감정이 포화되어 엎친 데 덮친 기분이다.

인강은 생각한다. 내가 저 여자를 뺏고야 말겠다. 그래서 용기를 내려고 술을 막 들이 마신다. 시간이 한참 지나 번개음주운전클럽 사무실은 소주, 맥주, 막걸리 빈병들이 줄줄이 늘어서기에 이른다.

회장인 지태의 애인인 홍미연이 화장실을 가기 위해 밖으로 나가자 노렸다는 듯이 부회장인 인강이 따라 나간다. 그녀가 화장실로 들어가자 잠시 뒤에 그가 따라 들어가 기다리고 있다가 나오자 얼른 문을 걸어 잠그고 완력으로 장미꽃을 꺾어 버렸다.

그런데 신기한 일은 그녀가 그리 저항하지 않고 반겼다는 부분이다. 술에 취해서 모든 남자들이 다 좋게 보여서 그랬는지! 아님, 인강을 보고 마음에 들어서 그랬는지, 어쨌든 둘 중, 하나이다. 둘 다일 수도 있다.

화장실에서 화기애애한 표정으로 웃으면서 얘기를 나누고 있는데 지태가 화장실로 들어오고 있었다. 그러자 그들은 깜짝 놀라며 말을 멈춘다. 그러다가 인강이 재빨리 먼저 밖으로 나간다. 미연은 그냥 가만히 서 있다. 지태는 일을 보기 위해 소변기 가까이 걸어간다.

그 후, 이들은 나온다.

지금 이 순간, 지태는 직감으로 느낀다. 뭔가 이상한 기운이 감돌고 있었다는 것을 느꼈다. 그러나 그 느낌을 말로 표출하진 않는다. 하지만 이미 그런 느낌을 받았기에 앞으론 삼엄한 경계가 이뤄질 것은 두말하면 잔소리이다.

"하하하하. 어디에 갔었나, 했더니 화장실에 갔었네?"

"호 호호호. 그렇지 뭐! 술을 막 소맥으로 섞어서 먹었더니 화장실을 자주 가게 되네! 히 히 히히히."

다시 사무실로 들어온다. 들어오는 순간, 회장과 부회장은 서로 두 눈이 마주쳤다. 겉으론 웃고 있으나 속으론 날카로운 예민함이 엄습한다. 그러나 그녀와 부회장은 두 눈이 마주쳤을 때, 달콤했었다는 야릇한 표정이 순간 감돈다. 하지만 표를 내지 않으려고 부단히 애를 쓰고 또 쓴다. 그래서 서로 얼굴을 다른 데로 돌려 버린다.

원래 어느 곳이든지 이성간의 문제가 가장 큰 문제이지만 이 곳에서도 예외는 아니었다. 출범한지 며칠도 지나지 않아 이런 문제가 생겼으니 말이다.

이 문제가 어느 정도 균열로 이어질지는 아직은 미지수지만 이 세상에서 가장 애틋하게 여기는 부분이 바로 애정이 아닌가?

이미 화장실 안에서 인강과 미연은 전화번호를 주고받았다. 이렇게 번호까지 주고받았으니 앞으로 만나게 될 것은 기정사실이 되어간다.

아닌 게 아니라 바로 다음 날부터 그런 일이 벌어지기 시작했다. 인강은 자신의 직장인 관악구 신림동에 있는 한석대학교로 미연을 초대한다.

한석대에서 운영하는 평생교육원 골프강좌를 자신이 맡고 있는데 그녀를 이곳에 가입하게 하여 더욱 친밀해지기 위함이다. 그리고 자연스런 만남의 장으로도 활용이 되기 때문이다. 보기에도 괜찮고 교육차원이니까 말이다.

오후 2시부터 시작한 한석대 평생교육원 골프강좌는 이들의 애정을 비춰주는 장밋빛으로 시작했다.

이날은 회장인 지태가 미연에게 전화를 했다. 그러나 그녀는 지금 최인강 교수가 진행하는 골프강좌에 빠져 있어 지태의 전화를 미처 받지 못했다. 그러자 지태는 의심의 강도가 더욱 더 강해진다. 물론 어제 구갈동 클럽 모임에서 화장실에 가다가 그들이 갑자기 멈춰서는 동작을 봤었기에 수상하다는 생각은 했지만, 오늘 미연이 전화를 받지 않는다는 게, 그 수상함을 더 강하게 뒷받침하게 되는 순간이었다. 남자나 여자나 이런 직감은 거의 틀리는 적이 없다.

3. 정적

지태는 머릿속이 복잡해진다. 성격인 유난히 예민한 편인 그는 일이 손에 잡히지 않는다. 그는 부회장이 일하는 한석대학교에 가보면 뭔가 실마리가 잡힐 것이라고 직감한다. 예전 검사장 출신답게 너무너무 직감력이 뛰어나다.

그래서 급기야 인계동에 있는 변호사 사무실을 비우고 자신의 차, 벤츠를 몰고 관악구 신림동에 있는 한석대학교로 번개같이 달려간다.

교내로 들어가 차를 주차하고 그가 경제학과 교수니까 경상관 쪽을 예의주시해 본다.

시간은 오후 4시 경인데 무작정 이렇게 본다고 뾰족한 수가 있는 것은 아니었다. 그래서 담배 한 대를 꺼내어 입에 문다. 라이터 불을 켠다. 그러던 중, 오늘 이곳에 온 게 주효하는 순간을 맞이한다. 그것은 바로 인강이 골프복 차림으로 여러 명의 중년 여자들과 교내에 설치된 카페로 들어가고 있는 게 아닌가! 더 집중하고 본다. 여러 명의 중년 여자들 중에 미연이 포함되어 있다.

아! 어제 화장실 들어갈 때, 그 직감이 맞긴, 맞구나! 그는 밖으로 나오지 않고 그냥 차 안에서 이런저런 상념에 사로잡힌다. 스마트 폰을 꺼내어 이것저것 누르며 시간을 때우기도 한다. 왜일까! 왜 그냥 돌아가지 않고 시간을 태우는 것일까, 자신이 애지중지 아끼던 애인이 다른 놈과 데이트한다는 현실이 몹시 괴롭다. 더군다나 그 대상이 인강이라니. 참을 수 없는 수치심이 몰려왔다.

약 30분이 지나자 그들은 카페에서 나왔다. 중년 여성들은 각자 갈 길을 갔다. 미연도 갈 길을 갔다.

지태는 그 후, 차에서 내려 한석대 이곳저곳을 구경한다. 벤치에 앉는다. 그리고 다시 담배 한 대를 더 꺼낸다. 불을 붙인다. 미연을 따라가지 않은 것은 그가 이곳에 미행차원에서 왔다는 느낌을 주기에 그랬다. 그나저나 저 놈의 부회장 인강을 어떻게 차단시킨단 말인가!

이런 생각에 잠겨 있을 때, 이번엔 더 놀랍고 충격적인 일이 펼쳐진다. 인강은 27세~28세 쯤 보이는 여자와 손을 잡고 나오더니 그의 승용차에 태우는 것이다. 차에 올라탄 인강은 느닷없이 그 여인을 향해 자신의 입술을 그녀의 입술에 대고 꾹 누르는 것이었다.

지태는 생각한다. 저건 또 뭐야! 어떻게 내 애인인 미연까지 빼앗아갔는데 대학교 교수란 놈이 저 여자가 누군지는 모르지만 입술까지 부딪치다니….

그건 그렇고 미연의 문제를 알아보기 위해 평생학습관 쪽으로 걸어가 본다. 어떻게 그녀가 서울까지 와서 골프를 배우게 된 것일까, 물론 인강이란 놈 때문에 오긴 온 것 같은데 아무튼 저 건물로 들어가 게시판이라도 봐야할 것 같다.

지태는 평생학습관으로 걸어가 골프강좌 프로그램을 본다. 일주일에 정기적으로 화, 수요일 오후 2시에 일정이 잡혀 있었다. 그리고 강좌 교수는 최인강 경제학과 교수였다.

지태는 이를 확인하고 다시 차를 몰고 자신의 집인 수원 인계동으로 돌아왔다.

저녁 6시가 넘어 식사를 할 시간이 됐다.

차지태 회장은 인강을 응징하기 위해 번개음주운전클럽 팀장인 조명찬과 총무인 배철준을 부르기로 했다. 이들과 식사를 하고 술을 한 잔 사주면서 부회장을 응징할 묘책을 연구하는 시간을 갖기로 생각한다.

그런 의미의 전화이다.

"아! 여보세요. 조 팀장님 오늘은 식사나 함께 합시다. 어때요?"

"아이, 너무 좋습니다."

"그럼 여기 동수원사거리에서 7시에 만납시다."

"예, 알겠습니다."

그리고 전화를 끊고 배철준에게 전화를 넣는다.

"아! 여보세요. 배 총무님 오늘은 식사나 함께 합시다. 어때요?"

"아이, 매우 좋아요."

"그럼 이곳 동수원사거리에서 7시에 만납시다."

"네, 그렇게 하도록 하겠습니다."

이렇게 되어 차지태 회장, 조명찬 팀장, 배철준 총무, 세 사람은 저녁 7시에 만나게 되었다. 장소는 동수숯불갈비였다. 이들은 소주와 갈비를 먹어가며 대화를 나누기 시작했다. 대화의 주제는 단연 부회장 인강에 대한 응징이 될 것이다.

소주가 어느 정도 들어가니 슬슬 말을 꺼내기 시작한다.

"조 팀장님, 우리 번개음주운전클럽에서 저는 팀장님을 제일 좋아합니다. 하하하."

"푸 하하하. 그렇습니까? 너무 영광입니다."

조명찬 팀장은 영문도 모르고 마냥 즐거워하고 있다. 물론 아직 말을 안했으니 영문을 모를 수밖에 없다.

이번엔 배철준 총무에게도 기분 좋은 말을 건넨다.

"배 총무님, 우리 음주운전클럽에서 저는 총무님을 팀장님 못지않게 좋아합니다. 하하하."

"와 하하하. 그래요? 너무 행복합니다."

배철준 총무도 덩달아 기뻐 웃음꽃이 활짝 피어난다. 그러자 차지태 회장은 달콤한 회심의 미소를 짓는다.

"자! 한 잔씩 더 하시고요."

"네네, 감사합니다."

어느 정도 취기가 몰려오자 지태는 정작 하고 싶었던 말을 꺼내기 시작한다.

"어제도 우리 사무실에서 술을 실컷 먹고 운전도 하고 또 끝나고 술을 막 들이부어서 너무 좋았는데 이렇게 오늘 또 술을 막 들이부으니 너무너무 좋네요."

"아이, 우리 회장님이 오늘 또 이렇게 술을 대접해 주시니 고맙습니다."

"아니 뭐, 다름이 아니라 제가 부탁할게 하나 있어서요."

"아예, 회장님 무슨 부탁입니까?"

지태는 말하기 위해 집중하기 시작한다.

"아예, 이건 너무 외람되지만 어제 음주운전하고 돌아와서 2차로 술 먹을 때, 제 옆자리에 있었던 여자 보셨지요?"

"아네, 아! 그분… 그 여자분 회장님 애인이시라고 하셨잖아요?"

"그렇지요. 맞습니다. 근데 우리 클럽의 부회장이 눈 깜빡할 사이에 가로채서 사귀는 단계까지 이르렀습니다. 여러분 이걸 어떻게 생각하세요?"

"아예…."

명찬, 철준은 순간 깜짝 놀라며 눈을 휘둥그레 뜨면서 얼굴이 굳어져 버린다.

"아니, 회장님 처음으로 그 여자 분과 대면을 한 게, 바로 어제인데 금세 애인이 되어버린단 말이에요? 못된 사람이군요."

"그래서 문제지요. 그래서 부탁인데… 그 부회장 좀 골탕을 먹여야겠는데… 그는 서울 한석대학교 교수라는 거, 아시죠? 더 기가 막힌 건, 오늘 제가 이상하다 싶어 그 대학에 가보았는데 그곳에서 평생교육원 골프강좌를 하고 있더라고요. 근데 그 여자가 수강생으로 왔다는 겁니다. 눈이 제대로 맞은 겁니다."

"아하… 참, 나쁜 놈이로군요. 감히 우리 회장님의 애인을 가로채다니요. 근데 우리가 어떻게 골탕을 먹여야 할까요? 회장님."

지태는 이들이 순순히 자신의 부탁을 받아주려 하자, 무척 흡족해하고 있다.

그러다가 소주를 한 잔 '확' 들이킨다.

"아! 말이죠. 내일도 골프강좌가 잡혔더라고요. 근데 그건 중요한 게 아니고 골프강좌를 끝내고 그 녀석이 오늘은 5시쯤에 나왔는데 웬 20대 후반으로 보이는 조교하고 손을 잡고 나와 차에 올라타더니 막 입을 부딪치고 난리를 쳤어요. 아마 내일도 그 시간 쯤 되면 그 조교와 나올 것으로 보입니다.

바로 그때 따라 붙어 뒤를 밟아 그들이 간 곳으로 가서 데이트 장면을 동영상을 찍어 그 조교의 남자친구에게 알려버리는 거예요. 그럼 남자친구가 가만히 있겠어요. 자연스레 응징하겠죠. 하하하하."

"아이, 뭐 그 정도야 기본적으로 할 수 있죠. 키킥킥 크크큭 키 킥."

"파이팅."

"파이팅."

회장 차지태는 자신의 애인을 건드렸다는 이유로 팀장, 총무를 이용해 부회장을 응징하려는 계획을 짜고 있는 중이다.

다음 날, 오후에 팀장, 총무는 실제로 관악구 신림동 한석대학교로 달려간다. 어제 회장이 말한 대로 5시쯤에 경상관에서 나올 것으로 예상하고 기다렸다.

그 예상 그대로였다.

인강이 20대 후반으로 보이는 여자와 손을 잡고 나오고 있다. 팀장, 총무는 인강의 차, 캐딜락을 따라간다. 따라가는 차는 팀장의 차, 에쿠스이다.

캐딜락은 신림역 부근에 있는 어느 뷔페에 가더니 멈춘다. 그리고 두 사람은 차에서 내려 그곳으로 들어간다. 그래서 명찬, 철준은 차 안에서 기다리기로 했다.

한 시간 쯤 지났을까! 두 사람이 나오고 있다. 그러더니 손을 잡고 모텔을 향하고 있다. 명찬, 철준은 재빨리 차 안에서 스마트폰을 꺼내어 찍어 버린다.

이것으로 이들의 임무는 완수된 것이나 다름없다. 할 일 다 했으니 이젠 핸들을 돌린다. 이들은 곧바로 회장, 차지태에게 전화를 건다.

"아! 회장님, 어제 말씀하신 거, 그 동영상을 찍었습니다."

"아아… 그래요. 너무 수고 많으셨습니다. 그러면 여기 어제 그곳 숯불갈비에서 또 만납시다. 고생하셨는데 저녁이라도 한 끼 대접해 드려야죠. 하하하하."

"아네, 알겠습니다."

이들은 어제 그곳 동수숯불갈비로 또 간다. 도착하니 회장은 이미 와서 기다리고 있었다. 흡족한 표정을 짓는 회장이다.

"아이고 어서 오세요. 저를 도와주시느라고 너무 고생이 많아요."

"아아… 아닙니다. 회장님, 저희는 정의로운 일에 힘을 쏟고 있는 겁니다. 하하하하."

소주, 맥주, 갈비가 나오고 있다.

"자! 많이들 드세요. 부족하면 말씀하시고요. 하하하하."

"회장님도 많이 드세요. 저흰 뭐든지 회장님의 명령을 따르는 부하들입니다."

"아니, 부하라니요. 다 같은 동료이지요. 그건 그렇고 다음 수순은 그 동영상을 그 조교의 남자친구에게 선물해야지요. 그래야 뭔가 일이 될 거니까, 말이죠."

"회장님, 걱정 마세요. 우리가 당장 내일이라도 어떻게든 알아내 이 동영상을 그 여자의 남자친구에게 선물하고 말 거예요."

"하하하하. 감사합니다. 한잔 하세요."

이들은 어제에 이어 오늘도 이렇게 술을 막 들이붓는다. 이젠 하룻밤만 지나면 명찬, 철준은 그 여인의 남자친구에게 동영상을 보여주는 과업을 이루기 위해 또 한석대학교로 갈 예정이다.

다음 날이 오후가 되자, 기다렸다는 듯이 시간에 맞게 관악구 신림동 한석대학교로 달려간다.

이들이 풀어야하는 문제는 그 조교의 남자친구를 알아내야 하는 것인데 그러기 위해선 밀착하여 조교를 따라 붙어야겠다는 생각이다.

오늘도 5시가 다 되니, 경상관에서 인강과 조교가 나오고 있었다. 또 그렇게 함께 차에 오르고 있다. 최인강 교수는 아예,

매일 조교와 퇴근 후가 되면 애정 데이트를 즐기는가 보다.

이들은 악착같이 인강의 차, 캐딜락을 따라간다. 에쿠스도 성능이 좋으니 그 차를 따라가는 것은 부족함이 없었다.

이들이 지금 추측 하는 건, 저들이 오늘도 데이트를 즐길 것으로 보이는데 그 이후, 조교는 남자친구가 있다면 그를 만날 것이다.

저들은 반포동 쪽으로 향했다. 고속터미널주변에 차를 세워두고 곧바로 모텔로 들어갔다. 이들은 밖에서 저들이 모텔에서 나오기만을 기다리고 있다.

불과 30분도 채 안 되어 그곳에서 나오고 있다. 금방 끝났는가 보다.

조교를 이곳에 두고 최인강 교수는 쏜살같이 다른 곳으로 가버린다. 그가 자신의 차에 태우고 조교가 가는 곳까지 바래다주는 않는 이유는 꼬리가 길어지는 것을 차단하는 측면으로 보인다.

이게 오히려 명찬, 철준에겐 호재이다. 왜냐면 저 조교가 이젠 자신의 남자친구를 만날 타이밍이 될 것 같기에 그렇다.

그 예감이 그대로 적중했다. 조교는 스마트 폰을 꺼내더니 어디론가 전화를 하고 있었다. 환하게 웃으면서 말이다. 남자친구에게 하는 것 같았다.

그렇다면 조교를 계속 따라가면 이들은 소기의 목표를 이루는 것이 된다. 그래서 명찬, 철준은 차에서 내렸다. 그리고 여유로운 담배를 한 대 꺼내어 불을 붙인다. 그러던 중, 불과 얼마 있지 않아 그녀에게 20대 후반 쯤으로 보이는 한 남자가 다가오고 있는 것이다. 아마 남자친구를 만날 것이라는 이들의 예상이 제대로 적중하는 순간이다.

남자는 조교에게 와서 뭐라고 말을 하더니 같이 어디론가 걸어가고 있다. 그래서 이들도 그 뒤를 따랐다. 그들은 식당으로 들어가 밥을 먹고 있다. 그래서 이들도 그곳으로 들어가 밥을 먹는다. 식사를 마치자 그들은 나가고 있다. 그래서 이들도 나간다.

그들은 카페로 향한다. 그래서 이들도 그곳으로 들어갔다. 그들은 아메리카노를 마신다. 그래서 이들도 그 커피를 마신다. 그러다가 커피를 다 마시자 그들은 밖으로 나오더니 손을 잡고 모텔로 들어간다. 그래서 이들은 차 안에서 기다린다.

1시간이나 지났는데도 나오지 않는다. 꽤 오랜 시간이 흘렀는데도 말이다. 아예 저곳에서 잠을 잘 계획인지 모르겠다. 이런 생각을 잠시하고 있는데 그들이 나오고 있다.

두 사람의 얼굴엔 힘이 하나도 없어 보였다. 그도 그럴 것이 조교는 아까 1시간 전에, 최인강 교수하고도 고속터미널주변 모텔에서 빨간색 장미꽃을 검정색 장미꽃으로 검붉게 물들여 버렸는데 지금 또 이렇게 남자친구하고도 검정색 장미꽃으로 검붉게 물들인 후, 서로 그 꽃을 사정없이 꺾어버렸으니 즉, 이중연애를 하는 중이니 얼굴에 힘이 하나도 없을 수밖에 없으리라!

그런데 조교는 그렇다 치고, 왜, 저 남자친구도 얼굴에 힘이 하나도 없는 걸까! 그것 참 이상하다. 혹시 저 남자도 다른 곳에서 이중연애 즉, 비슷한 꽃을 꺾고 왔는가?

이것은 이 세상 사람 아무도 모른다. 알 수 있는 이는 저 꽃을 좋아하는 사람들만이 알 수 있는 영역이기에 그렇다. 어쨌든, 그런 부분은 명찬, 철준의 관심사는 아닌 것 같다. 이들의 숙제는 얼른 이 동영상을 저 남자친구에게 보여주는 것이다.

그러기 위해선 저들이 각자 갈 길을 걸어가야 할 것 같다. 그 순간이 오길 기다린다. 그러다보니 기다리던 순간이 찾아왔다. 그녀는 전철을 타기 위해 걸어갔다.

남자친구는 그녀를 향해 '잘 가라.'고 손을 흔들어 준다.

때는 이때다. 싶어 이들은 재빨리 그에게 달려간다.

"아아… 여기 좀 보세요."

"예에, 누구… 누구세요?"

그 남자친구는 깜짝 놀라며 눈을 휘둥그레 뜬다. 그러자 이들은 얼른 동영상을 꺼내어 그에게 보여준다. 그러자 그는 그것을 보고 충격을 받으며 몸이 굳어져 버린다. 그러다가 한참 동안 말이 없다.

"아니, 근데 이걸 어떻게 찍게 됐죠?"

"아니, 뭐! 그 속에 등장하는 교수님이… 사실 우리가 모이는 모임의 부회장이신데 우리가 어제 그 대학에 볼 일이 있어 갔는데… 우리도 그걸 보게 되어 기분이 너무 좋지 않았습니다.

어떻게 교수님이 제자격인 여자와 이래서 되겠어요? 안되지요. 그래서 우리도 우리의 모임이 깨끗해지길 바라는 마음과 또 회원 중의 한 명이 교육에 몸을 담고 있는 분인데 교육자의 나갈 길을 선도하고 싶고 그리고 앞에 계신 남자친구가 너무 안쓰럽게 느껴져서 그만… 이렇게 도를 넘으면서까지 이것을 찍어서 보여드리는 겁니다. 이해하세요."

"아니, 아닙니다. 이렇게 알려 주셔서 감사합니다. 저는 그것도 모르고 있었군요."

"알아서 잘 극복해 나가시길 바랍니다. 그럼 저흰 그만 갑니다."

"아아… 네에, 안녕히 가세요."

지금 시간이 저녁 7시 40분쯤인데 어둠이 짙게 깔려 들어온 것만큼이나 이 남자친구의 마음도 그렇게 어둠이 짙게 깔려 들어오고 있었다.

이 남자친구의 이름은 이경수이고 나이는 28세이다. 조교 김화선과 같은 나이이다. 경수는 괴로움을 곱씹으며 강변 쪽으로 하염없이 걸어간다.

화선에게 전화를 할까하다가 하지 않는다. 그보단 조용한 강변의 물살을 보며 비통한 심경을 스스로 위로하고 싶었는지 모른다.

한편, 오늘 소기의 목적을 이룬 명찬, 철준은 신나게 신갈동 집으로 달려갔다. 그리고 회장에게 전화를 한다.

"아! 회장님 오늘 절묘하게 그 조교의 남자친구에게 동영상을 선물하였습니다."

"와아! 너무 잘 하셨어요. 모레 토요일 저녁에 우리 클럽 사무실에서 만납시다."

"예에, 알겠습니다."

4. 미행

    총무는 모레 토요일 저녁 7시에 음주운전클럽 사무실로 모든 회원들은 모이라는 카톡을 날리고 있다.

    이윽고, 그날이 왔고 수많은 회원들이 일제히 몰려들기 시작했다. 미연도 참석했는데 여느 때처럼 회장의 옆자리에 앉아 애정을 과시하고 있지만, 속으론 인강을 바라보고 있다. 이미 며칠 간 애인으로 지냈기 때문이다.

    그러나 절대 표출하진 않는다. 틈틈이 인강을 바라보며 둘이서 서로 눈웃음을 친다. 이곳에 모인 사람들은 아무도 모른다고 생각하며 은밀한 짜릿함을 느끼는 것이다.

    그런데 이미 회장을 비롯하여 팀장, 총무는 더 엄청난 사건을 일으킬 수도 있는 계략을 꾀한 상태인데 이것도 모르고 속으로 달콤한 하트 표시를 주고받고 있는 두 사람이 불쌍하기도 하다. 그러나 회장, 팀장, 총무는 전혀 표시를 내지 않고 화기애애하게 웃고 있다.

회장은 미연의 손을 잡고 예전에 늘 그랬던 것처럼 애인처럼 웃고 있다.

"미연 씨, 오늘따라 유난히 손이 더 부드러워! 하하하."

"그래요? 오라버니. 호 호호호."

이 모습을 옆에서 지켜보는 팀장, 총무는 회심의 미소를 짓고 있다. 그런데 같은 모습을 다른 쪽에서 지켜보는 부회장인 인강도 마찬가지로 회심의 미소를 짓는다. 아마, 쥐도 새도 모르게 이뤄낸 자신과 그녀의 하트가 더 값지게 느껴지는 심리였는가? 알 수 없는 묘한 심리인 것 같다.

회장의 애인을 자신이 은밀히 만나고 있으니 자신은 비록 부회장이지만 내면적 실질적으론 회장의 다른 차원의 권위의 벽을 허물어뜨렸다고 생각해서 일까!

인강의 미소엔 복합적인 요소가 있지만 머지않아 그가 근무하는 대학교에 조교의 남자친구의 공습을 받게 될 날이 점점 초읽기에 들어가는 순간이 다가오고 있다.

사실, 보통 모이면 클럽이름에 걸맞게 술을 몇 병씩 먹고 차를 운전하고 다니는데 오늘은 그 절차를 생략한다. 회장인 지태는 오늘은 그 목적보단 미연과 인강의 꼴을 한번 보고 싶었는가보다.

"자! 오늘은 여기 사무실에서 1차, 술을 실컷 먹는 것으로 하고 2차로 운전대 잡고 도로에 나가 질주하는 건, 생략합시다. 다음에 하자고요. 이렇게 회원님들 얼굴을 뵙게 되니 너무 기분이 좋습니다. 하하하하."

"그래요. 회장님 오늘만 날이 아니잖아요."

밤 10시가 다 되자, 이들은 일제히 해산하기에 이른다. 미연은 지태와 데이트를 더 하려고 했으나 그는 "오늘은 바쁜 일이 있다며 다음에 만나자."고 말을 한다. 그러자 그녀는 오히려 더 잘 됐다는 표정을 감추지 못했다.

"그래, 오라버니, 오늘 술도 많이 먹었는데… 그래요. 다음에 만나요."

"그래, 잘 가… 난 갈 때가 있어서 그만…."

순간, 부회장인 인강도 그녀처럼 더 잘 됐다는 흐뭇한 표정을 감추지 못한다. 미연과 오붓한 시간을 확보할 수 있기 때문이다. 그래서 인강과 미연은 서로 말은 안하고 눈짓으로 사인을 보내고 있다. 각자 집으로 가는 척하다가 다시 만나자는 무언의 사인이다.

이 사인을 서로는 간파했다. 그래서 인강은 서울 쪽으로 가는 전철을 타기 위해 움직이는 척했고 미연은 수원 인계동 쪽으로 가기 위해 움직이는 척했다.

하지만, 지태, 명찬, 철준은 그들의 몸 움직이는 쇼를 이미 간파해 버렸다. 그래서 먼저 가는 척하다가 다시 돌아와서 그들을 먼발치에서 집중했다.

그랬는데 적중했다.

그들은 다시 걸어와 손을 잡고 신갈오거리 쪽으로 걸어가고 있었다. 어느 정도 떨어진 곳에서 그 장면을 지켜보는 지태, 명찬, 철준은 각각 담배를 한 대씩 꺼내어 입에 물고 라이터를 켠다. 무척 가소롭다는 의미의 담배연기인 것 같다. 그래서 이들끼리 다시 구갈동 호프로 가서 맥주를 한잔 더 한다.

"아아… 저것들 말이야! 이젠 엄청 꼬일 거야! 파이팅!"

"하하하하. 대학 교수란 놈이 조교하고 신나게 놀고 다니고 그것도 모자라 유부녀까지 건드리고… 저러니 우리 교육이 제대로 된 교육이 되겠어요. 개판이지!"

지금 지태도 그녀와 애인 사이이면서 자신도 유부녀와 데이트하고 다니면서 인강이 그러는 것은 무척 역겨워하는 멘트를 날리고 있다.

"그래도 난, 검사장을 했던 사람답게 그리고 현직 변호사답게 정도만을 걸어가는 삶을 살고 있잖아요. 난, 정말 너무 깨끗하게 살아온 것 같아요. 앞으로도 그럴 거고 그래서 내 별명이 청렴한 사나이 아니겠어요. 하하하하."

"아아… 그럼요. 우리 회장님은 너무 깨끗하신 분이시죠. 희생정신도 투철하시고요. 저희 번개음주운전클럽의 술값도 다 내어 주실 정도인데… 저희는 진짜 너무 복 받은 사람들인 것 같아요. 너무 행복합니다."

"아! 난 솔직히 말해서 미연 씨를 저렇게 막 건들진 않았습니다. 그러면 안 된다고 잘 타일러 돌려보냈지요. 난 너무 맑아서 어떤 땐 문제라니까요."

"회장님, 이젠 걱정 마세요. 우리가 엊그제 그 대학교 조교 남자친구에게 저 놈이 조교와 모텔로 들어가는 동영상을 보여줬으니 자신이 알아서 어떻게든 처리하겠죠. 이젠 우린 굿이나 보고 떡이나 먹으면 됩니다. 푸 하하 하하하."

"그래요. 하하하하."

이들은 밤 11시가 다 되어가는 시간까지 호프에서 맥주를 먹으며 앞으로 벌어질 일에 대해 자축하는 의미의 환호성을 터뜨렸다.

그 후, 각자 집으로 돌아갔다. 이들이 예상하는 일이 실제로 다음 주가 되자, 벌어지고 말았다.

음주운전
박살내기
클럽

5. 이이제이

조교의 남자친구인 경수는 현재 노량진에서 9급행정직 시험을 준비하는 수험생이다. 그는 특별히 어떤 무술을 익힌 것은 없지만, 성격이 다혈질이고 우발적이다. 화가 나면 앞이 보이는 게 아무 것도 없다. 그런 경수인데 며칠 전, 그런 동영상을 봤으니 어떻겠는가? 안 봐도 이미 답은 나와 있다.

오늘은 공무원 학원으로 강의를 들으러 가지도 않고 바로 관악구 신림동에 있는 한석대학교 경상관으로 달려갔다. 시간은 오전 9시 정각이다. 인강은 경상관 교수실에서 이것저것 자료를 정리하고 있었다. 그런데 누군가가 교수실 문을 아주 세게 '팍' 차고 들어오는 것이었다.

"야! 이 새끼야, 나이 처먹은 놈이 나잇값 좀 해라! 이 자식아, 너 내 여자친구 건드렸지? 말해 봐!"

최인강 교수는 깜짝 놀라 얼굴이 완전 굳어져 버린다. 그리고 무척 겁에 질린 얼굴이 되어 버린다.

"아니, 이게 뭔 소리야! 당신 뭐야? 아니 여기 교수실에 난입하여 행패를 부리는 거야, 얼른 나가라고… 그렇지 않으면 경찰을 부를 거야! 어서 나가."

인강이 이렇게 나오자, 경수는 더욱 화가 치밀어 오르기 시작했다.

"뭐, 경찰을 부른다고… 그러기 전에 널 죽여 버리겠어. 이 자식아, 넌 내 사랑 화선을 데리고 모텔로 들어간 건달이야! 지금 내 눈엔 뵈는 게 아무 것도 없다. 널 죽여 버리겠다. 으 아 아 아 아아아."

경수는 고함을 치며 의자를 들어 최 교수에게 찍어버리려고 하고 있다. 그러는 순간, 교수실 문을 열고 김화선 조교가 들어온다. 그녀는 이 장면을 보고 깜짝 놀라며 얼굴이 상기되어 버린다.

"아니, 어 어어… 경수가 어떻게 여기에 와서 그래… 지금 왜 그러는 거야? 뭐야?"

"넌, 꺼져 버려… 이 개 같은 년아."

"아니, 나 보고 개 같은 년이라고?"

경수는 회전의자를 들은 채, 최 교수의 어깨를 향해 아주 세게 찍어 버린다.

"으악 악… 윽 흑."

최 교수는 그 자리에 '픽'하고 쓰러지며 비명을 지른다. 화선은 얼른 경수의 앞을 가로 막으며 손을 잡는다.

"아아 악… 경수야 이게 뭐야! 이게 뭐 하는 거야?"

"이 개 같은 년아, 뭐하긴 뭘 해, 네가 이 자식과 연애질하고 다녔지? 그래서 죽여 버리려고 하는 거야! 왜? 너도 죽고 싶지?"

"야, 그게 무슨 소리야, 난 그런 적 없어!"

그녀가 이렇게 말하자 경수는 화선의 얼굴을 노려보더니 느닷없이 아주 강하게 귀싸대기를 때린다. 그녀가 충격을 받고 주춤거리자 그는 더 강하게 한 대 더 세게 귀싸대기를 후려친다. 그러자 그녀는 '픽' 쓰러졌다.

경수는 문을 열고 나가 버린다. 한석대학교 최인강 경제학과 교수실엔 아침부터 엄청난 회오리가 강타하고 지나갔다.

인강, 화선은 쓰러진 채, 엄청난 통증에 시달리고 있다. 1시간 넘게 쓰러진 채, 헤매더니 서서히 엄금 엄금 일어나기 시작했다.

그녀는 일어나 그를 부축해서 일으킨다. 그래서 어렵게 일어날 수 있었다. 그러더니 그녀는 냉장고를 열어 음료수를 꺼내어 그에게 갖다 준다.

"교수님 음료수라도 드세요. 몸은 좀 어떠세요? 어어… 피가 나고 있는데… 119를 부를까요?”

“아 아아아 악… 너무 아프다. 그 새끼 빨리 경찰에 신고해야겠어! 윽 흑흑… 악.”

“아니, 일단은 제가 보건실에 가서 연고하고 붕대 좀 가져올게요. 그거라도 바르고 다음에 병원에 가서 정밀검사를 받아보자고요.”

“아아… 그래 그래 그러자고… 윽 흑흑… 억.”

“기다리세요.”

김 조교는 재빨리 학교 보건실로 달려가 붕대와 연고를 가져온다. 그리고 바른다. 그 후, 안 되겠다 싶어 인근 종합병원에 가서 MRI를 찍는다. 결과는 이상 없음이다. 다시 돌아온 이들은 폭행을 당했다고 경찰에 신고를 하는 문제로 얘기를 했으나 다시 망설이기 시작했다.

왜냐면, 경찰조사를 받는 과정에 가해자인 남자친구가 자신들의 불륜문제를 강도 높게 주장할 게, 뻔하기 때문이다. 그렇게 되면 대학 교수로서 적잖은 명예의 손실이 올 수 있기에 그렇다.

그래서 주춤거린다. 하나 더 이상한 것은 그 녀석이 이것을 어떻게 알아냈는지 몹시 의아스럽고 궁금하기도 하였다. 물론, 그냥 재수 없게 지나치다 알게 됐을 수도 있으리라 생각도 해 보지만 여러 가지 머릿속이 복잡해지는 마음은 가눌 길이 없었다.

인강은 교수실 회전의자에 앉아 이리저리 회전을 하며 깊은 상념에 젖어든다. 일단, 첫 번째로 최근에 벌어진 상황을 점검해 본다. 무엇인가 인과관계가 있으리란 생각에서이다. 그러다가 문득 떠오른 생각은 자신이 음주운전클럽의 회장의 애인인 홍미연을 만나게 되었는데 혹시 그것에 대한 어떤 무엇이 아니겠는가, 짚어본다. 그런데 그것만으론 조금 그렇다. 확실한 단서가 없는 것이었다.

그렇다면 결국엔 자신과 조교에게 폭행을 하고 달아난 그 놈의 뒷조사를 하면 더 정확히 나올 수도 있겠다고 생각한다. 그런데 어떤 방법이 있을까! 생각해 본다. 그리고 마침내 계략을 짜내기에 이른다.

"야, 화선아, 너 말이야 우리 한번 자존심 확 죽이고 머리를 짜내자!"

"그게 뭔데요. 교수님?"

"넌, 솔직히 힘들겠지만 한번만 참고 네 남자친구에게 전화해서 싹싹 빌면서 한번 만 봐 달라고 빌어. 그렇게 해서 만나게 되면 일단 술을 잔뜩 사주라고… 그리고 그가 비틀댈 정도로 취하면 그때 이젠 깨끗이 새 출발의 의미로 너 그걸 어떻게 알았니? 이렇게 그에게 물어보라고… 그럼 그가 술에 취해 실수로 이 사실을 알게 된 과정을 말할 수도 있으니 말이야! 알겠니? 내 방법이 어때?"

"어어··· 교수님 나름대로 괜찮은 방법인 것 같아요. 역시 우리 교수님은 지식이 풍부하시고 학식 또한 탁월하신 것을 느껴요. 그래서 제가 교수님의 애인으로 지내는 게 영광이고 행복합니다. 히 히히히"

"아이, 뭘 그 정도가지고··· 그 정도는 그냥 기본이야! 술값도 내가 줄 테니깐 걱정하지 말고 먹이라고. 하하하."

그녀는 최 교수의 얼굴을 존경스럽다는 듯이 빤히 바라보다가 자신의 입술을 그의 입술에 대고 아주 세게 꾹 누른다. 그리고 계속 머무르고 있다.

"교수님 너무너무 사랑합니다. 호 호호호, 쪽 쪽 쪽쪽."

화선은 최 교수의 코치를 받고 그렇게 하려고 생각한다. 이 세상의 모든 일들이 무엇이 옳은지 그른지 분간을 못하는 경우들이 너무 많다.

한편, 이들을 무자비하게 때린 경수는 격분을 참지 못하고 노량진 공무원학원을 가지 않고 한강고수부지로 갔다. 그는 이곳에서 혼자서 강물을 바라보며 울분을 토하고 있다. 그러던 중, 어디선가 전화가 걸려오고 있었다.

어딜까, 바라보았다. 아까 한석대학교 교수실에서 귀싸대기를 얻어맞은 여자친구인 화선이었다. 경수는 생각한다. 그녀가 왜, 전화를 할까! 기분이 나쁜 관계로 받지 않는다.

그랬더니 이번엔 카톡이 오고 있다.

「경수야, 너무 미안해! 네가 오죽하면 여기 교수실까지 쳐들어와 교수님과 나를 그렇게 막 때렸겠니? 사실, 난 네게 막 얻어맞아도 뭐라고 할 말이 없는 여자야! 사실, 난 여러 가지 유혹에 넘어가 바람을 폈어, 그렇지만 그것은 그 당시 너무 술을 많이 먹어서 분간을 할 수 없었기 때문이었지, 그러다보니 우리 과의 이 늑대교수가 날 데리고 모텔로 들어가 내 몸을 꺾어 버린 거야! 난 이 늑대교수를 그냥 둘 수 없어. 강력하게 응징할 거야! 난 사실은 성폭행을 당했던 거라고… 그래서 너무 괴로워 그러니까 경수 네가 다 이해하고 그리고 언제 한번 시간 내어 만나자고 우리가 의논하여 이 늑대교수를 성폭행으로 경찰에 고소하는 문제를 상의해 보자고… 안녕 사랑해 쪽쪽 쪽 쪽.」

이런 내용이었다.

이 문자를 읽고 경수는 순간 머리가 띵했다. 며칠 전, 남자 두 명이 내게 와 보여준 동영상이 그게 성폭행 장면이란 말인가!

이런저런 상념에 사로잡힌다. 그런데 화선의 이 문자내용대로 그 늑대교수가 술을 많이 먹이고 모텔로 데리고 갔다는 부분이 조금 와 닿기 시작했다. 그래도 여자친구의 말을 신뢰하고픈 본능이 잠재하기 때문이다.

이러면서 그는 왠지 안도의 한숨을 깊게 한번 내쉰다.

"그럼 그렇지, 화선이 날 얼마나 좋아했는데 그럴 리가 없었지! 그렇다면 이젠 그 교수 놈을 완전 박살내 버리겠다. 그러기에 앞서 내 사랑, 화선을 그곳에서 조교 일을 하지 못하게 하리라! 굳게 마음먹는다. 즉, 사직서를 내게 하겠다. 대신 내가 더 열심히 공부하여 9급행정직에 합격하여 그녀의 삶을 책임지겠다. 공무원 월급으로 부족하다면 부업을 하나 더 하겠다."

경수는 우발적이면서 때론, 이렇듯 단순하기도 하여 지금 이 순간, 그녀가 최 교수의 페인팅 코치를 받고 문자를 보낸 것을 전혀 눈치 채지 못하고 나름대로 그녀를 향한 새로운 순수한 사랑의 탑을 쌓겠다는 결의를 다진다.

하지만, 지금 이 시간은 나의 자존심 또한 산산조각 낼 수 없으니 오늘은 내가 화선에게 특별히 답장문자는 하지 않으리라! 하지만 밤이 깊을수록 경수의 날카로운 자존심은 점차 무뎌지기 시작했다. 결국 날이 밝자 먼저 마음을 열고 그녀에게 전화를 넣는다.

"그래, 화선아, 어제 그 문자는 뭔데? 그게 사실이야?"

"아아… 그 문자 그대로야! 윽 흑흑… 그 늑대교수 때문에 도저히 이곳에서 조교생활 못해먹겠어."

"아! 그 교수 놈이 문제였구나! 그래 그럼 이따가 저녁 6시에 사당역에서 만나자! 그 교수 놈에 대한 대책을 세우게 말이야!"

"그래 알았어."

이렇게 되어 최 교수와 김 조교의 연막위장전술이 나름 성공을 거두고 있었다.

이윽고, 그 시간이 되었고 이들은 그 장소에서 만났다. 그리고 카페 빈으로 들어간다. 한동안 정적이 흐른 후, 경수가 먼저 말하기 시작한다.

"아니, 내가 어떻게 하다가 그런 걸 알았는데… 그건 그렇고 그 문자는 구체적으로 뭐니? 술을 먹이고 널 강제로 데리고 모텔로 들어가 버렸다는 것 말이야!"

"음, 얼마 전, 다른 과 교수님들과 조교들이 모여 회식이 있었거든, 술을 막 먹으라고 해서 난 막 마셨지! 그 후, 엄청 취해 버렸고 근데 다 끝나고 가려고 나왔는데 우리 과의 교수님이 따라 나와 날 데리고 강제로 들어가 버린 거야!"

"뭐야! 그랬단 말이야… 내 이 자식을 그냥 두지 않겠다. 그런 교수 놈은 그냥 둬선 안 돼! 철저히 밟아 줘야지… 그런 놈은 참된 교육자가 아니야!"

"그래 맞아!"

화선은 지금 속으로 달콤해 하고 있다. 경수가 슬슬 유인구에 넘어오고 있기 때문이다. 그렇다면 어제 최 교수와 작전을 세운 것을 시행할 시점이 다가왔다고 판단했다.

"내가 어쨌든 너무 미안해! 그런 교수와는 술을 같이 먹지 말았어야 했는데 어떻게 하다보니까 말이야! 그래서 우리 다시 새롭게 시작하는 의미로 술을 먹자고… 내가 네게 맛있는 술을 사고 싶어… 가자고."

"그래, 화선아, 오늘은 나도 취해보고 싶다. 그리고 한석대학교 조교 일은 이젠 관둬버리라고… 거기서 계속 일을 하는 한 그 교수 놈이 계속 널 못 살게 굴 거 아니겠어?"

"그래, 그것도 좋은 생각이지! 일단 가자고… 오늘은 우리 한번 엄청 취해보자고,"

"그래 가자고."

이들은 신림역 주변에 있는 숯불갈비 집으로 들어간다. 그녀는 그에게 오늘은 소주와 삼겹살을 듬뿍 먹이고 어제 최인강 교수와 페인팅에 대해 의논한 부분을 공략할 계획이다. 그녀가 이렇게 유인구를 던질 생각을 하고 있는 마음은 아마도 남자친구에게 완전히 빠져있는 게 아니라서 그런 것 같다. 그러니까 자기 교수 사무실에 최 교수도 좋아하고 또 남자친구인 경수도 좋아하고 그런데 지금 보이는 정황으로 봤을 땐, 최 교수를 더 좋아하는 것으로 보인다.

"자! 경수야, 한잔 받아. 오늘은 네게 있는 대로 사주고 싶어. 호 호호호."

"네가 그렇게 술을 산다니 즐거운 일이구나! 하하하하."

"마셔. 일단 마셔, 마셔!"

그녀는 소주를 먹는 척만 하고 먹지 않고 그에게 계속 따라준다. 엄청 취하게 만들어야만 말실수를 할 테니까, 그래야 자신과 최 교수가 모텔로 들어간 사실을 그가 어떻게 알았는지 알아낼 수 있기 때문이다.

그녀의 의도대로 그는 따라주는 대로 소주를 홀짝홀짝 마신다. 그러더니 무척 취해버렸다. 지금 이 순간, 그녀는 속으로 회심의 짜릿함을 느낀다.

"아니, 경수야, 너무 무리하는 것 아냐? 천천히 조금씩 마셔야지!"

"아니야, 괜찮아… 그 교수 놈 완전 아작 내버리겠어!"

지금 시간은 밤 9시가 넘어가고 있다. 더 강한 쐐기타를 날리려고 그녀는 또 다른 곳으로 가자고 말을 한다. 바로 호프였다.

그래서 숯불갈비에서 나와 호프로 간다. 그곳에 들어가 생맥주와 마른안주를 시켰다. 이미 경수는 숯불갈비에서 소주를 엄청 먹었기에 취해 있었는데 또 이곳에 들어와 맥주까지 마시니 이젠 정신이 하나도 없었다. 그러자 그녀는 서서히 자신이 노렸던 본론으로 들어가고 있다.

"야, 경수야, 근데 말이야 조금 궁금한 건, 내가 그 늑대교수에게 성폭행을 당하게 된 그 장면은 어떻게 알게 된 거니? 어떻게 알게 된 배경은 있을 거 아니겠어? 우리가 새롭게 새 출발하는 의미에서 아주 시원하게 말을 해봐."

"……."

경수가 아무런 말이 없자, 화선은 맥주를 더 따라준다. 더 많은 양의 술을 마시면 실수로 말을 하게 될 수도 있으니 말이다.

"자! 더 마셔. 막 마시라고… 호 호호호."

이렇게 따라주는 대로 술을 계속 마신 그는 급기야 결정적인 실수를 하고 만다.

그래서 원래 술이라는 것이 먼 사이든 가까운 사이든 상대가 준다고 막 마신다면 환란이 오게 된다. 그러니 알코올 컨트롤이 무엇보다 중요한 것 같다.

"그래, 그것 말이야, 난 원래 몰랐지! 근데 어떤 남자 두 사람이 와서 알려 준거야! 동영상이라고 말이야, 그 늑대교수와 네가 모텔로 들어가는 장면을 말이야!"

그러자 그녀는 마치 낚시꾼이 대어를 낚자, 환호성을 터뜨리는 그런 미소를 짓는다. 자신이 노렸던 것이 제대로 걸렸기 때문이다. 하지만, 최대한 표정관리를 하려고 노력을 한다. 그래서 무척 충격을 받은 표정연기를 하고 있다. 그러다가 서서히 입을 연다.

"아니, 뭐야. 이런 세상에 그런 걸 알려주러 다니는 사람들이 있단 말이야! 윽 흑흑. 도대체 그게 누구야? 그 사람들이 누구냐고?"

"아아… 그, 그… 그 사람들은 말이야, 그 늑대교수의 무슨 모임인가 무엇인가에서 온 사람들이라고 하더라고… 그리고 그 교수가 그 모임의 부회장이라고까지 말하고 갔어."

"어어… 그래 그 모임이고 또 그곳의 부회장이라고?"

그녀는 술에 만취한 그의 이 말을 듣고 모든 힌트를 얻어 버렸다. 무슨 모임에 부회장이 바로 그녀 자신이 근무하고 있는 경제학과 사무실의 교수란 것.

이것으로 모든 것은 끝났다. 이젠 그 최 교수와 자신이 둘이서 그 동영상 유포 자를 찾아내어 대대적인 공습을 하는 것만 남았다. 모든 힌트를 알아낸 화선은 이젠 천천히 경수를 위로하고 있었다.

"네가 그 늑대교수의 무자비한 동영상을 봤으니 넌 그 순간 얼마나 큰 충격을 받았겠니? 네가 어제 교수 사무실에 쳐들어와 난장판을 일으키고 폭행까지 한 게 이해가 된다. 이 세상은 어디 하나 문제가 없는 곳이 없어. 으으으응응 엉엉어어."

"……"

그녀는 우는 시늉까지 한다.

경수는 지금 이 순간, 술에 너무 취해 인사불성 상태이다. 그래서 아무런 말도 못하고 있다. 그래도 그녀는 소기의 목적을 이뤄냈기 때문에 그가 그렇든 말든 관심 없다. 밤 10시가 넘어가고 있다.

"야, 경수야. 술도 많이 취했으니 그만 일어나 집에 가자고…."

"음, 음… 그래그래… 흠 흠 흠 헉 헉 헉."

6. 한석음주골프산악회

경수는 노량진 공무원학원 주변의 고시원으로 갔고 화선은 자신의 집이 있는 신림동으로 갔다. 이제 남은 건, 최 교수와 그녀와의 그 미행범들에 대한 공습만이 남아 있을 뿐이다. 그녀는 신림동 집에 들어가기 전에 최 교수에게 전화를 넣어 이 사실을 알렸다. 그러자 최 교수는 자신도 어느 정도는 예상했다는 반응이었다. 결국은 차지태 회장이 시킨 것이 확실해지는 것이다.

미행범들은 바로 음주운전클럽의 팀장과 총무가 될 것이다. 이젠 이 사실을 안 이상 이 일을 그냥 넘길 수 없는 현실이 되어 버렸다. 그렇다면 어떤 현실적 공습이 따를 것인가, 최 교수는 그녀와의 전화통화가 끝나고 한참 동안 깊은 상념 속으로 빠져든다. 그러다가 떠올린 것은 눈에는 눈, 이에는 이, 보다는 최근 애틋해진 애인인 홍미연과 함께 그냥 조용히 그 단체에서 탈퇴하고 다른 음주골프산악회라든가 이런 단체를 만들려고 계획한다.

그리고 한술 더 떠, 조교인 김화선에게 남자친구가 달라붙을 것을 대비하여 아예 조교를 관두고 다른 곳에 가 있을 수 있게 생활비와 은신처인 집을 얻어 줄 생각까지 하기에 이른다. 그야말로 광폭애정행각이었다.

한마디로 두 여인, 즉 두 마리의 토끼를 가지고 놀겠다는 것이다. 차지태 회장의 애인이었던 홍미연과 경제학과 사무실 조교까지 두 여인을 갖겠다는 복안이다.

물론, 이런 시도를 한다면 두 마리의 토끼를 잡는 것은 나름 좋을 수도 있지만 이것에 따르는 즉, 토끼 주인이라 자처하는 이들에게서 강력한 응보화살이 날아올 것은 안 봐도 뻔한 일이 아니겠는가? 그렇기에 최인강 교수는 엄청난 무리수를 두고 있는 것이다.

먼저 미연에게 전화를 걸어 "더 이상 구갈동에 있는 음주운전클럽에 나가지 말라."고 당부를 한다. 그리고 다음으로 화선에게 "조교를 관두고 전화번호도 바꾸고 집도 얻어줄 테니까, 투룸이라도 알아보라."고 말하였다. 돈이 많으니까, 가정도 유지하고 또 애인도 두 명이나 확보해 놓고 게다가 룸살롱도 자주 가고 최 교수는 나름으로 행복한 생활이라 생각하며 살고 있다.

더군다나 최종학력이 농고임에도 대학 교수까지 됐으니 무척 출세는 했다. 그런데 문제는 교육기관의 대학 교수가 중요한 게 아니라 유희를 즐기는 게 핵심이다. 이런 그가 이젠 올 1월 초에 결성된 번개음주운전클럽에서 탈퇴하려고 한다.

미연을 더 확실하게 확보하겠다는 의지와 최근에 벌어진 차지태 회장의 변칙적인 공습에 맞대응하는 전략이라 할 것이다. 그래서 며칠이 지나자 회장에게 전화를 건다.

"아! 회장님, 제가 좀 학교 강의 문제로 바쁜 일이 많아서 클럽활동을 더 이상 하지 못할 것 같습니다. 죄송합니다."

"아아… 그래요. 그럼 한번 만나서 술이나 한잔 하고 인사를 합시다."

"아니, 그 그것도 힘들 것 같습니다. 너무너무 바빠서요. 이해하세요."

"아하! 그래도 부회장님이신데 이렇게 아쉽게 보내드리기는 섭섭하군요."

"아이, 괜찮습니다. 다음에 좋은 기회, 좋은 시간이 있겠지요."

부회장인 최인강이 탈퇴 선언을 하자, 회장인 지태는 환호성을 터뜨렸다. 왜냐면 최근에 자신이 가한 공습의 결과로 초토화가 되어 더 이상 버티지 못하고 심적으로나 육체적으로나 쓰러졌다고 판단했다. 하지만, 인강은 이미 지태의 애인인 미연을 빈틈없이 확보해 놓은 상태이다. 이런 사실도 모르고 지태는 인강이 탈퇴한다는 사실만 가지고 즐거워하고 있다.

그러나 그 기쁨도 잠시. 그는 몹시 갑갑한 상황으로 직면하고 만다. 그 이유는 늘 뜨거운 사랑을 나누었던 애인인 미연이 전화를 받지 않기 시작했기 때문이다. 그래서 지태는 의심하기 시작했다. 뭔가 석연치 않은 일이 생긴 것 같은 예감에서다. 인강이 바쁜 일이 있어 부회장직을 내 놓겠다고 밝힌 것과 뭔가 연결고리가 있지 않을까 하는 의심을 지울 수가 없다.

어쨌든, 아직은 그렇게 생각하지 않으려고 노력을 한다. 그러나 자꾸만 증폭되어만 가는 의구심은 지울 길이 없었다. 그래서 그 마음을 도저히 지울 길 없어 애인인 미연에게 카톡을 날린다.

「아니, 미연아, 너 왜, 요즘 들어 내 전화도 받지 않고 도대체 왜 그러는 거야? 어디 숨겨놓은 애인이라도 생겨서 그러냐? 아님, 네 남편의 시선이 따가워서 그러냐? 이 오라버니가 갑갑해서 밥도 안 넘어가고 잠도 안 온다. 으 윽 흑흑흑. 제발 답장 좀 보내란 말이야! 어디 가서 죽었냐? 살았냐? 뭐야, 뭐? 뭐냐고?」

이렇게 애절한 카톡 문자를 보내도 그녀는 전혀 대꾸를 않는다. 그녀가 최근 들어 지태의 전화를 받지 않게 된 근본 이유는 인강에게로 완전 쏠려 버렸기 때문이다.

인강과 미연은 요즘 한석대 골프강좌를 핑계로 매번 애정을 확인했고 그 뜨거움을 더 강하게 불타오르게 하려고 매일같이 은밀히 만나 자신의 차 안에서 빨간색 장미꽃과 하얀색 장미꽃을 서로 마주보게 만들어 버렸다. 지금 상황이 이러한데 지태가 그녀를 과거의 핑크빛 장미꽃 핀 시절로 되돌릴 수 있겠는가!

지금 차지태는 안타깝다. 아! 예전 그녀가 자신의 변호사 사무실로 들어와 소송을 의뢰할 때, 그 시점, 그 시간으로 회귀할 수만 있다면 얼마나 좋을까! 으 윽 흑흑흑. 그 때로….

그날 미연이 자신의 변호사 사무실로 들어와 소송을 의뢰를 할 때, 그녀를 보고 완전히 반해버렸다. 심장이 멈춰버릴 정도로, 그래서 접근하기 시작한 것이고 그녀가 넘어오자, 거침없이 그녀의 빨간색 장미꽃을 완전히 꺾어 버렸다.

그게 최지태의 최선의 사랑이었다.

그 정도의 애틋했던 임이 전화나 문자에 대해 아무런 반응이 없다는 건, 지태로선 죽음과도 같았다. 아! 아프다. 마음이 서럽다.

그건 그렇다 치고 자꾸만 시간이 흐르자 분명 며칠 전, 탈퇴선언을 한, 최인강과 미연의 소식이 끊긴 부분과 일치점이 있다고 강한 의심을 품기에 이른다. 이 시간 이후론 그 점에 대해 집중적으로 파헤쳐 가리라 결의를 한다.

그가 이런 생각을 하고 있을 때, 반대 진영인 최인강은 자신이 저번에 조교의 남자친구에게서 의자폭행을 당한 원인을 일으킨 최초의 배후자인 차지태 회장에 대해 무서운 공습을 계획하고 있다.

거기에다 한술 더 떠, 1월 말 쯤엔 그들 상대세력을 타도할 자신만의 새로운 단체인 음주골프산악회를 결성하려고 생각한다.

말 그대로 음주를 하고 골프도 치고 등산도 하는 모임이다. 기존의 차지태와 결별하기 전에 있었던 번개음주운전클럽과 술 먹고 활동하는 것은 똑같지만 그래도 상대적으로 무척 건전한 것으로 느껴진다.

인강은 곧 탄생하게 될 단체 이름은 자신의 근무하는 대학교 이름을 본떠 한석음주골프산악회로 정하려고 한다. 그리고 회장은 자신이 맡고 부회장은 애인이 된, 미연을 그 자리에 앉히려고 한다.

그런데 더 엄청난 무리수를 두는 부분은 자신이 얼마 전, 몸담고 있었던 번개음주운전클럽의 일반회원들 중에 자신과 코드가 잘 맞았다고 생각되는 이들을 빼오는 구상까지 하고 있으니 앞으로 차 회장과의 엄청난 칼바람이 불어 닥칠 것이 예상된다.

이런 심리는 그 음주운전클럽을 완전히 와해시켜버리겠다는 생각과 그 무엇보다 저번에 조교인 화선의 남자친구가 교수실에 쳐들어와 자신을 향해 의자로 폭행을 가한 대목에 대해 끝까지 한이 맺혀 있는 것이다.

　차지태 회장은 자신의 애인을 빼앗아간 최인강에 대해 한이 맺혀 있고, 최인강은 교묘하게 뒤에서 조종하여 자신을 향해 무단폭행을 가한 것에 대해 한이 맺혔다. 서로 한 맺힌 사람들끼리 앞으로 알아서 한풀이를 시도할 것 같다.

　이윽고, 1월 말이 되자, 인강은 한석음주골프산악회를 결성했다. 사무실은 자신의 집인 신림동 장미아파트 주변에 자리를 잡았다.

　말이 음주골프산악회라고는 하지만, 예전에 지태와 갈라지기 전에 했던 음주운전 모임의 강한 향수가 묻어있기에 음주운전활동도 할 가능성은 백 프로가 된다.

　1월 31일 토요일 오후에 신림동에서 조촐하게 진행된 이 클럽은 회장 최인강의 계획대로 부회장직은 홍미연을 앉혔다. 아직은 초창기라 인원이 그리 많이 모여들진 않았다. 인강이 알고 있는 한석대학교의 다른 과 교수들 일부가 참여했을 정도이고 미연의 친구들이 몇 명 참여했다.

　"자! 여러분 우리의 음주골프산악회가 성황리에 발전할 수 있도록 우리 모두 힘을 모아 한곳을 바라보며 외칩시다. 파이팅 합시다."

"그래요. 회장님께서 너무 훌륭하시니까 이 모임은 크게 성장할겁니다. 파이팅!"

"위하여, 위하여, 위하여!"

여기저기에서 울려 퍼지는 소리들…. 이로써 최인강은 차지태가 운영하던 번개음주운전클럽에서 탈퇴한지 불과 7일만에 명실상부하게 자신이 주도하는 새로운 음주골프산악회의 출발을 알리는 깃발을 드높게 올렸다.

이젠 당장 내일부턴 차 회장이 운영하는 클럽에서 자신과 유대관계를 유지해 왔던 인물들을 쏙쏙 빼오는 전략에 몰입할 예정이고 그 다음으론 교수 사무실에 들어와 의자 폭행을 자행했던 그 놈을 처단하는 것이다.

날이 밝자, 인강은 어제 결의했던 그대로 지태의 음주운전클럽의 회원들 중에 친분이 있었던 이들에게 전화를 걸기 시작했다. 그들 중의 상당수가 호응하는 결실을 얻었다. 그래서 신림동 약도를 알려주었고 한번 오라고 말하였다. 나름대로 큰 역할을 할 수 있는 이들이 6명이나 망명해 온 것이다.

이들에겐 공동 팀장을 맡겼다. 여기까진 그렇다 치고 이들이 인강 쪽으로 넘어왔으니 당연히 지태 입장에선 자신의 특급 회원들을 빼간 것에 대한 복수가 뒤따를 것은 기정사실이 됐다. 그 특급 회원들은 지태의 변호사 동료들이다. 그래서 인강

입장에선 큰 도움이 되는 인물들인 것이다.

지태는 한 달을 정리하는 의미에서 이달 마지막 날 클럽 모임을 카톡을 날렸으나 그 6명이 불참했다. 이렇게 지태가 이끄는 번개음주운전클럽과 인강이 이끄는 음주골프산악회 간의 불상사가 신호탄을 쏘아 올렸다.

지태는 이미 직감하고 있었다. 인강이 그런 수를 쓸 것이라고 말이다. 이젠 그것에 대한 어떤 타격이 있을 것인가이다.

음주운전
박살내기
클럽

7. 염탐

2월을 알리는 첫날이었다. 마침 이날은 수요일이라 한석대
학교에 평생교육원 골프강좌가 있는 날이기도 했다. 지태는
팀장과 총무를 그곳에 보내 염탐하기에 이른다. 지태는 인강
이 새로운 클럽을 창설한 것을 직감했다.

오늘 그곳의 염탐의 주목적은 홍미연을 한번 확인하는 차원
도 있고 하나 더 자신들의 클럽에서 이탈한 6명의 회원들이
혹시 이곳에 오지 않았을까 하는 의심이 곁들여져 있다.

오늘도 저번처럼 조명찬 팀장의 에쿠스를 타고 두 사람은 그
대학으로 오후 2시 쯤에 들어간다.

예정대로 한석대학교 평생교육원은 골프강좌가 최인강 교수
의 지도하에 진행되었다. 명찬과 철준이 그곳을 집중하고 봤
지만 미연은 보이지 않았다.

이미 그녀는 인강이 이곳으로 지태 측에서 손을 쓸 것 같아

"더 이상 골프강좌에 참가하지 말라."고 귀띔을 해 놓은 상태이다. 그리고 지태 측에서 빠져나간 6명의 회원도 보이지 않았다. 이에 명찬, 철준은 망연자실했다. 어느 정도 자신들의 직감이 맞을 것이라고 생각했기 때문이다.

"조형, 예상이 빗나갔는데…."

"그러게… 뭐, 어쩔 수 없지! 오늘은 그냥 돌아가자고…."

"조형, 저 놈의 퇴근시간을 노렸다가 집에까지 따라가는 방법은 어떨지?"

"야아, 뭐! 그렇게 무리할게 뭐 있어. 서서히 풀어나가자고…. 솔직히 우리 일도 아니잖아! 우리 클럽 회장의 일이지, 안 그래? 하 하하하."

"그래 맞아! 형의 말이 맞아! 오늘은 그냥 돌아가자고… 키키킥킥 킥."

이들이 오늘의 확인염탐을 포기하고 차를 돌리려는 순간, 너무 기이한 일이 벌어지고 말았다.

바로 최인강 교수 사무실의 조교인 화선의 남자친구인 경수가 모자를 깊게 눌러 쓰고 벤치에 앉아 있었다. 그가 주목하는 곳은 평생교육원이었다. 차 안에서 이 장면을 보게 된, 두 사람은 깜짝 놀라며 눈을 휘둥그레 뜬다.

지금 이 시간, 노량진에서 강의를 들어야할 그가 이곳에 온 까닭은 여자친구인 화선 때문이다. 그녀가 열흘 넘게 그와 연락이 안 되자, 수험공부를 잠시 집어치우고 달려온 것이다. 그는 이미 교수 사무실에 들어가려고 했으나 문이 잠겨 있었다. 그래서 이곳에서 최 교수의 동태를 살피는 것이다. 그는 이젠 눈앞에 보이는 게 아무 것도 없다. 왜냐면 최 교수가 여자친구를 철저하게 숨겼다고 판단하기 때문이다. 그래서 오로지 최 교수를 박살내 버리고야 말겠다는 굳은 결의만이 엄습할 뿐이다.

지금 이 순간, 경수의 눈엔 독이 오를 때로 오른 상태이다. 이 장면을 명찬, 철준은 차 안에서 흥미롭게 즐기고 있었다. 그의 얼굴표정이라든지 계속 줄담배를 피우고 있는 모습에서 금방이라도 엄청난 태풍이 불 것 같은 느낌이 들이들은 차 안에서 회심의 담배를 꺼내어 입에 물며 뭔가 특별한 일이 터지기를 기다렸다.

3시 반이 지나자, 최 교수는 골프강좌를 마치고 수강생들과 나오고 있었는데 차 안에서 두 남자가 확인하고자 하는 대상인 미연과 6명의 음주회원도 없었고 또 벤치에서 한 남자가 애타게 찾고 있는 여조교인 화선도 없다.

어쨌든, 경수는 최 교수를 쳐다보니 갑자기 가슴에서 복수의 불이 나고 있다. 그래서 엄청난 격분을 억누르지 못하고 크게 고함을 지르며 그에게 달려든다.

"야, 이 개자식아. 너 거기에 있어. 이런 시발새끼야 너 이젠 완전 죽었다. 너 이리 와봐."

그러자 최 교수를 비롯하여 평생교육원 수강생들이 일제히 그를 바라본다. 경수는 거칠게 달려가 느닷없이 최 교수의 얼굴을 향해 강력한 스트레이트를 날려 버린다. 그러자 최 교수는 그 자리에 퍽하고 쓰러진다. 이를 본 수강생들은 너무 놀랍고 큰 충격에 빠져 얼굴이 굳어져 버린다.

수강생들은 그를 거세게 말린다. 그리고 더 놀라운 사실은 나이도 무척 어린 사람이 어떻게 무슨 일로 이렇게 나이가 많은 교수를 향해 마구 폭행을 가하는지 의아한 표정들이다. 그러자 경수는 더 거칠게 그들을 뿌리치고 최 교수의 엉덩이를 향해 강력한 사커킥을 날린다. 그러자 수강생들은 깜짝 놀라며 황급히 그를 세게 밀면서 가로 막는다.

"아니, 이거 봐요. 어떻게 나이도 엄청 어린 사람이 왜 그러는 거요? 뭐야?"

"비켜! 비키라고! 이 자식을 죽여 버리게… 비키란 말이야!"

"뭐, 이런 사람이 다 있어. 도대체 왜 그러냐고?"

"이 자식이 내 여자친구를 성폭행한 후, 빼앗아 간 뒤, 어디에다 숨겨버렸단 말이야! 이 개자식 사무실에 조교가 내 여자친구였는데 어디로 숨겼다고… 으 윽흑흑 흑. 이런 짐승 같은 새끼."

"뭐요?"

경수가 이런 말을 하자, 그를 결사적으로 말리던 수강생들은 순간 황당한 표정이 되어 버렸다.

"아니, 뭐요. 그게 무슨 말이요. 최 교수님이 당신의 여자친구를 성폭행한 후 빼앗다니요? 그게 무슨 말입니까?"

"뭐긴 뭐야, 성폭행했단 소리지! 다 저리 비켜. 때려 죽여 버리게."

"안 돼, 안 된다고…."

수강생들이 일제히 완강히 말려 가까스로 최 교수는 엄청난 위기를 모면했다. 그러나 얼굴에 강한 스트레이트를 맞아 통증이 몰려왔다. 이에 대해 폭행으로 경찰에 신고하라는 수강생도 있었지만 최 교수는 참고 참았다.

최인강은 오늘도 저번처럼 경찰에 신고하는 문제를 고민하고 있다. 그런 마음은 있으나 조사과정에서 이런저런 상황배경이 나온다면 자신의 명예나 위신은 추락하는 것은 명확한 일이라 난감할 뿐이다.

그러는 사이에 경수는 달아나 버렸다. 아무튼 이번 일로 평생교육원 수강생들로부터 몰지각한 교수라는 적잖은 이미지 손상은 불가피해 보인다. 인강이 나이어린 경수에게 폭행을 당하는 장면을 차 안에서 구경하고 있던 명찬, 철준 두 사람은 재미있다고 웃어가며 만끽했다. 그러다가 핸들을 돌려 용인 구갈동 사무실로 돌아갔다.

이들은 구갈동 사무실로 돌아가자마자 차 회장을 만나 오늘 있었던 일에 대해 자세히 설명했다. 미연은 찾지 못했다는 것과 우리 측에서 달아난 여섯 명의 회원들은 보지 못했다는 것, 또 최인강이 여조교의 남자친구에게 폭행을 당한 사실까지 말했다.

"그렇게 됐습니다. 회장님. 소기의 목적을 이루지 못해 송구합니다."

"우아 하 아아아… 그 정도면 꽤 큰 목표를 이뤄낸 겁니다. 무엇보다 그 놈이 어린놈에게 얻어터졌다는 게, 너무너무 달콤하군요. 하하하. 수고 많으셨습니다."

"예에, 앞으로 더 열심히 노력하겠습니다."

"파이팅!"

차지태 회장은 이렇게 이들에게 격려를 하고 있지만 자신의 애틋한 애인이었던 홍미연의 거처를 알아내지 못한 것에 대해 괴로운 한숨을 내쉰다. 같은 수원 인계동에 살고는 있지만 집 위치를 모르니 찾아낼 길은 묘연하기만 하다. 자신이 미연을 집중적으로 찾을 것을 대비해 인강이 철저히 숨겼을 것은 직감한다. 그렇지만 앞으로 어떤 수단방법을 다 동원해서라도 그녀를 찾고야 말겠다고 결의에 결의를 다진다. 무엇보다 이들 세 사람은 그녀의 남자친구가 가세하여 인강을 공격했다는 것 자체에 대해 무척 고무되어 있다. 든든한 우군이 한명 늘었으니 말이다. 그래서 내친김에 그 남자친구를 번개음주운전클럽으로 끌어들일 생각이다. 아무튼 앞으로 지태는 미연을 찾아내야만 하는 과제와 이곳에서 그곳으로 이탈해버린 6명의 회원들을 색출해 내는 목표를 갖고 있다. 그런 과업을 이루어 내야 한다는 결의를 한데 모아, 이들 세 사람은 밖으로 나가 소주와 갈비를 먹는다.

이들이 이러고 있을 때, 저번에 이어 오늘도 화선의 남자친구에게 엄청난 폭행을 당한 인강은 분한 감정이 하늘을 찔렀다. 더군다나 오늘은 평생교육원 수강생들 있는 데서 그런 꼴을 당했으니 충격은 몇 배가 되는 것이다. 당연히 저번에 이어 오늘도 지태가 뒤에서 조종했을 거라고 판단한다. 그런데 사실은 그가 뒤에서 조종한 게 아니라 그 남자친구가 화선이 나타나지 않자 찾으러 왔다가 우발적으로 폭행을 가해 버린 것이다. 그렇지만 같은 일이 벌어졌으니 큰 오해를 할 수밖에 없는 일이다. 이젠 인강의 반격도 엄청 거세질 것으로 보인다. 인강 역시 그 누구 못지않게 자존심이 강하고 여자에 대한 욕심이 강하기 때문이다. 그렇다면 인강은 구체적으로 지태 측을 어떻게 공격할 것인가. 오늘 밤 그는 이 문제에 대해 숙고에 숙고를 거듭하고 있다.

음주운전
박살내기
클럽

8. 납치

2월 6일 최 교수는 늦은 밤까지 호프집에서 새롭게 조교로 임용되어 들어온 최나희와 생맥주를 마시며 자신의 고민을 털어놓는다. 화선을 남자친구가 끈질기게 찾아올 것을 대비하여 조교를 관두게 하고 은밀히 투룸까지 얻어주고 그 후 새로운 조교인 최나희를 들어오게 하였는데 또 그녀마저도 애인으로 만들어버리는 기염을 토해내고 오늘은 이렇게 늦은 시간에 맥주까지 먹어가며 이런 민감한 대목을 의논할 정도가 되어 버렸다.

"야, 나희야, 이 일을 어떻게 했으면 좋겠니?"

"교수님, 교수님 위신도 있고 한데 그냥 참아 넘기세요. 피하는 게 상책입니다."

"그건 그래, 내 위치가 있지! 그렇지만 그런 어린놈한테 두 번이나 얻어맞았으니 내가 얼마나 억울하고 분하겠니? 으 윽 흑흑흑…,"

"아하! 교수님 너무 안타깝네요. 어휴, 그런 개자식 같은… 노량진에서 공무원 시험공부 하는 놈이… 죽어라고 공부나 하지, 지 여자친구 문제로 어디 시건방지게 신성한 교육기관인 우리 한석대학교까지 찾아와 교수님을 그렇게 무자비하게 때렸단 말이에요. 교수님 일단 한숨을 돌리고 다음에 그 놈을 박살내 버릴 연구를 합시다."

화선 대신 새로 조교로 들어온 나희가 이렇게 최 교수를 위로를 하자, 최인강은 크게 한숨을 푹 쉬며 생맥주 잔을 '쭉' 들이킨다.

"야아, 네가 날 그렇게 위로해주니 맥주 맛이 참 좋다. 크윽… 야, 근데 시간도 많이 늦었는데 여기에 더 있지 말고 다음 절차로 넘어가자고…."

"어어… 다음 절차가 뭔데요?"

"야아… 뭘, 다 알면서 그래, 다 알잖아? 음…."

인강은 이렇게 말하며 나희의 허벅지를 살며시 바라본다. 그러자 그녀는 살며시 미소를 짓는다.

"호 호호호. 인강 오빠, 뭐! 매일 하면서 그게 그렇게도 좋아?"

"야아, 이 세상에 남는 건, 그것 밖에 없어! 자, 얼른 가자고."

이들은 밤늦게 신림역 주변에 있는 호프에서 맥주를 마신 뒤 밖으로 나와 인근에 있는 모텔로 들어갔다. 그곳에 들어간 이들은 빨간색 장미꽃을 검정색 장미꽃으로 아주 검붉게 물들였다. 그리고 그곳에서 아침까지 계속 장미 색깔을 칠했다.

인강의 색욕은 멈출 줄을 몰랐다. 지태의 애인인 미연까지 빼앗아오더니 옛 조교였던 화선은 남자친구의 급습을 대비하여 관두게 하고 또 새로 들어온 조교인 나희마저도 장미꽃을 꺾어 버린 최인강이다. 거기에 더해 어제 평생교육원 앞에 와서 자신을 급습한 경수에 대한 불만과 그 뒤의 배후조종세력으로 지태를 지목하고 반격에 나설 태세를 분명히 했다.

그래서 인강은 오늘은 저녁 때, 자신의 아지트인 신림동에 있는 한석음주골프산악회 사무실에서 회원들과 모임을 갖고 지태를 더 완벽하게 처단하는 방안을 논의해 볼 계획이다. 이윽고 그 시간이 되었고, 회원들이 하나 둘씩 모여들기 시작했다. 애인 중에 미연은 부회장으로 앉혔지만 화선은 일부러 가입을 시키지 않았다. 또 나희도 마찬가지다.

왜냐면 자칫하면 남자친구들의 눈에 띠면 골치 아프기 때문이다. 물론 이 부분은 미연도 남편이 있기에 같지만 그녀는 너무 절묘하게 요리조리 말을 돌리며 빠져나가는 테크닉이 뛰어나기에 괜찮다고 판단해서 그렇다.

저녁 7시에 일제히 회원들이 모이자 최인강의 인사말이 시작됐다.

"아, 안녕하세요. 오늘 이렇게 만나 뵙게 되어 너무너무 반갑습니다. 오늘은 그 무엇보다 최근에 벌어진 불미스런 폭행 사건에 대해 우리가 힘을 한데 모아 슬기롭게 해결해나가야 하겠습니다. 문제는 그 뒤에 차지태라는 놈이 있다는 게, 더욱 화나게 하는 부분인 것 같습니다. 그리고 한 가지 더 중요한 사항은 그 놈은 아주 소소한 일로 끝까지 날 괴롭히고 있습니다. 그래서 이걸 그냥 묵과할 수 없다는 겁니다. 즉, 그 단체를 완전히 타도해야 한다는 것입니다. 그것의 첫 번째 과제로 그 지태란 놈이 운영하는 단체의 회원들을 더 많이 빼와야 한다는 것입니다. 이미 며칠 전, 그쪽에서 우리 쪽으로 여섯 분이나 넘어오셨습니다. 다시, 한번 감사의 인사 올립니다. 앞으로 더 많은 회원들을 그쪽에서 빼와 지태의 단체가 완전 붕괴되어 버리게 온 힘을 쏟아 전진합시다. 감사합니다."

최인강은 이렇게 간결하지만 비장한 인사말을 하였다. 이것은 지태가 뒤에서 조종하여 미연을 빼앗아간 분풀이로 화선의 남자친구를 사주하여 자신을 급습한 것에 대한 앙금의 발로였다. 인강의 인사말이 끝나자. 지태 측에서 인강 측으로 넘어온 여섯 명의 공동팀장은 그의 마음에 동조라도 하듯, 일제히 한목소리로 협력의 멘트를 날린다.

"아, 우리 회장님이 그 어린놈에게 얻어맞은 것이 얼마나 힘들고 분했으면 이렇게 강한 어조로 토로하겠습니까? 차지태 그 사람은 솔직히 우리도 같은 변호사지만, 변호사 중의 망나니였습니다. 아무것도 모르고 날뛰는 놈이었어요. 그래서 우리도 그쪽에서 이쪽으로 온 게 아니겠어요. 우리가 힘을 모아 회장님의 마음에 부응할 수 있도록 최선을 다해 지태 측에 있는 다른 회원들 중에 법조인들을 다 빼오는 데에 만전을 기하도록 하겠습니다. 파이팅.”

“와우! 우리 회원님들 너무너무 고맙고 감사합니다. 여러분의 성원에 눈물이 납니다. 으 윽 흑⋯.”

아직, 인강이 이끄는 한석음주골프산악회는 지태가 이끄는 번개음주운전클럽에 비하면 여러 가지 면에서 부족한 게 사실이다. 회원들의 구성성분만 하더라도 부회장 홍미연, 그리고 미연의 친구 5명, 그리고 한석대학교 교수 3명, 지태 측에서 빼온 변호사들 6명이 전부이다. 이 정도로는 미약하지만 앞으로 그 변호사들 6명이 지태 측에 있는 법조인들을 포섭하여 집중적으로 빼오게 된다면 대세는 역전될 수도 있을 것 같다. 이렇게 전의를 불태우며 이들은 오늘 신림동 인강의 아지트에서 술파티를 성대하게 열었다.

날이 밝자, 어젯밤에 있었던 그 약속 그대로 6명의 변호사들은 일제히 지태 측에 있는 회원들 중, 법조인들에게 집중 전화를 하기 시작했다. 그러자 그 지태 측의 법조인들은 무척 흔들리기에 이른다. 사실, 이 대목에서 핵심은 지태 측의 법조인들이 흔들리게 된 결정적인 요인은 바로 돈이었다. 인강은 그 6명의 변호사들에게 지태 측의 법조인들을 상당수 포섭해 온다면 거액의 포상금을 주겠다고 했다. 그래서 그들 6인의 변호사들이 죽기 살기로 매달리는 것이다. 물론, 그 6인의 변호사들도 그쪽에서 이쪽으로 넘어올 때, 인강에게서 거액의 돈을 받고 넘어온 것이다.

만약에 번개음주운전클럽에서 한석음주골프산악회로 넘어온다면 오는 이들에게 1인당, 백만 원씩, 포상금을 지급하겠다는 최인강 회장의 의사를 그 6인의 변호사들이 그쪽에 있는 회원들 중, 법조인들에게 강조했다. 그래서 그쪽의 회원들 중, 법조인들이 흔들려 버린 것이다.

그만큼, 최인강은 돈이 많다. 가진 것은 돈밖에 없다. 그것은 예전에 수원세무서에 과장으로 있을 때, 엄청 큰 거액의 돈을 횡령했기에 가능했고 그 후, 그 돈으로 수도권 쪽의 부동산투자에 집중했는데 땅값이 많이 뛰었다.

그는 이미 어느 곳의 땅값이 오를 것이라는 것을 알고 있었다. 왜냐면 정부 부처의 건설 부분의 중요 직책을 담당하는 고위급들을 많이 알고 있었기에 가능했다. 이렇게 많은 돈을 거머쥐자 눈에 보이는 게 아무 것도 없다.

그래서 지금은 주색잡기와 골프, 해외여행, 유희 쪽에 집중

되어 있다. 그리고 더 웃긴 건, 2007년에 돈 주고 한석대학교 경제학과 교수까지 샀으니, 잘나가는 교육자라고 걸음걸이도 무척 근엄하게 걸으려고 부단히 애를 쓴다.

지금이 2015년 2월이니까, 8년이나 대학교수 생활을 해왔다. 어쨌든, 조만간에 지태 측에서 인강 쪽으로 상당히 많은 회원들이 물밀듯이 밀려올 것으로 보인다. 그 결과는 이번 주말을 기해 20명도 넘는 지태 측 회원 중, 법조인들이 대거 인강 쪽으로 회원가입하기에 이른다.

이렇게 간단 말도 없이 작별의 문자만을 간단히 남기고 그쪽으로 넘어가 버리자, 이 사실을 뒤늦게 알게 된 번개음주운전 클럽 회장인 차지태는 격분하기 시작했다. 며칠 지나, 지태는 회원들에게 비상소집을 알리는 카톡을 일제히 날렸다. 그래서 오늘은 수원 인계동 변호사 사무실에서 할 일이 많아서 바쁜 날이었지만 일정을 취소해 버리고 저녁에 있을 비상소집에 대비해 여러 가지 대응방안에 대해 깊은 상념 속에 들어갔다. 약속 시간이 되자, 차 회장을 비롯하여 조 팀장, 배 총무, 핵심간부들은 격한 감정을 토로하기 시작했다. 회장이 포문을 연다.

"여러분, 너무너무 충격적인 일이 벌어지고 말았습니다. 우리 회원들 중, 법조인들이 무려 20명도 넘는 인원이 최인강이란 놈한테 완전히 넘어가고 말았습니다. 사실 이미 며칠 전부터 6명이 넘어갔다는 걸, 알고 있었는데 좀 더 상황을 지켜보

앐는데 추가로 20명이나 더 빠져나간 것입니다. 이것은 우리 클럽으로선 적잖은 충격입니다. 한때, 우리 클럽에 몸을 담고 부회장직을 맡았던 놈이 새로운 단체를 만들어 소소한 일로 저에게 이런 큰 아픔을 주는군요. 여러분 이번 일은 절대 그냥 넘어갈 수 없습니다. 우리가 하나로 똘똘 뭉쳐 그 놈이 새롭게 만든 클럽을 완전히 분쇄시켜 버립시다.”

다음으로 팀장 직을 맡고 있는 조명찬이 말문을 이어간다.

“여러분, 제가 한 말씀 이어가기로 하겠습니다. 한번 동지는 영원한 동지여야 한다는 말도 있는데 한때 이곳에 있던 한 동지가 다른 곳으로 가서 클럽을 만들어 우리 쪽에 있는 핵심 회원들을 집중적으로 빼내가고 있습니다. 물론 그런다고 제 발로 빠져나간 놈들도 문제지만 부회장씩이나 했던 놈이 나가서 겨우 한다는 게, 우리 클럽을 이렇게 흔들어 놓는다는 것은 대역죄에 해당합니다. 여러분, 우리가 힘을 모아 강력하게 처단합시다.”

“옳소, 맞아요, 그런 놈은 없애버려야 해요. 한번 엎어버립시다.”

“개자식.”

조 팀장이 말문을 이어가자 여기저기에서 회원들이 호응하기 시작했다.

“여러분, 뭐! 좋은 아이디어라도 있으면 말씀해보십시오.”

"아아… 글쎄요. 일단 그 놈이 어디에다 자신의 클럽 아지트를 만들었을 걸로 보이는데 그 아지트를 부숴버리는 게 낫지 않을까요?"

"그것도 좋지요."

"아네, 그러기 위해선 그 놈이 한석대학교 교수니까, 강의를 마치고 어디로 가는지 따라가야 그 아지트를 알아낼 수 있지 않겠습니까?"

"맞습니다. 그렇다면 더 뜸들이지 말고 오늘은 시간이 늦었고 내일이라도 당장 그 놈을 따라가 아지트를 알아내고 그 다음 과정을 밟아 나갑시다."

이들은 용인 상갈동에 위치한 검도체육관을 운영하는 이들이라 패기는 하늘을 찔렀다. 즉, 강력한 죽도로 인강의 아지트를 날린다는 마음으로 회심의 풀스윙을 상상했다.

이윽고 그 날이 되자, 이들은 7명이 카니발을 타고 한석대학교 경상관으로 달려갔다. 오늘은 수요일이라 이 대학, 오후 2시부터 평생교육원에서 골프강좌가 있는 날이다. 오늘 그곳으로 돌진한 이들은 명찬, 철준을 비롯하여 이들의 검도체육관에 있는 최고수들을 5명 더 데리고 갔다.

오늘 이들의 최종 목표는 인강의 아지트를 알아내는 것이다. 그리고 돌아가서 더 강력한 연구를 하여 그곳의 일원들을 완전 분쇄하는 것이다. 이들 중, 명찬, 철준은 이곳이 그리 낯설

진 않다. 몇 번이나 미행 목적으로 왔었으니 말이다. 오후 2시부터 이곳에 도착한 이들 7명은 차안에서 평생교육원을 주목한다.

저번처럼 오늘도 4시가 되자, 골프강좌는 끝나고 나오고 있다. 그러자, 7명은 더 집중한다. 이제부터가 중요한 시간이라 그렇다. 몇 분 더 지나자 최인강은 경상관으로 들어가더니 어떤 여자조교를 데리고 나오는 것이었다. 명찬, 철준은 그들을 바라보며 눈이 휘둥그레지고 만다. 왜냐면 차 회장의 애인인 미연을 빼앗아갔었고 이 대학의 조교와도 애인으로 지냈었는데 어느새 저렇게 또 새로운 제 3의 나이어린 여학생으로 보이는 여자를 애인을 만들어 꿰차고 다닌단 말인가!

사실, 교수와 조교 사이는 애인으로 만들었다고 보기 보단 저절로 애인 사이라고 봐야하는지도 모르겠다. 원래 직장동료는 자연스레 저절로 애인이 되는 것 아닌가? 아무튼, 명찬, 철준을 비롯한 총 일곱 명은 그들을 집중했다. 오늘의 최종목표 인강의 아지트 클럽 사무실을 알아내고야 말겠다는 결의가 지배했다.

그들은 차를 타고 어디론가 가고 있다. 당연히 이들은 그 뒤를 따라간다. 아마 아지트 클럽 사무실로 가지 않을까 하는 생각을 하며 나름 소기의 목표를 이룰 수 있는 좋은 기회라 여긴다. 인강의 차, 캐딜락을 따라 가고 있는 검도종합체육관이라고 차 곁에 써져 있는 노랑색 카니발은 그 뒤를 맹렬히 따라붙는다.

그러나 이들의 목표를 무색하게 할 정도의 이들의 입장에선 어이없는 일이 벌어지고 말았다. 그것은 바로 캐딜락은 이수역 주변에 있는 모텔로 직행해 버렸다. 뒤따라온 카니발은 닭 쫓던 개 지붕 쳐다보는 격이 되고 말았는데… 그래도 포기하지 않고 끝까지 기다려보기로 하였는데 그 후, 몇 시간을 기다려보아도 나올 기미가 보이지 않았다.

"야, 이거 정말 징그러운 놈이다. 도대체 몇 시간이나 저러고 있는 거야!"

"아니, 형님 저 놈이 나올 것 같지 않은데요. 그냥 갑시다."

"그래 그래야겠어!"

이들은 노랑색 카니발을 돌린다. 이들은 바로 용인 구갈동사무실로 간다.

지금 이 시간, 구갈동 사무실에선 차지태가 이들 일곱 명을 학수고대하고 있다. 이들이 들어오자 지태는 눈이 번쩍 뜨인다.

"어어… 어, 어서 와, 어떻게 그 놈의 아지트는 알아냈어?"

"아아… 회장님 너무 죄송합니다. 그 놈의 아지트를 알아내지 못했습니다. 그 놈이 새로 들어온 듯한 조교하고 모텔로 들어가는 바람에… 윽 흑."

그러자 지태는 못내 아쉬워하며 한숨을 푹 쉰다. 하지만 그런 표시를 내지 않으려고 애를 쓴다. 왜냐면 이들을 앞으로도 더 적절히 활용해야하기 때문이다.

"아아아… 뭐, 죄송할 게 있어. 아니 근데 지금 방금 그 놈이 새로 온 것 같은 조교하고 모텔이라는 건, 뭔 소리야?"

"아예, 오늘은 예전에 있었던 그 조교가 아니라 다른 조교와 차를 타고 가다가 모텔로 확 들어가 버리더라고요. 그런 다음 몇 시간이 지나도 나오질 않아서 그만…."

이 말을 듣자, 지태는 다소 놀라기도 하면서 또 한편으론 의미심장한 표정을 짓는다. 차지태의 머리를 순간 스쳐지나간 것은 이것도 이용할 수 있을 것이라는 복안에서다.

"아아… 그래요. 근데 너무 낙담할 일이 아닌 것 같습니다. 어쨌든 인강이란 놈이 예전에 그 조교의 남자친구가 찾아와 난리를 쳤을 게 뻔한데… 분명히 그 놈이 지 애인을 숨겼을 게 뻔한 일 아니겠어요? 그래서 그 조교를 관두게 하고 새로 조교를 뽑게 학교 측에 요청했으리라 생각해요."

"아네, 그랬을 걸로 봅니다. 그래서 며칠 전에 저희가 학교에 관찰하러 갔을 때, 그 남자친구가 그 여잘 찾으러왔다가 없으니까 화가 나서 그 놈을 밟아버린 것 같습니다. 어쨌든 멋진 장면이었습니다."

차지태는 생각한다. 오늘 아지트를 알아내지 못한 것은 내일이든 모레든 알아내면 될 일이고, 그보단 방금 이들이 말한 그 새로 온 것 같다는 조교를 납치하여 심문을 하면 최인강이 한석대학교 교수로 들어오게 된 과정 같은 것을 알 수 있을 것이라고 판단한다. 그리고 지태가 더 중요하게 여기는 애틋했던 그 임인 미연의 거처를 알아낼 수도 있을 것이란 기대도 커진다.

하나 더 있다면 이곳을 떠나 그곳으로 가 버린 회원들의 동향 같은 것도 다 알 수 있을 것이란 부분이 그가 납치를 강행하게 되는 외통수로 걸려들어 가게 만드는 것이다.

지태는 새로 온 조교를 납치한다는 것의 구체적인 작전에 들어간다.

"아아… 그 여잘 내일이라도 잡아다가 그 놈의 뒷조사를 해 보도록 합시다."

"아네, 알겠습니다."

다음 날이 되자, 일곱 명 멤버 그대로 또 한석대학교로 간다. 어제 보았던 그 새로운 조교를 납치하기 위해서이다. 여기서 주목할 대목은 지태가 번개음주운전클럽을 완전 탈퇴하고 나가, 현재 진흙탕 물을 일으키고 있는 인강을 직접 잡아다가 처단, 응징을 하지 않고 이렇게 우회로 도는 이유는 회장 자기 자신이 그만큼 고상하고 고귀한 성품의 소유자라는 것을 나타내고 싶은 일종의 이미지 관리 차원이다.

어쨌든, 이들은 시간에 맞춰 한석대학교 경상관 건물 앞에 진을 쳤다. 약, 30분 쯤, 지났을까!

최인강 교수가 그 조교와 손을 잡고 나오고 있었다. 이들은 노랑색 카니발 안에서 그들을 집중하기 시작했다. 만약에 오늘도 어제처럼 저들이 모텔로 들어가 몇 시간을 안에 있더라도 끝까지 기다려 기필코 저 조교를 납치하고야 말리라!

최 교수는 자신의 차, 캐딜락에 조교를 태우고 학교 정문을 빠져나와 어디론가 가고 있다. 곧바로, 카니발은 그 뒤를 좇는다. 어제와 달리 인강은 그녀를 데리고 모텔로 들어가지 않고 이수역에서 내려주고 차를 몰고 다른 데로 가고 있다. 이들로선 엄청난 호재였다. 그녀가 전철을 타기 위해 계단으로 내려가려하자 한 명만을 제외하고 여섯 명의 남자들은 쏜살같이 뛰어나와 그녀를 잡아 차를 태우려고 한다.

그러자, 그녀는 비명을 질렀다.

"으 악악… 뭐야!… 아아아아…."

하지만, 소용없었다. 여섯 명의 남자들의 완력 앞에 끌려 갈 수 밖에 없었다. 지금 이 시간, 이수역 계단 주변에 수많은 행인들이 지나가고 있었지만 강 건너 불구경 하듯 바라만 보고 있었다. 그녀는 속절없이 이들에 의해 차 안으로 끌려 들어갔다. 이들은 곧장, 용인 구갈동 사무실로 향했다.

번개같이 달려온 카니발은 저녁 7시가 되어 그곳에 도착했다. 오늘도 어제처럼, 차지태 회장은 사무실에 미리 와 있으면서 이들 일곱 명이 오늘의 목표를 무사히 이루어내길 빌고 있었다.

이들이 그녀를 데리고 클럽사무실로 들어오자, 차 회장은 환호성을 터뜨린다.

"와우! 결국은 잡아오는 구나!… 수고했어요. 동지 여러분… 하하하."

"아이, 뭘, 이 정도 가지고요. 저희는 너무 완벽하다는 게, 탈이라면 탈입니다. 킥킥킥…."

그녀는 겁에 질려 울먹이는 소리를 내고 있었다.

"아아아… 여기에 어디예요? 으 윽 흑… 살려주세요."

그녀는 클럽 사무실 지하로 곧장, 끌려 내려갔다. 뒤따라 차 회장이 지하로 내려왔다. 지태는 그녀를 계속 노려본다. 그러자 그녀는 얼굴을 '확' 숙인다.

"얼굴을 들어요."

"……."

그녀는 인신매매범에게 끌려왔다고 생각하고 온몸의 힘이 다 빠진 채로 떨고 있다.

"아가씨, 이름이 뭡니까?"

"아 네, 최나희라고 합니다."

그녀가 입을 열자, 지태는 환하게 미소를 짓는다. 다시 그녀를 노려본다. 그러다가 말을 이어간다.

"아가씨는 언제 한석대학교 조교로 왔습니까?"

"아아… 2월 6일에 왔습니다. 아니, 근데 절 여기에 왜 끌고 온 것인가요? 으 흑"

그녀가 계속 무서워하는 표정과 목소리가 나오자 지태는 부드럽게 말하며 긴장을 풀어준다.

"하하하. 우릴 너무 무서워하지 말아요. 우린 국가를 사랑하고 사회를 늘 걱정하는 구국단체입니다. 우리의 목표는 다른 게 아닙니다. 바로 한석대학교의 최인강 교수같은 놈처럼 후안무치한 것들을 처단 응징하여 국가와 사회를 바로 세우기를 하는 우직한 모임이니 두려워하지 마시고 긴장을 푸세요."

"아니, 그, 그… 저희 대학의 최 교수님에게 무슨 일이 있나요?"

"있지요. 그 놈은 짐승만도 못한 놈입니다."

지태가 이렇게 말하고 순간 침묵을 지키고 있자, 나희는 속으로 두려움이 몰려온다. 왜냐면, 혹시 자신과 최 교수의 불륜 문제 같은 것 때문에 그러는 게 아닌가 하는 생각이 들어서이다.

그래서 그녀는 침묵으로 일관하거나 그런 질문이 오면 '모른다'라고 대답하려 한다. 그런데 그런 질문이 아닌, 전혀 다른 질문이 날아오고 있다.

"조교 아가씨, 나이가 어떻게 됩니까?"

"아예, 28살입니다."

"좋은 나이로군요. 그 최 교수에 대해서 말을 하자면 한때 우리 클럽의 부회장직을 맡았었는데 일탈을 하여 달아나버렸지요. 한마디로 국가를 사랑하고 늘 사회를 걱정하는 우리클럽과 이념이 맞지 않아 가버린 것입니다. 애국심이 없는 놈입니다."

"아아… 우리 교수님이 그런가요?"

지태는 담배를 한 대 꺼내어 라이터를 켠다. 그는 너무 공교롭게도 예전에 최 교수가 옛 조교였던 화선에게 남자친구가 자신을 의자로 폭행한 것에 대한 앙금으로 그를 떠 보게 했던 바로 그 전법을 오늘은 차지태가 새로 온 조교인 나희에게 쓰고 있다. 참, 기이한 일이다. 바로 술 먹이기 전법 말이다.

"아, 말이죠. 조교 아가씨, 마음 편히 담배를 한 대 피우시죠. 자, 여기…."

"아 네, 감사합니다."

나희는 지태가 주는 담배를 받아서 피우고 있다. 그녀도 연기를 몇 번 빨아들이니 긴장이 다소 풀리는 듯했다. 그러자 지태가 본론에 들어간다.

"아아… 내가 얼마든지 돈은 줄 테니까, 말이죠. 그 최 교수하고 술 좀 먹어가며 뭐, 이것저것 궁금한 걸, 알아내기만 하면 됩니다. 아마 그 놈도 술을 듬뿍 먹다보면 실수로 진실이 쏟아져 나오리라 믿습니다. 그래 줄 수 있나요?”

“아네, 어떤 건지는 모르겠지만 절 여기서 풀어만 주신다면 한번 해 보도록 하겠습니다.”

“아아아… 제가 조교 아가씨를 괴롭히려고 이곳으로 오게 한 게 아니니까, 그런 염려는 절대로 하지 마세요. 핵심은 한석대학교의 교수 채용 과정에서 돈거래가 있었는지 한번 떠보시오. 요리저리 술을 많이 먹인 후, 물어보면 실수로 실토할 수도 있으니 말이에요. 그 후, 그 사실을 내게 알려주면 됩니다.”

“……”

지태가 이렇게 말하자, 나희는 고개를 숙인 채, 아무 말도 못하고 있다. 그러자 지태는 느닷없이 크게 소리를 지른다.

“왜, 대답을 하지 않는 겁니까? 이게 다 국가와 사회를 바로 세우기 위한 우리 클럽의 방향입니다. 잘못된 악습적 구조를 뿌리 뽑아야 하는 게, 내가 살아가는 길입니다. 어떻게 하시렵니까?”

그가 갑자기 고함을 치자, 그녀는 순간 겁을 먹고 그러겠다고 대답했다.

“아아… 네에, 그럼 그렇게 하겠습니다. 언제까지 해야 되나요?”

"흠흠… 뭐, 내일이라도 빨리 해 주시면 더욱 좋습니다. 그리고 아가씨는 이젠 오늘부로 우리 국가와 사회를 바로 세우기 위한 클럽의 정회원이 되시는 겁니다."

"예에, 그렇게 하도록 하겠습니다."

그러자, 지태는 얼굴에 미소를 짓는다. 그리고 담배를 하나 더 꺼내어 그녀에게 주면서 불까지 붙여준다.

"아아… 내가 누군지 아세요. 난 서울검찰청 검사장 출신이면서 지금은 수원 인계동에서 변호사를 하고 있는 사람이에요. 그리고 늘 국가와 사회를 걱정하고 있지요."

"어어… 그러세요. 대단하시군요. 또 너무 좋은 일도 하시고요."

"내가 방금 전, 얘기한 한석대 교수 채용 과정에서 돈거래가 있었는지 한번 최 교수를 떠 보라고 한 건, 그런 소문이 무성해서 그러는 겁니다. 잘못된 것은 바로 잡아야 하지 않겠어요?"

"아네, 그건 그렇기도 하네요."

지태는 생각한다. 이참에 그녀에게 거액의 돈을 지급하고 아예, 이곳 번개음주운전클럽의 부회장으로 임명하는 야심찬 구상을 한다. 그렇게 된다면 이곳에서 30명 가까이 대거 인강 측으로 넘어가버린 이들을 견제하는 데에 있어 나름대로 괜찮은 작전을 구사할 수 있으리라 판단한다. 왜냐면 그녀가 최인강 교수의 사무실 조교이기 때문이고 하나 더 있다면 그와 애인으로 지내고 있기에 뭔가 비밀정보를 알아내는 데에 안성맞춤이라고 생각하고 있기 때문이다.

여기서 지태가 그 수를 쓰게 된다면 인강이 썼던 전법과 거의 같은 수가 되는 것이다. 물론, 한 가지 차이점이라면 인강은 지태의 정회원을 빼내 간 것이라면, 지태는 그게 아닌, 인강의 사무실 조교면서 애인을 빼오는 것에 차이가 있다. 어쨌든, 서로가 전략상 상대방의 우군을 빼오는 것은 똑같다.

"아! 조교 아가씨 내가 그대에게 천만 원을 드릴 테니, 우리 클럽의 부회장으로 오실 수 있겠습니까?"

"예에, 천만이라고요? 그렇게 많은 돈을…."

"하하하. 부족한가요? 적으면 더 드리지요."

"아니, 아닙니다. 그 근데… 어떻게 저 같은 사람이 할 일이…."

"하하하. 아까 얘기한데로 그 최 교수의 한석대학교 교수 채용 과정의 돈거래가 있었는지에 대해서만 알아내주시면 됩니다. 자, 그럼 오늘부터 우리클럽의 부회장이 되는 겁니다."

"아아… 네에 알겠습니다."

지금 이 순간, 지태는 속으로 환호성을 터뜨린다. 사실, 인강이 한석대학교 교수가 되는 데에 있어서 실제로 돈거래가 있었는지는 알 길은 없다. 그저, 지태 자신의 직감에서이다. 그런 까닭은 예전부터 교수 채용 과정에서 돈거래가 있다는 말들이 있었기 때문이다. 그 직감이 맞아 떨어질 것이라고 판단했다. 일종의 모험이다. 이 모험이 성공을 거둔다면 인강을 완전히 박살내 버릴 수 있는 길이기에 공을 들인다. 만일 이 모험이 성공을 거두지 못한다면 차선책으로 미연, 옛 조교인 화선, 이렇게 두 여인과의 불륜문제를 집중 부각하려고 계획하고 있다. 하지만, 정말 마음 속내는 화선까지만 불륜 문제를 부각하고 미연에 대해선 다소 조심스럽기도 하다. 왜냐면 자신이 다시 미연을 찾아와야하기 때문이다.

물론, 이 문제는 저번에 화선의 남자친구였던 경수에게 팀장, 총무를 시켜 동영상을 보여주게 하여 인강에게 적잖은 충격을 주긴 했지만 앞으론 그런 차원이 아닌 사회적 차원의 충격, 즉, 그가 대학에서 더 이상 교수직을 하지 못할 정도의 수준으로 밀어붙일 생각이다. 아무튼, 지태로선 새로운 젊은 부회장을 맞이하였으니 더할 나위 없이 기쁘다. 지태는 정신적 힘을 얻어 기쁨에 도취되어 부회장이 된, 최나희와 오늘 그녀를 이곳으로 잡아온 7인과 함께 기분을 내기 위해 횟집으로 향한다.

그녀는 오늘부로 이곳의 부회장이 됐고 또 천만 원까지 준다는 약속으로 무척 들떠 있어 내일 당장 아까 차 회장과 오고 갔던 그 전법을 최 교수를 향해 폭격을 날리려고 굳게 다짐하기에 이른다.

날이 밝자, 나희는 한석대 출근길에 오르며 비장한 각오를 다진다. 어젯밤 지태가 자신에게 당부한 내용과 그 무엇보다 천만 원이라는 돈이 눈앞에 아른 거린다.

최 교수 사무실에 들어서자마자 그녀는 환한 미소와 야릇한 미소를 동시에 자아낸다. 그를 완전히 넘겨 트리기 위함이다.

"교수님, 이따가 저녁 때, 제가 교수님을 위해서 소주와 맥주를 사드리겠어요. 시간되시지요?"

"아! 그럼 당연히 시간이 되지! 누구와 먹는 소주, 맥주인데… 하하하."

"호호호. 오늘도 제가 이 세상에서 가장 사랑하는 교수님과 술을 먹는다고 생각하니 너무 기분이 좋아요. 그리고 오늘밤은 더 뜨거운 시간이 되었으면 해요."

"와우! 이게 웬일이야! 우리 아름다운 조교님께서… 푸 하하하!"

나희는 아예, 작심하고 있다. 어떻게든 그것을 알아내리라!

퇴근시간이 되자, 사무실에서 나오기 전에 그녀는 느닷없이 자신의 입술을 최 교수의 입술에 대고 '꾹' 누른다.

"교수님, 제가 교수님을 너무 사랑한다는 것, 잘 알고 계시지요?"

"아니, 야, 야, 그런다고 나가기도 전에… 막 그러면 안 되지!

사실, 난 너무 좋지만 그래도 되겠니? 으 윽 흑.”

“그렇지요. 쪽! 쪽! 쪽!”

그런 후, 이들은 교수실 문을 열고 나와 인강의 차, 캐딜락을 타고 신림역 주변에 있는 숯불갈비 집으로 들어갔다. 지금 이 순간, 인강은 나희가 엊그제 이수역 주변 모텔에서의 뜨거웠던 시간들의 황홀감을 못 잊어 자신에게 넋을 잃고 있다고 생각한다. 그러면서 회심의 미소를 짓는다. 그러자, 그녀도 호응 차원에서 같이 야릇한 미소를 짓는다. 소주와 오겹살이 나오자, 나희는 인강에게 막 따라주기 시작했다. 인강은 너무 들떠 막 마셨다.

“아니, 근데 네가 따라주는 술이라 너무 좋아 막 마시는 건, 좋은데 이렇게 막 마셔버리면 취해서… 이따가 모텔 가서 정말 중요한 걸, 하는데 지장이 있을 것 같은데….”

“아이, 뭘, 거기까지 걱정해요. 취하면 밖에 여기저기 돌아다니다 깨나면 그때 들어가서 하면 되지요. 호호호.”

“그래, 맞다. 맞아! 그래, 막 따라라… 아하… 킥킥킥.”

그는 그녀의 의도를 알 수가 없기 때문에 따라주는 대로 막 들이마셨다. 그러다보니 엄청 취하기 시작했다. 그러자 그녀는 속으로 회심의 환호성을 터뜨린다.

“자! 교수님, 이젠 다른데 호프집으로 가서 한잔 더 하기로 해요.”

"아아… 그래, 그래, 좋아, 좋아… 가자고….”

이들은 숯불갈비에서 나와 주변의 호프집으로 들어갔다. 밤 8시가 넘었다. 이젠 서서히 그녀의 본색이 드러나고 있었다.

"아! 근데, 교수님 사실은 저도 어릴 적 꿈이 대학교에 교수가 되는 거였어요. 지금이라도 될 수만 있다면 얼마나 좋을까요? 아아… 꿈만 같다. 교수가 된다면….”

그녀가 이런 말을 하자, 최 교수는 사랑스런 미소를 짓는다.

"음, 그렇게 어릴 때부터 내 직업을 좋아했었어? 하하하. 그럼 지금이라도 하면 되지 뭐!”

"아이, 교수님, 교수는 아무나 하나요? 교수님처럼 인품과 능력이 있어야 가능한 것이지요.”

"그래, 그건 맞아!”

그녀는 지금 이 순간, 속으로 엄청난 머리를 굴리고 있다. 어떻게 그 부분을 알아낼 것인가에 대해서 말이다. 결국엔 술을 더 들이붓게 해야겠다고 생각했다.

"교수님, 3천은 더 드셔야죠? 자, 남은 것 드시고 주문할 테니까, 더 드세요.”

그녀는 카운터에 생맥주를 3천을 더 달라고 요청한다. 그러자 조금 지나자 3천이 왔다. 그녀는 막 마시라고 그의 앞으로 밀어 놓는다. 그러자, 그는 막 마신다.

역시, 술의 효능이 들어나고 있었다.

"아! 근데 교수님 사실 저도 한석대학교에 교수가 되고 싶은데 어떻게 해야 될까요? 전, 의류디자인학과를 나왔으니까, 그 과의 교수가 되고 싶어요."

나희가 이렇게 말하자, 인강은 아까 갈빗집에서 먹은 소주에다 또 호프에 와서 마신 엄청난 맥주 때문인지, 막 웃어대기 시작했다. 그러면서 은밀한 영역이 드러나기 시작했다.

"야, 그렇게 교수가 되고 싶어? 뭐, 교수되는 것 별거 아냐! 그냥 돈만 많으면 돼!"

"아니, 교수님 그게 무슨 말씀이세요? 돈만 있으면 된다니요. 교수님처럼 인품과 능력이 있어야 하지 않겠어요?"

나희가 이렇게 말하자, 인강은 술에 만취해서 그런지 얼굴을 좌우로 비틀대며 말을 이어간다.

"아아아… 야, 뭐가 인품과 능력이야! 우리 대학 교수 중에 그런 걸 갖춘 놈이 어디 있냐? 뭐, 기본적인 4년제 학력 정도는 있어야겠지만, 인품이니 능력이니 뭐니 하는 건, 없어! 그냥, 돈 많이 내면 교수될 수 있어. 사실, 나도 그렇게 돈 내고 됐어."

"아니, 교수님, 그게 사실이에요? 전, 그런 걸 몰랐지요. 즉, 기부를 많이 하면 교수가 될 수 있다는 말씀이시군요? 그럼 저도 한번 도전해 보고 싶어요. 교수님."

"그래, 도전해, 근데 도전이라고 하니까, 좀 그렇다. 돈만 많이 내면 되는 것을….”

나희는 지금 이 순간, 속으로 기쁨의 환호성을 터뜨린다. 어젯밤 용인구갈 동에서 차지태 회장과 나누었던 대화가 그대로 적중하는 순간이다. 자연스럽게 차 회장의 이 세상을 바라보는 안목에 대한 감탄이 가슴 속 깊이 드리워지고 있다.

“교수님, 오늘은 너무 취했으니까, 그 얘긴 그만하고요. 다음에 시간 내서 우리 대학의 교수가 되는 길을 제게 가르쳐주세요. 저도 한석대학교 의류디자인학과 교수가 되고 싶어요. 호호호.”

“그래, 그래, 그러기로 하지!”

밤 9시가 넘자, 나희는 인강에게 그만 일어나자고 제안한다. 그러자 인강은 서서히 비틀대며 일어난다. 이들은 밖으로 나와, 술을 깨려고 여기저기 돌아다닌다. 바깥 공기가 차가운 덕분에 이들은 조금이나마 술을 깰 수가 있었다. 한 시간 넘게 이렇게 돌아다니다가 골목을 바라보니 모텔이 있어 그곳으로 들어간다. 이들은 이곳 모텔에 들어가 빨간색 장미꽃을 검정색 장미꽃으로 검붉게 물들였다.

그리고 이곳에서 다음 날, 오전까지 누워 있었다. 이날은 주말이라 여유를 부리는 것이다. 일단, 그녀가 이날 밤, 자신의 목표를 이룬 것은 최 교수가 돈을 바치고 대학 교수가 되었다는 것이다. 이 사실을 그대로 차 회장에게 알려 버리면 되는 것이다. 그렇게 되면 차 회장이 요구한 걸, 해결해 주는 거고, 또 약속대로 그가 내게 천만 원을 지급하게 될 것이다.

나희는 토요일 오전에 일어나 최 교수와 밖에 나가 점심을 먹고 각자 갈 길을 갔다. 그녀는 인강이 차를 타고 돌아서가는 모습을 확인한 후, 곧바로 차 회장에게 전화를 넣는다.

"아아… 회장님, 제가 어젯밤에 그 사실을 알아냈습니다. 오늘 구갈동 사무실에 가서 상황보고를 하겠습니다."

"와우! 나희 씨, 너무 고생 많으셨어요. 이렇게 빨리 특급정보를 알아내시다니요. 나희 씨는 남들보다 너무 센스가 탁월하신 것 같아요. 우리 클럽의 부회장직을 수행해 나가시는 데 전혀 손색이 없으십니다. 오늘 저녁 6시에 구갈동 사무실에서 봅시다."

"네에…."

그녀는 그 무엇보다 엊그제 차 회장이 제시했던 포상금 천만 원이 눈앞에 아른 거렸다. 그 부푼 마음을 담고 그 시간에 그곳으로 달려간다. 정확한 시간에 맞춰 사무실에 도착했다. 사무실에는 이미 차 회장과 그 때 그 7인은 와 있었다.

"아아… 어서 오세요. 최나희 부회장님, 너무 수고 많으셨습니다."

"하하하. 뭘, 이 정도 가지고요. 그냥 기본입니다. 호호호."

"자! 이곳에 앉으시지요. 부회장님."

"호호호. 저보고 부회장이라고 하니까, 좀 무안하기도 하군요."

"아니, 아닙니다. 그러실 것 없어요. 우리 번개음주운전클럽에 부회장님이 되시기에 전혀 손색없는 센스와 실력이십니다. 하하하."

그러자, 그녀는 순간 당황하기도 한다. 엊그제 이곳에 처음 왔을 땐, 국가와 사회를 걱정하고 바로 세우는 모임이라고 하지 않았던가? 그런데 방금 전, '번개음주운전클럽'이라고 말을 하니 어리벙벙하기만 했다. 그러다가 궁금한 나머지, 그녀는 클럽 이름의 모호함에 대해 질문을 던진다.

"아! 근데 회장님 엊그제 제가 여기 왔을 땐, 국가와 사회를 걱정하며 바로 세우는 모임이라고 하셨는데 방금 전에 번개음주운전클럽이라고 하시니까 조금 이해가 안 되는데요?"

"아아… 부회장님, 하하하. 그러셨군요. 어려워하실 것 없어요. 음주 운전하는 놈들을 색출하는 모임이라고 생각하세요. 다음에 더 자세히 설명 드리지요."

"아네, 알겠습니다."

나희가 클럽 이름에 대해 의아하게 생각하자, 차 회장은 얼른 얼버무려 버린다.

"자! 제가 부탁한 특급정보를 알아내셨다는데 한번 말씀해 보시지요."

"예에, 어젯밤 최 교수와 신림역에서 만나 그에게 술을 엄청나게 먹인 뒤에 저도 교수가 되고 싶은데 어떤 방법이 있느냐고 물어봤더니, 결국엔 돈 얘기를 하더군요. 핵심은 그가 돈 주고 교수됐고, 그 대학의 다른 교수들도 다 그런 식이라는 거예요."

이 말을 전해들은 차 회장은 너무 감격하여 아주 크게 환호성을 터뜨린다.

"와 아아아… 나이스 스윙. 오호. 이젠 제대로 걸렸어! 그 놈의 그 말은 한석대학교의 교수 채용 과정에서 엄청난 금품거래가 있었다는 결정적 단서가 되는 거지!"

차 회장이 인강을 쓰러뜨릴 찬스가 왔다고 흥분하자, 팀장을 비롯하여 7인들도 같이 흥분하기 시작했다.

"아하! 회장님, 그 놈을 박살낼 수 있는 절호의 기회가 온 듯합니다. 하하하."

"우리 클럽을 와해시켜놓고 떠나버린 놈은 천벌을 받을 겁니다. 푸 하하하."

"그래, 그래, 이게 다, 여러분 덕분이면서 무엇보다 부회장님의 탁월한 지혜가 돋보였던 한판승이었습니다. 그리고 우리 부회장님에게 엊그제 그 약속 그대로 엄청난 역할을 수행하신 포상금으로 천만 원을 지금 이 시간에 지급해 드리도록 하겠습니다. 직책을 맡아주신 것에 대한 감사의 의미도 있습니다."

와 아 아아아… 짝 짝짝짝… 오호, 오호, 아 싸, 싸 아아아….
여기저기에서 격려와 포상금을 받게 된 것에 대한 축하하는
함성소리가 들렸다.

"최 부회장님, 저희 클럽의 부회장이 되신 것을 진심으로 축
하드립니다."

"아이, 뭘, 호호호. 격려해 주셔서 너무너무 감사드려요."

차지태 회장은 사무실에 설치된 자신의 공간으로 걸어가 금
고에서 현금 천만 원을 꺼내온다. 그리고 그녀에게 건넨다.

"자! 약속했던 돈입니다. 받아두세요. 그리고 앞으로 더 많
은 공을 쌓는다면 더 많은 포상금을 드리도록 하겠습니다. 수
고 많으셨습니다. 부회장님."

"와아, 정말 이렇게 많은 돈을 주시는 거예요? 어 어… 너무
감사합니다."

그녀는 현금으로 천만 원을 받자, 기쁨의 흥분을 감추지 못
하였다.

"네에, 앞으로도 더 확실하게 어마어마한 공을 쌓도록 하겠
습니다. 파이팅…."

"그래요. 힘써 주세요. 하하하."

"아아아… 오늘은 이렇게 엄청나게 많은 포상금을 받았으니
제가 저녁을 멋지게 화끈하게 쏘겠습니다. 자! 갑시다."

그녀는 천만 원이라는 포상금이 너무 감격스러워서 인근 숲

불갈비 집으로 직행했다. 이들은 소주, 맥주, 삼겹살, 갈비를 신나게 먹고 2차로 노래방까지 가서 더 화끈하게 놀았다.

이젠, 차지태가 최인강의 한석대학교 교수 채용 과정의 돈거래 부분을 집중 파고들어 그를 더 이상, 교단에 서질 못하게 하고 법정구속까지 물게 할 것은 기정사실이 됐다.

조만간에 지태는 한석법인 한석대학교의 교수 채용 과정의 돈거래를 수사기관에 고발할 뜻을 분명히 다지고 있다. 더군다나 그가 예전에 검사장까지 했던 사람이니 더욱 신속하고 강력하게 처리할 수 있을 것이다.

이번 주말은 인강의 교수 채용 비리를 파헤쳐 이 사회에서 완전히 매장 시켜 버린다는 야심찬 계획을 세우는데 심혈을 기울일 것으로 보인다. 그리고 지태는 다음주 월요일에 한석대학교 교수 채용비리를 검찰에 고발할 생각이다.

음주운전
박살내기
클럽

9. 한석음주운전협회

주말을 보내고 월요일이 찾아왔다. 그는 노렸다는 듯이 서울 검찰청에 이 문제를 고발해 버린다. 이에 검찰은 조사에 나서게 됐다. 검찰 수사관은 일제히 한석법인을 덮쳤다. 느닷없이 검찰이 이곳에 밀어닥치자, 한석법인은 당황했다.

그 후, 여기저기 증거물이 될 만한, 서류들을 압수해가기에 이른다. 심도 있는 조사를 거듭한 결과, 최인강 교수가 2007년에 한석대학교 경제학과 교수가 될 때, 무려 10억이나 되는 돈을 이곳에 기부한 사실이 드러났다. 검찰은 다른 교수들의 채용 과정도 비리가 있었는지 조사를 확대해 나가려고 하였으나, 옛 검사장출신이자, 현 변호사인 차지태가 뒤에서 '핵심인물의 비리'를 알아냈으니 이만 됐다고 수사를 마무리해도 된다고 훈수를 뒀다. 이에 검찰들은 일제히 한석법인 한석대학교 교수 채용 비리 수사를 종결졌다. 일종의 표적수사의 전형이었다. 어쨌든, 최인강은 앞으로 뇌물공여죄, 배임수증죄(背任收贈罪)로 법정구속을 면할 길이 없어 보인다.

최 씨는 결국 이런 죄책으로 교수직에서 파면됨과 동시에 구속이 되어 재판을 받게 됐다.

인강으로선 청천벽력 같은 사건이었다. 그는 직감했다. 왜, 이런 일이 생겼는지에 대해서 말이다. 결국은 지태가 뒤에서 저지른 짓이란 것을 알 것 같다. 불과, 얼마 전에 조교인 나희가 내게 찾아와 자신이 교수가 되는 게 꿈이었는데 어떻게 방법을 가르쳐달라고 했었는데 그 대목이 뭔가 수상했다. 그렇다면 그녀가 어느 틈에 차지태와 연대를 이뤘단 말인가! 의아한 건, 그 두 사람 간엔 전혀 아는 사이가 아닌 것 같은데 어떻게 이런 일이 발생할 수 있을까!

난, 그날 나희가 내게 술을 막 따라 주었기에 필름이 끊겨 정신이 하나도 없다. 그런데 가만히 기억을 추슬러보면 난, 그날 엄청난 말실수를 한 것 같다. 바로 이 말 말이다. "돈만 많으면 교수될 수 있어." 결국 이 말이 빌미가 됐을 것으로 본다.

"아! 차지태와 그 계집애에게 놀아나다니…! 비통하다. 통한의 실수였다. 으 윽 흑흑."

그러나 이미 때는 늦었다.

최인강은 안양교도소로 수감됐다. 수감되는 날, 그는 통한의 비통한 눈물을 하염없이 흘렸다.

이젠 칼바람이 스쳐지나가고 조금씩, 조금씩, 봄기운을 느끼게 하는 포근한 바람이 불기 시작했다. 인강이 안양교도소로 들어가자 그가 운영했던 한석음주골프산악회의 회원들이 면회를 오기에 이른다. 면회를 온 인물은 부회장인 홍미연과 공동팀장을 맡고 있는 6인의 변호사들이다.

홀로 고독과 고통 속에서 수감생활을 하던 인강에게 이런 면회객들이 찾아오자 그는 서러운 눈물을 흘리고 만다.

"아아… 오셨군요. 너무 고맙습니다. 제가 여러분들에게 뭐라 드릴 말씀이 없습니다. 이런 모습 보여드려 너무 송구스럽습니다. 으 윽 흑…."

"아니, 아닙니다. 회장님 그게 무슨 말씀이십니까? 회장님께선 억울하게 옥살이를 하고 계신 겁니다. 그저 안타깝습니다."

"동지 여러분, 절 이렇게 만든 그 지태란 놈과 그 조교 년을 꼭 해결해 주십시오. 힘을 모아주세요. 제가 석방되어 나가는 날엔 그 놈은 더 이상 이 땅에 발을 붙이고 살지 못할 겁니다. 아 아아아… 그 개자식을… 으 윽 흑흑흑."

인강이 이렇게 말하자, 그들도 눈시울이 뜨거워지고 있었다.

"저희가 부회장님을 중심으로 혼연일체가 되어 우리 한석음주골프산악회를 계속 발전시켜 나갈 것이고, 그 지태란 사람에 대한 철저한 복수를 구상 중이니 회장님께선 마음의 안정을 취하시고 몸을 보전하십시오."

"아네, 너무 고맙습니다. 예에, 꼭 그렇게 해 주세요. 간절한 부탁입니다."

면회객들은 어느 정도 시간이 지나자, 돌아갔다. 이젠 한석 음주골프산악회 회장인 인강이 교도소 수감생활을 하게 됨에 따라 자동으로 부회장인 미연이 그 자리를 대신하게 되었다. 과연, 홍미연이 이 중책을 성공적으로 이끌어 나갈 것인지, 사 뭇, 궁금하기도 하다.

한편, 차지태는 지금까지 진행된 상황에 대해 나름, 흡족해 하고 있다. 눈에 가시였던 최인강을 감옥으로 보내버렸으니 말이다.

거기에다가 여러 경우 수를 대비하여 한석대 조교인 최나희 를 더 이상 그곳에서 근무를 하지 못하게 조치를 취하였다. 물 론, 그러기도 전에 그녀 자신도 더 한석대에서 근무하고 싶지 않다고 의사표시를 나타냈다.

그녀로서도 이번 최인강 교수의 구속문제가 신경이 쓰이는 것은 어쩔 수 없는 것이었다. 이젠 지태의 최대의 과제는 세 가지로 요약된다.

첫째, 도저히 잊을 수 없는 대상 미연을 찾아내는 것.

둘째, 30명 가까이 인강 측으로 넘어갔던 회원들에 대한 융 단폭격 실시.

셋째, 미래의 제 2의 인강 같은 놈이 나올 수 있기에 철옹성 감시태세 강화와 번개음주운전클럽의 세 불리기 몰입작전 강화하는 것.

대략 이렇게 요약해 볼 수 있겠다.

지금 현재로서 중요한 건, 혹시 인강 측에서 우리 번개음주운전클럽의 부회장이 된, 최나희에 대한 보복차원의 뭔가가 있을지도 모르니 특별경계가 필요하다. 그래서 차지태 회장은 팀장인 조명찬에게 나희를 특별보호 하는 차원으로 그녀에게 보디가드를 두 명 정도 붙여주라고 당부했다. 그러자, 조 팀장은 이곳 번개음주운전회원 중에 검도에 능한 사람 1명, 그리고 킥복싱에 능한 사람 1명을 선별하여 그녀의 신변보호 역할을 맡게 했다.

번개음주운전클럽은 2015년 3월 중순이 되자, 날씨도 많이 좋아졌고 활동하기도 좋아진 시즌을 맞아 대대적인 단합대회를 열 계획을 한다. 그래서 이들은 15일 토요일을 맞이하여 기흥구 신갈저수지 둑방에 모였다.

정회원들이 다 모이자, 차지태 회장은 인사말을 시작했다.

"아아… 다들 모이셨군요? 너무너무 반갑습니다. 이렇게 날씨도 화창하고 바람도 선선하게 불어오니 기분이 너무 좋습니다. 오늘은 단합대회 겸, 우리의 앞으로의 계획 같은 청사진을 그려보는 시간들로 채워질 것입니다. 좋은 의견 있으신 분은 말씀해 주십시오."

그러자, 조명찬 팀장이 뒤를 이었다.

"아아… 우리의 청사진은 다른데 있는 게 아닙니다. 말 그대로 번개음주운전클럽의 이름대로 번개처럼 활동하고 또 음주 많이 하고 그 상태로 운전하며 스트레스를 풀고 여기저기 번개처럼 돌아다니며 세력을 키워나가는 것 아니겠어요? 그리고 여기 회장님께선 말씀을 무척 아끼고 계시지만 예전에 우리 클럽에 있다가 최인강 쪽으로 넘어가 버린 놈들을 응징해 버리는 게, 우리의 선결 과제이고 그 후엔 더 많은 세력을 키워나가는 것이겠지요. 자! 그것을 위한 파이팅!"

"그래요. 맞아요. 좋아요. 나도 파이팅… 아 싸 아 아아아."

여기저기에서 울려 퍼지는 함성소리들….

여기서 조 팀장은 차 회장의 애인이었던 홍미연을 찾아와야 한다는 말은 생략했다. 왜냐면 그런 말까지 하게 되면 회장의 권위가 다소 손상당할 수도 있기 때문이다. 그런데 여기서 부회장인 최나희는 순간 깜짝 놀란다.

그 이유는 방금 전, 조 팀장이 "번개처럼 활동하고 음주 많이 하고 그 상태로 운전하며 스트레스를 풀어나간다."고 말했기 때문이다.

저번에 회장에게 천만 원 받고 부회장직을 맡게 될 당시엔 차 회장이 '음주 운전하는 놈들을 색출하는 모임'이라고 말하지 않았던가! 그녀는 이 부분에 대해 이상하다는 생각을 지울 수가 없었다. 그러나 더 복잡하게 생각하지 않으리라, 마음먹는다. 그냥 좋은 게 좋은 거 아니겠는가! 어차피 천만 원이라는 거액의 돈도 받았는데 말이다. 앞으로 잘 보이고 부회장으로서 맡은 일을 잘 수행해 나간다면 그 정도의 거액을 또 지급하지 않겠는가! 그런 생각하며 그저 먼 산만을 바라본다.

그렇다면 오늘 모임의 최대의 화두는 인강 쪽으로 넘어가버린 30명 가까이 되는 이들에 대한 응징책으로 보면 될 것 같다. 세력을 키우는 문제는 그 차후의 문제이다. 잠시 시간이 흐르자, 배철준 총무가 나희에게 질문을 던진다.

"저! 부회장님, 혹시 그 인강이란 놈의 아지트를 알고 계십니까? 그래도 예전엔 그 놈 밑에서 조교도 했었으니 알 수도 있을 것 같아서…."

"아네, 저는 그곳엔 가본 적은 없어요. 저를 그곳에 데리고 가질 않았거든요."

"아아… 그 놈이 나름대로 치밀한 놈이라… 그렇게 하진 않았군요."

배 총무는 뭔가 더 깊은 상념 속으로 들어간다. 지금 현재로선 인강이 교도소에 수감중이라 아지트를 알아내기 위해 그의 뒤를 밟는다는 것은 현실성이 없으니 말이다. 사실, 저번 달에 계속 시간은 있었지만 지금은 이곳의 부회장이 된, 최나희를 납치하는 것에 모든 집중을 했고 그 후엔 최 교수를 채용비리로 검찰에 고발하는 문제로 그 아지트를 알아내는 문제엔 소홀할 수밖에 없었다. 그렇다면 이곳 번개음주운전클럽을 떠난 30명의 배신자들을 융단폭격을 날리기 위해선 어떻게 해야 한단 말인가!

배 총무가 상념 속의 심각함을 짓자, 조 팀장이 분위기 반전 차원에서 술파티를 제안한다.

"아아… 철준아, 급할수록 서서히 차근차근하게 풀어나가자고…."

"아! 그렇긴 하지만…."

"자! 우리 술파티를 엽시다."

그러자, 차 회장도 고개를 끄덕였다. 어쨌든, 오늘 이 시간 이후로 인강의 아지트를 알아내는 일에 집중할 것으로 보이고 그 후엔 배신자들에 대한 융단폭격도 예상된다.

다른 한편, 최인강 회장이 교도소 수감생활을 하게 되어 엄청나게 흔들려 버렸던 한석음주골프산악회도 조금씩, 따뜻한 봄날의 기운을 맡아가며 새롭게 시작하고 있었다.

홍미연은 회장이 되자, 클럽이름 그대로 음주골프산악회에 맞게 술을 잔뜩 먹고 골프도 하고 등산도 하는 시간들로 채워가기 시작했다. 그러나 원래 이들의 태생이 차지태 밑에서 함께 있다가 뻗어 나온 세력인데 술을 먹고 골프만 하고 등산만

하겠는가? 근본 뿌리가 번개음주운전클럽이었는데 말이다. 그렇기에 당연히 술을 많이 먹고 운전을 하는 것을 취미로 할 수밖에 없는 이들인 것이다.

이들은 13일 월요일이 되자, 일제히 신림동 아지트에서 회식을 가졌다. 최인강이 교도소 수감중이라 자동으로 회장이 된, 홍미연이 이끄는 함선의 주목표는 무엇인가?

일단, 회장이었던 인강을 고발하여 교도소로 보내 버린 지태와 그 조교에 대한 융단폭격이 예상은 된다. 하지만 이들은 최인강 회장처럼 차지태와 그 조교에게 그리 강도 높은 불만은 없다. 인강은 면회 왔던 회원들에게 그 둘을 응징해 달라고 당부했지만 현실적으론 어렵다. 즉, 이들이 그렇게까지 한 맺힌 일이 없다는 것이다.

어쩌면 지태와 인강 사이에 서로 미연을 차지하기 위해서 피 튀기게 맞부딪친 것이지 이들 회원들은 무관했다는 점이다. 또, 한석음주골프산악회의 새로운 회장이 된 홍미연도 차지태에 대한 불만과 앙금보단 조금은 미안한 감정까지 있다. 왜냐면 한때 뜨거운 애인이었는데, 자신이 인강에게로 변심하여 달아났고 연락을 끊어 버렸기 때문이다.

지금 상황이 이런데 감옥에 있는 인강을 위해 이들이 얼마나 싸워줄 것인가? 그런데 여기서 특이한 일은 홍미연 회장 밑에 공동팀장을 맡고 있는 6인이 오히려 지태에 대한 반감과 앙금

이 많다.

그 이유는 예전 같이 변호사를 하던 시절에 업무문제로 여러 가지 트러블이 있었기 때문이다. 아마 이들이 지태를 향해 격렬하게 대적할 수 있는 인물들이 될 것으로 보인다. 신림동 아지트에 모여 술에 취한 이들은 오늘부터 본색이 드러나기 시작했다. 그것은 바로 예전에 지태가 운영하는 번개음주운전클럽 쪽에 있었을 때처럼 클럽 이름을 현실적으로 바꾸자는 것이었다.

현재의 이름은 한석음주골프산악회인데 즉, 술 먹고 골프치고 등산도 한다는 것인데 화끈하지 않다는 것이다. 물론, 이들이 골프를 좋아하기에 그렇게 정한 측면도 있지만 골프나 등산은 취미 정도로 생각하는가 보다. 정말, 꼭 확실하게 하고 싶었던 일이 바로 음주운전이 아니겠는가? 그러니 자연스레 클럽명을 바꾸자는 주장이 나올 만도 한 것 같다.

6인 공동팀장을 맡고 있는 한 사람인 선황철이 먼저 말을 꺼낸다.

"제가 한 말씀 올리겠습니다. 이젠 우리도 이상과 현실에 걸맞게 클럽명을 바꿔나갑시다. 그래서 제안하겠습니다. '한석음주운전협회'라고 하려는데 여러분 생각은 어떻습니까? 차지태가 번개음주운전클럽이란 이름으로 용인 구갈동에서 활동하고 있는데 그들과 강력하게 대항하는 의미에서 우리는 협회라고 짓기로 하려고 합니다. 클럽보단 협회가 위에 있는 것 아닌가요? 푸 하하하하."

"선황철 팀장님 그 이름이 너무 좋아요. 그리고 우리도 조직 체계를 갖춰야하니까 선 팀장님이 오늘부터 부회장직을 맡아 주십시오."

"그래요. 이 의견에 동조하시는 회원님들은 일제히 박수한 번 주세요."

짝짝짝, 짝짝짝… 우 아 아 아아아… 너무 좋아요. 환영합니다. 축하합니다.

선황철 부회장님 파이팅입니다.

여기저기에서 울려 퍼지는 함성소리들….

이렇게 되어 차지태에게서 이탈하고 나온 최인강이 1월 27일에 한석음주골프산악회를 결성해 활동을 시작했으나 지태 측과 여러 가지 복잡하고 날카로운 대립각을 세웠다. 그쪽에서 이쪽으로 많은 인원을 빼오긴 하였지만 최근 그쪽으로부터 엄청난 폭격을 받아 회장이었던 최인강이 구속되기에 이르렀다. 몹시 흔들렸지만 오늘 이렇게 한석음주운전협회로 명실상부하게 새로운 이름으로 다시 시작하게 되었다.

이곳도 새로운 지도부가 완성되었다. 회장은 최인강의 뜻의 따라 홍미연이고 부회장은 방금 전, 선출된 선황철 56세 됐고 팀장과 총무도 선출되었다.

팀장은 조병천 53세, 총무는 황수현 52세가 됐다. 이들도 차지태 측처럼, 차츰차츰 정돈되어 가고 있었다.

여기서 중요한 대목은 기존의 한석음주골프산악회에서 한석음주운전협회로 단체명이 바뀌었다는 것이다. 그렇다면 오늘 이 시간 이후로 골프, 등산을 접고 본격적으로 음주운전으로 돌입한다는 선포에 가깝다. 결국은 원래대로 돌아가는 것이었다. 예전에 차지태가 운영했던 그 시절로….

"아아…우리 이렇게 얼큰하게 술도 취했는데… 또 모임이름도 새롭게 바뀌고 기분도 좋고 한데, 각자 승용차를 타고 음주운전을 한번 신나게 해보는 게 어떻겠습니까?"

"와우! 요즘에 모임 이름이 음주골프산악이라서 술 먹고 골프하고 등산이나 해서 좀 싱거웠는데 이제야 제대로 된 진짜배기 활동을 하게 되는 것 같네요."

"그렇습니다. 우리는 원래 원뿌리는 음주운전 광팬들 아니었던가요?"

이들은 한껏 고무되었고 사기가 중천으로 올랐다. 앞으로 이 한석음주운전협회는 차지태가 이끄는 번개음주운전클럽을 능가하는 더욱 강력한 음주운전 단체로 태어날 수 있을지는 모르지만 수도권 전역을 휘젓고 다니며 광폭음주운전을 일삼을 것이 기정사실이 됐다.

또 다음으로는 이번에 지도부로 선출된 부회장, 팀장, 총무는 예전에 변호사 일로 차지태와 안 좋은 일들이 많았던 이들이라 번개 측을 향한 보복이 자연스레 이어질 것도 기정사실이 됐다. 물론, 인강의 복수를 대신하는 부분도 있겠다.

어쨌든, 지금 현재는 번개 측이 한석 측보다는 세력 면에선 더 강하고 견고한 것은 사실이다. 그러나 한석음주운전협회도 앞으로 계속 세력을 확장해 나갈 태세여서 어떻게 전세가 뒤바뀔지는 이 세상 사람 아무도 모른다.

지금 이 순간, 이들은 알딸딸하게 술도 취한 김에 각자 승용차를 타고 핸들을 잡아볼 생각이다.

"자! 나갑시다. 최소 시속 200은 놓고 달려야죠! 그래야 술 먹은 기분이 업이 되지 않겠어요?"

"그래요. 맞습니다. 300은 놔야하지 않겠어요?"

"푸 하하하. 300도 놓을 수 있나!"

"마음대로 하셔…."

한석음주운전협회 회원들은 술에 만취된 채, 이리저리 비틀거리며 자신들의 차에 올라타 시동을 켜고 내달리기 시작했다.

이렇게 3월 15일, 일요일에 한석음주운전협회는 새롭게 첫발을 내딛는다.

그런데 여기서 무서운 일은 새롭게 단장한 오늘 이 시간에 음주 뺑소니 사고를 내 버린 것이었다. 음주를 하고 운전대를 잡으니 이런 일이 생길 확률은 높을 수밖에 없다. 문제는 뺑소니라는 것이 문제 중의 문제다.

그러나 가해자는 아랑곳하지 않는다. 심각한 문제가 아닐 수 없다. 경찰이 뒤늦게 달려와 사고 경위를 조사하였으나 가해차량을 알아낼 길이 없다.

피해차량만 침통할 뿐이다. 안타깝기 그지없다. 가슴 아픈 현실이다.

앞으로도 한석음주운전협회는 계속 이럴 텐데 정말 큰일이다. 거기에다가 이런 위험한 단체가 하나 더 있지 않은가? 이 시간 이후로 수도권은 이 두 단체의 광폭음주운전 행위로 인해 큰 몸살을 앓을 것으로 보인다.

그렇다면 이 두 단체의 특징을 한번 알아보기로 하겠다. 먼저, 번개음주운전클럽은 회원들의 차량이 고급 외제차부터 시작하여 소형 오토바이까지 천차만별이다. 반면, 한석음주운전협회는 번개클럽 측에서 넘어온 일류 법조인들이 주를 이루다 보니, 고급 외제차와 국내 고급차가 전부를 차지한다.

다른 재미있는 특징 하나는 번개클럽 회장은 차지태, 한석음주운전협회 회장은 지태의 옛 애인 홍미연이라는 것이다. 그리고 그녀의 현재 애인 최인강은 차지태가 고발하여 구속된 후 교도소에 있다. 이런 특징과 차이점이 있다.

위의 설명 그대로 번개클럽 쪽이 세력이 넓다. 한석협회는 앞으로 많은 약진을 통해 힘의 기울기를 대등하게 맞추려고 할 것이다. 그런데 문제는 번개클럽 쪽에서 한석협회의 아지트를 알아내어 배신자 단체라고 간주하여 박살내버리려고 하고 있으니 엄청난 피바람이 불 듯하다.

지금 이런 위기상황을 인식을 하지 못하는 한석협회가 답답하다는 생각도 든다.

번개음주운전클럽은 한석음주운전협회에 대한 불만과 앙금이 포화가 되어 있지만, 한석 측은 번개 측에 대해 포화까진 아니고 어느 정도 있는 정도이다.

음주운전
박살내기
클럽

10. 기습공격

　　며칠이 지나자, 번개 측의 팀장인 조명찬은 한석 측의 아지
트를 알아내 박살내버리기 위한 구체적인 작전에 들어간다.
그것은 바로 예전에 최인강이 한석대학교 평생교육원에서 골
프강좌를 맡고 있을 때, 현재 한석 측의 회장이 된, 홍미연의
친구들 몇 명이 참가했었다는 기억을 떠올린다. 그것은 바로
한석 측의 아지트를 알아낼 수 있는 단서가 될 수 있다. 그녀
의 친구들이 아직도 그 평생교육원에 참가하고 있을지 모른다
는 추측을 해 보는 것이다. 만약, 그렇다면 그 친구들의 뒤를
밟다보면 홍미연의 아지트. 즉, 현재 최인강의 세력들의 본거
지를 알아낼 절호의 기회가 오는 셈이다.

　　"아! 말이야, 예전처럼 우리가 한석대 평생교육원을 가보자
고… 그럼 미연의 친구들이 골프를 배우려고 와 있을지도 모

르니까 말이야!”

“아하! 역시 우리 조 팀장님에 아이디어는 너무너무 훌륭합니다. 그렇게 해 보세요.”

급기야, 번개 측은 3월 24일, 화요일이 되자, 조 팀장을 위시하여 예전처럼 7인이 검도체육관이라 써져 있는 노랑색 카니발을 타고 차 안에는 죽도를 싣고 전장으로 나선다. 아마, 최인강 교수가 파면됐기에 다른 교수가 평생교육원 골프강좌를 할 것으로 짐작된다.

번개 측 7인은 골프강좌가 시작되는 오후 2시부터 진을 쳤다. 혹시, 홍미연도 있지 않을까! 예의주시해 보았지만 그녀는 없었다. 그녀는 없었지만 예전에 이곳에 미행 차 왔을 때, 봤던 그녀의 친구로 보이는 여자들이 몇 명 있었다. 예상이 맞아떨어지는 순간을 맞이한다.

노랑색 카니발 승합차 안에서 조명찬은 담배를 한 대 꺼내어 입에 물고 회심의 미소를 짓는다. 이따가 이들이 골프강좌를 마치고 돌아갈 때, 한 번 따라가 보면 뭔가 수가 나올 듯하다.

그녀들이 홍미연의 친구들이기에 아마 그녀에게 갈 수도 있지 않을까! 더 좋은 시나리오는 한석 측의 아지트로 향할 수도 있다. 그녀들이 미연과 같은 활동을 하는지는 모르겠지만 말이다. 이윽고 골프강좌가 끝날 시간이 오후 4시가 됐다. 조명찬의 일행들이 노렸던 시나리오가 적중했다.

골프강좌를 마친 그녀들은 승용차를 타고 신림동 장미아파트 주변으로 달렸다. 차에서 내리더니 어느 상가 건물로 들어간다.

이 장면을 뒤따라 온, 조명찬 일행은 집중한다. 배철준 총무가 차에서 얼른 내려 그 쪽으로 가 본다. 정확한 위치를 알아내기 위함이다.

그녀들은 비룡상가 지하로 내려가 문을 열자, 홍미연과 매우 낯익은 남자들이 나오는 것이었다. 낯익은 남자들은 바로 차지태 측의 번개음주운전클럽에 몸을 담고 있다가 최인강 측으로 달아나버린 배신자들이었다.

이로써 인강 측의 아지트를 알아내는 쾌거를 올리는 순간을 맞이했다. 철준은 재빨리 몸을 감추고 다시 밖으로 나와 노랑색 카니발 승합차 안으로 들어가 상황을 보고한다.

"조 팀장님, 드디어 아지트 위치를 정확히 알아냈습니다. 그리고 아까 그 여자들은 이곳의 회원들인 것 같습니다."

"푸 하하하하… 그래, 철준아, 수고했다. 이젠 완전 끝났다."

"팀장님, 지금 완전히 부숴버릴까요? 여기 죽도도 있는데…."

"야아… 지금 저쪽의 정확한 인원도 모르는데… 그렇게 섣불리 덮쳤다가 자칫하면 우리가 당할 수도 있어! 우린 지금 일곱 명밖에 안되잖아! 오늘은 이만… 사실, 오늘 이 위치만 알아낸 것만으로도 대단한 성과가 아니겠니? 안 그래?"

"아예, 그렇지요."

이렇게 되어, 조명찬 일행은 최인강의 본거지를 알아낸 것으로 만족하고 다음 기회를 절묘하게 노려 쑥대밭을 만들어버린다는 각오를 다지며 핸들을 돌린다.

사실, 이 대목에서 조명찬 일행이 이때, 바로 급습했어도 한석 측을 완전 섬멸시켰을 가능성은 높다. 이들에겐 승합차 안에 죽도가 있었고 또 일곱 명이 동시에 급습한다면 총 회원 수 40명도 되지 않는 그들은 초토화되고도 남았으리라. 하지만, 조명찬은 다음 기회로 미뤘다. 더 완벽한 기회를 잡기 위해서.

그런데 방금 전, 배철준 총무가 그 여자들을 뒤따라 내려갔을 때, 그녀들이 들어가는 문 옆쪽에 '한석운전협회'라고 간판이 붙어있는 것을 보았다.

"조 팀장님, 지하에 있는 문에 한석운전협회라고 씌어져있던데요."

"어! 그래, 저것들도 우리와 이름을 비슷하게 만들었군!"

이들은 승합차를 타고 돌아서 가며 얘기를 나눈다. 동일한 모임을 만들었을 거라고 생각은 들었지만 구체적인 이름은 이 순간, 처음 알게 되는 것이었다.

"하하하. 꼴에 또 한석대학교 교수라고 한석이라고 이름을 붙였구나!"

"그런가봅니다. 팀장님."

이들은 다시 용인 구갈동 사무실로 갔다. 지금 이 시간도 어김없이 차지태 회장은 눈이 빠지도록 조명찬 팀장 일행을 기다리고 있었다.

"아아… 어서 오세요. 조 팀장님, 많이 기다렸습니다. 어떻게 성과는?"

"하하하. 예에, 회장님 그 놈들의 아지트를 알아냈습니다."

이 말을 듣자, 차지태 회장은 너무 기뻐서 감격의 눈물을 흘리고 만다.

"어어… 으 윽 흑흑… 정말 알아냈단 말입니까? 으 윽 흑흑."

"네에, 알아내고야말았습니다."

"아니, 그 그곳이 어디입니까? 어디에요?"

"아! 그곳은 바로 신림동 장미아파트 주변의 비룡상가 지하였습니다."

"아아… 그래요. 신림동 장미아파트 주변 비룡상가 지하."

지금 이 순간, 차지태는 다른 생각은 없다. 홍미연을 찾아야 한다는 강박관념과 하나 더 있다면 이곳에서 저곳으로 가버린 배신자들을 때려 엎어버리는 것이다.

지태는 너무 감격한 나머지 눈물을 흘리며 담배를 한 대 꺼내어 입에 물고 불을 켠다. 이 사람 입장에선 기쁨의 눈물이 포화가 되어 감격의 연기를 맡고 싶었다. 순간, 지태는 주먹을 불끈 쥔다. 비장한 각오를 다지는 듯하다.

"근데 회장님, 그들도 클럽이름을 한석운전협회라고 간판이 있는 것으로 보아 정식이름은 한석음주운전협로 보입니다."

"어! 그래요. 참, 건방진 놈! 우리 클럽 이름과 비슷하게 지었군요. 크 크크 크."

"회장님, 이젠 그들을 완전 분쇄시켜버리는 방안을 연구해야할 듯합니다."

"아예, 오늘 저녁엔 제가 여러분께 술을 멋지게 사겠습니다. 먹어가며 그 방안을 구상합시다. 하하하."

이 날, 지태는 들뜬 나머지 팀장, 총무, 그리고 그곳 아지트를 알아내는데 함께 동행했던 회원들을 데리고 나가 회식을 시켜줬다. 이젠 한석 측을 분쇄시켜버리는 시간만이 남은 것 같아 보인다. 오늘 마시는 술은 날카로운 칼을 가는 예비시간임에 틀림없다.

"회장님, 때려 엎으러 가는 시기는 언제가 좋을까요?"

"아! 팀장님, 그냥 내일 당장이라도 시행하기로 합시다. 뭐, 지체할 게 있겠어요?"

"아네, 알겠습니다. 내일 번개음주운전클럽의 회원들 중, 저희 검도체육관 수련생들만 해도 열 명이 넘는데 이 정도만으로도 충분할 것으로 봅니다."

"좋아요. 내일은 꼭, 홍미연이를 붙잡아서 잘 데리고 오세요. 그리고 그 나머지 것들은 적당히 눌러주시고요."

"알겠습니다."

차지태가 운영하는 번개음주운전클럽은 현재 전체회원 수가 100명이 넘는다. 그 중에 조명찬 팀장이 운영하는 상갈동에 있는 검도체육관수련생만도 열 명이 조금 넘을 정도이다.

다른 80명은 다양한 직업의 종사자들이다. 나이도 그렇고 신분도 그렇다. 그러니 모일 때 보면 고급 외제차부터 소형배달용 오토바이까지 천차만별인 걸 볼 수 있다.

이에 비해, 반대쪽인 한석음주운전협회는 현재 전체회원 수가 30명이 조금 넘는다. 그리고 모두 다 법조인이나 부유층들이다. 그래서 모일 때보면 전부다 고급 외제차와 국내 고급차가 차지한다.

어쨌든, 내일 조 팀장이 이끄는 번개 측의 회원들 중, 자신의 검도체육관 수련생들을 모두 모아 한석 측으로 쳐들어가려고 하고 있으니 엄청난 피바람이 불 것은 기정사실이 되어 간다.

이윽고, 날이 밝자, 조명찬 팀장은 자신의 검도체육관 수련생 10여 명을 데리고 신림동 한석 아지트로 돌진한다. 이들은 각자 죽도를 하나씩 손에 들었다.

여차하면 그것으로 휘둘러버린다는 생각에서이다. 시간은 저녁 6시이다. 번개 측의 10여 명의 검도도장 수련생들은 일제히 죽도를 들고 신림동 장미아파트 주변 비룡상가 지하로 몰려갔다.

문 앞에 다다랐다. 배철준 총무가 선봉에 서서 한석아지트 문을 발로 세게 '꽝' 소리가 날 정도로 아주 세게 걸어차 버린다. 그리고 고함을 지른다.

"나와라! 이 개자식들아, 눈물의 배신자들아, 싸가지 없는 새끼들아."

그러자, 지하 건물 안에서 누군가가 걸어 나오며 문을 살며시 여는 듯, 하다가 밖을 보더니 다시 문을 닫아버린다. 그러자, 배 총무는 화가 치밀어 올라 이번엔 더 세게 발로 문을 걸어 차 버린다.

방금 전, 살짝 문을 여는 듯, 하다가 다시 잠가버린 이는 한석 측의 팀장인 조병천이었다. 병천은 긴장하기 시작했다. 번개 측이 몰려왔기 때문이다.

병천은 얼른 선황철 부회장과 황수현 총무에게도 이 사실을 알렸다. 그랬더니 그들도 무척 긴장하는 분위기로 돌변해버렸다. 이 사태를 어떻게 막을 수 있단 말인가! 긴급 의논에 들어 갔다. 지금 이곳엔 홍미연 회장은 없다.

한석 회원들만이 자리를 지키고 있을 뿐이었다. 사실, 홍 회장이 지금 이곳에 있다고 해도 뭐 뾰족한 수는 없다. 한석 회원들은 우왕좌왕 어쩔 줄을 몰라 했다. 긴급위기상황에 직면

한 것이다.

그렇다고 경찰에 신고할 수도 없지 않은가! 그렇다면 자신들의 음주운전 행위의 단서가 드러날 수도 있지 않겠는가! 범죄단체가 범죄단체를 신고하는 이상한 행동. 지금 이 순간, 최대의 위기에 몰린 한석음주운전협회인 것이다. 이 긴급 상황을 어떻게 빠져 나갈 것인가!

이판사판 맞장을 뜨자니 저들의 숫자가 너무 많아 보인다. 거기에다가 죽도를 들고 있는 것을 봤다. 소름이 돋는다. 이 급박한 위기상황에서 선황철 부회장은 아이디어를 짜내고야 만다. 그것은 바로 조폭을 부르는 것이었다.

선황철이 아는 동생이 현재 강남파 조직폭력배 중간보스이다. 그래서 얼른 그 동생에게 SOS를 요청한다.

그러자, 그 동생은 즉시 '알았다'고 말하며 이곳으로 오겠다고 했다. 이 말을 들은 황철은 나름 안도의 한숨을 내쉰다. 그러나 지금 이 순간 거세게 문을 부수고 들어오려고 하는 번개 측의 행동에 대한 두려움은 심장을 강하게 다그친다.

한석 측의 선황철 부회장은 빌고 빈다. 제발 강남파 조직폭력배 중간보스인 그 동생이 빨리빨리 달려와 주기를 학수고대한다.

식은땀이 줄 줄줄 흐르는 시간이 한참 지났을까! 번개 측에서 아주 강하게 문을 걷어차 문짝이 흔들려 열릴 것만 같은 상황까지 왔다.

덜컹덜컹 문이 부서져 떨어져 내려앉을 듯했다. 그 찰나의 순간, 강남파 조직폭력배 일당들이 밀어닥쳤다. 그 조폭은 여덟 명이 왔는데 번개 측의 10여 명과 호각을 이룰 정도의 터프 맨들이었다.

먼저 조폭 쪽에서 강력한 멘트를 날린다.

"야아, 이 자식들아, 여기서 뭐하는 거야? 얼른 꺼져 버리라고…."

그러자, 번개 측의 조명찬 팀장도 맞받아쳤다.

"너희들은 뭐야? 어디에서 굴러들어온 거지새끼들이야? 누가 불렀어?"

이젠 더 볼 것도 없다. 강남파 조폭 일당들과 번개음주운전 클럽의 검도수련생들과의 피비린내 나는 사투가 펼쳐질 것으로 보인다. 지금 이 장면을 한석 측의 선 팀장은 문으로 보이는 빈틈으로 예의 주시한다.

그러는 사이에 그 두 진영은 느닷없이 격돌이 벌어지고 말았다. 먼저 선제공격을 날린 쪽은 강남파 조폭들이었다. 가죽 장갑을 낀 이들은 주먹과 팔꿈치, 무릎, 발로 번개 측을 공격했다. 그러자, 번개 측은 자신들이 손에 들고 있던 죽도로 이들을 마구 휘둘렀다. 비룡상가 지하복도에서 그야말로 엄청난 칼바람, 피바람이 불기 시작했다.

선황철이 요청한 조폭은 여덟 명, 번개 측 열 명, 쌍방은 지하복도에서 서로 치고받는 아수라장이 되고 말았다.

강남파 조폭도 무척 터프한 이들이지만, 번개 측은 인원도 더 많을뿐더러 거기에다가 죽도까지 들고 있었기에 더욱 유리할 수밖에 없었다.

번개 측은 검도도장의 수련생들인데 단련된 기술로 죽도를 휘두르니 조폭들도 추풍낙엽으로 떨어질 수밖에 없었다. 이렇게 쌍방이 뒤엉킬 때, 한석음주운전협회사무실 안에 있던 회원들은 이 틈을 노려 얼른 도망쳐야겠다는 마음이 앞선다. 그래서 이들은 어디로 빠져 나가야할지 고민 끝에 사방을 훑어보니 유리 창문이 보였다.

지금 이 상황 하에서 빠져나갈 수 있는 곳이라고는 이곳밖에 없다. 그래서 이들은 얼른 창문을 열고 그곳에 사다리를 대고 하나 둘 씩, 빠져나가기 시작했다.

나가는 건, 사다리를 밟고 올라가니 괜찮지만 창문을 통과한 후, 밖으로 뛰어내릴 때는 다소 힘들지만 이들은 지금 이 순간, 아무런 정신이 없다.

이 위험 상황을 얼른 피해야겠다는 생각밖에 없는 것이었다. 그렇게 한석 회원들은 다 빠져나갔다. 이들이 이렇게 다 빠져나간 후, 강남파 조폭과 번개 측은 계속 혈투를 하다 끝났다. 결과는 그 장소에 조폭들이 다 쓰러진 채, 유혈이 낭자하였다.

그리고 번개 측은 다시 얼른 그 사무실 문을 여럿이서 있는 힘을 다해 밀어붙였는데 문은 부서져 쓰러졌다.

그리고 사무실 안으로 들어가 한석 회원들을 샅샅이 뒤졌다. 그러나 이미 그들은 빠져 나간 지 오래됐다. 여기저기 훑어보니 아무도 없었고 유리 창문엔 사다리만이 세워져 있었다. 조명찬 팀장이 입을 열었다.

"저, 사다리를 밟고 올라가 빠져나갔구나!"

"아! 이 자식들을 놓쳤구나!"

조명찬은 망연자실했다. 그래서 어쩔 수없이 돌아설 수밖에 없었다. 번개 측은 복도에 추풍낙엽처럼 떨어져 유혈이 낭자한 강남파 조직폭력배들을 물끄러미 바라보며 유유히 건물 밖으로 나간다. 그 후, 허탈함을 곱씹으며 승합차에 올라타 용인 구갈동 본거지로 핸들을 돌린다.

다시, 본거지로 돌아온 시간은 밤 10시가 넘었다. 오늘도 차지태 회장이 회원들을 학수고대하며 기다리는 마음은 변함이 없다. 그만큼, 옛 애인이었던 홍미연을 찾아서 보고 싶어 하는 마음이 간절하기 때문이다. 그런 마음이 잠시 스쳐갈 즈음, 오늘 대혈투를 치른 회원들이 들어오고 있다.

"아아… 어서 오세요. 조 팀장님, 너무 고생 많으셨습니다."

"아아… 회장님, 오늘 그들을 공격한 결과는 허무하게 됐습니다."

이때, 차 회장이 회원들을 바라보자, 유혈의 흔적이 자욱했다. 그래서 무척 놀라기도 했다.

"아니, 조 팀장님, 어떻게 우리 회원님들의 옷에 저렇게 피가 많이 묻어있습니까?"

"아네, 그 놈들이 문을 세게 걸어 잠근 채, 어떻게 조폭들을 불러… 하는 수 없이 조폭들과 맞부딪치는 바람에 이렇게 됐습니다. 하지만 우리의 압승이었습니다."

이 말을 듣자, 차지태는 깜짝 놀라며 눈을 휘둥그레 뜨며 어리둥절해 한다.

"아니, 아니, 팀장님, 그 놈들이 조폭을 불렀단 말입니까? 이런 개 같은 새끼들…."

"그 놈들은 그래 놓고 유리 창문으로 몰래 빠져나갔더라고요."

"아아아… 그 그런 추잡하고 더러운 자식들… 으 윽 흑흑. 이 자식들을 이젠 앞으로 더 완벽하게 쳐버립시다. 으 윽 흑흑."

차지태는 격분했다. 그의 분노는 하늘을 찔렀다. 그 무엇보다 홍미연을 되찾아오지 못했다는 현실이 더욱 가슴이 아팠다. 그리고 그 한석 배신자 놈들을 응징하지 못했다는 것도 그렇고 조폭을 불러 놓고 그 틈에 도망쳤다는 게, 더욱 괘씸했다.

오늘 이 시간 저녁에 번개음주운전클럽 수뇌부들도 한석음주운전협회를 섬멸시켜버리지 못한 것에 대해 못내 분함을 가눌 길이 없었다.

다른 한편, 반대 진영인 한석음주운전협회도 자신들이 긴급히 조폭을 불러 위기상황은 모면했다하더라도 번개 측의 기습공격에 대해 정신적 충격을 금할 길이 없었다. 그렇다면 이들도 앞으로 더 많은 세력을 모아 그들에게 반격을 가할 것은 기정사실이 됐다.

한편, 한석 측의 선황철 부회장이 황급히 요청하여 한석 측을 위기상황에서 가까스로 막아낸 강남파 조직폭력배들은 번개 측으로부터 무자비한 죽도세례를 받아 심각한 부상을 당하여 오랜 시간 동안 쓰러져 있다가 간신히 일어나 돌아갈 수 있었다. 이들 강남조폭 측 또한 이번 일로 인해 무척 분하다는 반응이었고 자연스레 한석 측과 연합이 되어 번개 측을 공격하게 될 것도 기정사실이 되어가고 있는 상황이다.

그러니까, 번개 측, 한석 측, 강남파조폭 측, 이렇게 3단체가 나름대로 분함과 증오의 칼날이 더 날카로워지는 시간으로 들어가고 있다.

다음 날은 강남파 조폭들은 대거 한빛종합병원응급실에 입원했다. 번개 측으로부터 죽도로 강타를 당했기에 통증이 이만저만이 아니었다. 그리고 이 사실을 한석 측, 선황철 부회장에게 전하였다.

황철은 미안함을 가눌 길이 없어 회원들과 문병 길을 나선다. 신림동에 위치한 한빛종합병원 현관문에 들어선다. 지금이 시간, 한석 측은 충분한 위로를 했고 모든 병원비를 내주기도 했다. 며칠 지나, 어느 정도 치료가 되어 퇴원할 수 있었다. 강남파 조폭들은 퇴원하자마자 선황철의 위문초대를 받아 뷔페로 갔다.

서울대입구역 주변에 있는 빅스뷔페에서 오후 1시에 만났다.

"아이고, 몸은 좀 어떠세요. 선생님."

"선황철 변호사님의 염려 덕분으로 많이 좋아졌습니다. 하하하."

"아니, 별 말씀을 다 하십니다. 푸 하하하하."

이렇게 서울대입구역 주변 빅스뷔페에서 만난 한석음주운전협회와 강남 조폭들은 맛있는 많은 음식들을 먹기 시작했다. 이들이 오늘 모인 핵심 목적은 이미 답이 나와 있다. 그때 그날, 자신들을 궁지로 몰아 산산조각을 내려했던 세력, 즉, 번개음주운전클럽을 완전 깨부숴버리는 방안을 의논하기 위한 자리이다.

사실, 그때 그날, 한석 측은 황급히 유리 창문으로 도망친 후, 또 다시 그들이 급습할 것을 대비하여 아예 본거지를 신림동에 위치한 다른 곳으로 옮겨버렸다.

어쨌든, 이들은 힘을 하나로 모아 용인 구갈동에 있는 차지태의 본거지로 대대적인 공습을 감행할 것은 초읽기에 들어간 셈이다. 이 부분에 있어 강남 조폭 두목인 전철곽은 좋은 아이디어를 말하고 있다.

"아아… 말이죠. 그 놈들을 부숴버리기 위해선 우리만으론 좀 그렇고 제가 아는 클럽인 강동파 조직폭력을 끌어들여야겠습니다. 그래야 손쉽게 해결이 될 것으로 생각합니다. 그 놈들은 10여 명이나 넘는 놈들이 죽도를 다루는 실력이 장난이 아니었습니다. 저희 힘만으로는 부족합니다. 강동파에게 구원 요청을 해야 가능합니다."

"아예, 전철곽 선생님의 지략은 탁월하시니까요. 기대됩니다."

이들이 이런 말이 오고가자, 강남파 조폭 중간보스이자, 한석 측의 선황철 부회장의 잘 아는 동생인 허광박은 한마디 거든다.

"아이, 선 형, 너무 걱정 마세요. 저희 형님은 한번 당하는 일은 있어도 두 번 당하는 일은 절대 없습니다. 그리고 또 저희 형님은 한번 당했을 때, 아픔과 고통을 그대로 5만 배로 되갚아주는 성격입니다. 이젠 그 자식들 다 죽었습니다."

"어어… 그래, 솔직히 난 우리 영원한 동생인 광박이가 있어서 너무너무 행복해!"

"아니, 별 말씀을… 선 형, 저는 형님이 변호사라는 게 존경스럽습니다. 하하하."

"아! 뭘, 그런 거 가지고… 난 원래 유식하잖아!"

이렇게 이들은 두목인 전철곽, 중간보스인 허광박, 한석 측의 선황철 부회장이 화기애애하게 술을 마시며 번개 측을 타도할 전략을 짜고 있었다. 다른 행동대원들은 옆 자리에 앉아 묵묵히 청취하며 술을 마셨다.

이제 강남파 조폭은 강동파 조폭에게 구원요청을 할 것이다. 그리고 한석음주운전협회 회원들은 이 두 조직폭력 세력을 등에 업고 공동으로 용인 구갈동에 아지트가 있는 차지태가 진두지휘하는 번개음주운전클럽을 초토화시켜버리기 위해 달려가는 날만 남았다.

지금 이 형국을 번개 측의 차지태는 전혀 모르고 그저, 그때 그날에 자신의 회원들이 몰려가 홍미연을 찾아오지 못한 것과 자기를 버리고 떠난 배신자들을 처단하지 못한 것만 아쉬워하는 시간만을 보내고 있었다.

물론, 지태도 여러 각도로 연구하여 한석 측에 대해 대대적인 2차 공습을 구상은 하고 있긴 하지만 빨리 서두르지 않으면 큰 환란이 올 수 있다는 것을 인식하지 못하는 우를 범하고 있는 것이다. 한석 측은 더 큰 2차 공습을 미연에 방지하기 위해 아지트도 옮겨버렸는데 말이다. 거기에다가 두 군데나 되는 조폭세력과 연대하여 쳐들어가려고 전열을 다졌는데…. 이렇게 무방비로 있다가 큰 환란을 당할 텐데… 오로지 옛 애인 홍미연만을 못 잊어 그리움의 눈물을 흘리고 있으니… 이래서 여자에게 너무 홀리면 삶이 꼬이고 봉변도 당하기도 하고 환란이 오기도 하는가 보다.

색욕, 물욕, 교만, 이 세 가지 욕심만 영혼에서 완전히 떨쳐낼 수 있다면 인생은 참된 시간들이 이어질 것이고 진짜 행복해질 수밖에 없으리라!

여기서 이런 욕심을 부리는 인간은 차지태만의 문제는 아니겠지만 아무튼 위의 세 가지 욕심들이 서로 충돌을 일으키고 있는 것이다.

오늘 오후에 계략을 세운 한석, 강남파는 번개 측을 후려치는 날은 뜸들일 것 없이 바로 내일 저녁으로 정했다. 그래서 강남파 두목 전철곽은 자신의 친구이자 강동파 두목에게 전화를 걸어 협조요청을 한다.

뚜르르르르 신호가 가자 강동파 두목인 이택항은 받는다.

"아! 여보세요. 택항아, 나, 철곽이다. 잘 지냈지?"

"그래그래, 알고 있다. 그래 무슨 일로….."

"날 좀 도와줘야겠는데….."

"뭔데?…"

철곽은 지금 상황을 설명했다. 그러자 택항은 '알았다'고 말하며 "내일 오후에 대원들을 데리고 새로 이사한 한석음주운전협회인 신림동 사무실로 가겠다."고 말했다.

이윽고, 그날이 되자. 강동파 두목인 이택항은 대원들을 무려 15명이나 데리고 한석협회로 갔다.

이젠 한석, 강남파, 강동파가 완전연대를 이룬 형국이다. 강남파도 저번 번개 측과 격돌할 때는 8명이었으나 이번엔 대대적인 복수차원에서 7명을 추가한 상황이라 양 쪽이 합치면 30명이나 되는 거대한 연합군이 형성되었다. 사실, 한석 측도 30여 명 있긴 하지만 혈투를 펼칠 수 있는 요원들은 아니다.

법조인들이 20명 정도 되고 미연의 친구가 5명이고 대학교수가 몇 명 있는데 이런 사투에 참가할 수 있겠는가? 그저 후방에서 상황을 예의주시하는 역할은 가능하겠지만, 즉 전투요원은 될 수 없다.

이렇게 엄청나게 많은 대군들이 한자리에 모였으니 오늘의 전쟁은 어떤 결과를 낳을 것인가! 모르겠다. 이 연합군들은 7인용이나 9인용 승합차에 나눠 타고 일제히 용인 구갈동 번개 음주운전클럽으로 맹렬히 돌진한다. 한석 측은 번개 측의 본거지를 정확히 알고 있으니 같이 차를 타고 가면서 알려주고 있다. 번개 측을 쑥대밭을 만들 시간이 가까이 다가오고 있다.

번개 놈들이 그 날 그때 쳐들어와 우리 한석협회를 폐허로 만들어 우리가 살려고 유리 창문으로 도망쳤던 그때 그 참혹했던 기억을 잊지 못하고 있다. 오늘 지금 이 시간은 우린 더 강철대군이 되었다. 그렇기에 저들을 향한 강한 복수가 가능하리라! 확실하고 완벽하게 갈기갈기 찢어놓으리라! 저들의 영혼까지도 산산조각을 내리라! 한석음주운전협회 부회장 선황철은 승합차 안에서 마음속으로 전의를 불태웠다.

어느새, 번개음주운전클럽 아지트에 다다랐다.

한편, 지금 이 시간에 번개 측의 아지트엔 차지태 회장과 회원들의 상당수가 있었다. 번개 측의 전체 회원들은 100여 명이 되고 다양한 직업의 종사자들이다. 그 100여 명 중에서 40여 명이 모여 있다.

여기서 주목할 부분은 지금 이곳으로 쳐들어오고 있는 연합군의 전투요원 숫자는 다 해서 30여명 된다.

그러니까, 현재 번개 측은 40여 명이고, 한석연합군 측은 30여 명인데 인원수만 놓고 보면 전자가 유리한 것 같아도 후자는 조직폭력배라는 부분이 어떨지 모르겠다.

물론, 전자도 10여 명은 검도도장 수련생들이고 그 중엔 고수들도 많이 포진되어 있기에 만만찮을 것으로 보이긴 하지만 글쎄, 전체적인 강점은 후자가 센 듯하다. 길고 짧은 것은 맞부딪쳐봐야 알겠지만 말이다. 순간적으로 벌어지는 패싸움내지 전투는 상황을 예측하긴 어렵다.

아무튼, 지금 이 상황은 한석 측이 두 군데 조폭세력을 등지고 있기에 그냥 무너질 것 같진 않고 또 강남파 조직세력도 저번처럼 번개 측의 검도 수련생들에게 죽도로 난타를 당해 추풍낙엽이 될 것 같진 않아 보인다.

이젠 본격적인 유혈이 낭자해질 패싸움의 2라운드 시작종소리가 날 순간을 맞이하고 있다. 한석연합군 측, 30여 명은 일제히 차에서 내리기 전에 각자 마음에 드는 흉기 하나씩 손에 들고 밖으로 나온다.

쇠망치, 체인, 쌍절곤, 손도끼 등 다양하다. 그런 후, 구갈동 번개 측 아지트 주변을 에워싸 버렸다. 그리고 포위하듯, 아지트 문을 부수고 들어가기 위해 건물 지하로 내려간다. 강동파 조폭 중, 한명이 문짝을 발로 세게 걷어차며 강한 선제공격을 작렬시킨다. 그 후, 쇠망치로 문짝을 세게 내리친다. 그 후, 고함을 지른다.

"야아, 이 개자식들아 다 나와! 때려 죽여 버릴 거야! …죽일 거야!"

그러자, 아지트 사무실 안에서 TV 시청을 하고 있던 번개 측 회원들은 순간 깜짝 놀란다. 그러면서 몹시 당황해 한다. 그래서 재빨리 문 가운데로 보이는 작은 구멍으로 밖을 주시한다. 그랬더니 그때 신림동 한석 본거지에서 격돌했었던 조폭들이 아닌가! 어떻게 저들이 이곳에 올 수 있었을까, 생각한다.

"아! 저 한석 놈들이 조폭새끼들과 똘똘 뭉쳐 연합이 되어 여길 쳐들어오고야 말았구나! 큰일이다. 인원이 저번보다 더 엄청 불었구나!"

배철준 총무는 이 상황을 확인하고 얼른 회원들에게 이 사실을 알렸다.

"아아아… 말이죠. 지금 한석 놈들이 조폭들과 함께 엄청난 인원을 몰고 이곳에 왔습니다. 아무튼 큰일입니다. 여러분 모두 만반의 대비를 하시고 특히 우리 검도 수련생들은 죽도를 꽉 움켜잡고 있고… 저 놈들이 문을 부수고 들어올 것 같은데… 그럴 때 순간적으로 양 측면에서 쳐부숴버리시오. 그리고 다른 회원들은 다 가죽장갑을 끼고 있다가 저들이 들어오면 주먹과 발로라도 대적하시오. 지금 우리 회원들이 할 수 있는 최선인 듯합니다. 다들 힘내시오."

이렇게 배 총무는 비장한 목소리로 지금 비상상황을 알렸다. 그러자, 차지태 회장은 얼굴이 완전히 굳어지며 상기되어 버렸다. 너무 안일하게 여기고 있다가 역공을 당하는 상황이 너무 분한 것이었다. 지태는 가슴이 타들어간다.

배신자들에게 철저히 유린당하는 지금 이 순간이 참혹하기만 하다. 한석연합군은 문짝이 잘 열리지 않자, 차안에 있는 해머를 갖다가 문을 마구 부수고 있다.

그러자, 문짝은 덜컹덜컹하며 떨어질 듯했다. 이젠 온힘을 다해 밀어버린다. 그랬더니 문짝은 '퍽' 쓰러져 버렸고 그 틈에 한석연합군은 물밀 듯이 밀려들어오고 있었다.

안에 있던 번개 측도 이를 대비를 하고는 있었다. 바로 검도 수련생 10여명이 동시에 죽도로 그들을 향해 격렬하게 마구 내리쳤다.

밀고 들어온 한석연합군은 쇠망치, 체인, 쌍절곤, 손도끼로 휘둘렀고 이에 맞서 번개 측은 죽도와 가죽장갑을 낀 주먹과 발 공격으로 맞섰다.

'쨍쨍, 파파, 퍽퍽, 꾹꾹, 창창, 푹푹, 챙 챙챙….

정말, 칼바람과 피바람이 동시에 부는 참혹하고 섬뜩섬뜩한 장면이었다. 이 전에 차지태 회장은 재빨리 맨 구석에 있는 소파 뒤로 몸을 숨긴 상태였다.

이렇게 잔혹하게 서로 맞부딪치다보니 강한 공격을 받고 피를 흘리며 실신을 당하며 쓰러지는 이들도 속출하기 시작했다. 그야말로 3월 마지막 날을 하루 남겨둔 저녁에 양측 음주운전 진영 간의 피비린내 나는 대혈투이자 제 2차 대전이었다.

양측은 피를 흘리며 쓰러졌다. 그리고 계속 혈투 중인 이들은 엉키는 과정에서 상대 진영의 무기를 빼앗아 휘두르며 무려 양 진영 70여 명은 피가 터지며 찢기고 찢기는 사투가 펼쳐졌다. 여기서 한석연합은 조폭답게 살인흉기, 쇠망치, 체인, 쌍절곤, 손도끼를 들고 휘두르기에 번개 측이 엄청나게 불리할 것 같아도 그렇진 않다.

번개 측은 검도수련생 10명 중, 일부는 고수들이 있는데 죽도를 다루는 기술이 무척 뛰어나다. 그 죽도로 상대 진영의 살인흉기들을 막든가 쳐버리며 제압해 나가는 특유의 기술이 대단하다. 그러다보니 상대 진영이 무기를 손에서 놓치자 번개 측들은 재빨리 그걸 주워들고 반격하는 형태를 취하는 것이었다. 그래서 점점 대등해지는 상황으로 들어간다.

여기서 한석 측 원래 멤버들은 뒤로 빠져버렸는데 그들은 원래 법조인이나 여성, 대학교수들이라서 즉시 전력감이 아니었다. 그들은 후방에서 주시하다가 도망쳐버렸다.

저녁 6시부터 시작된 대혈투는 무려 2시간이나 물고물리는 치열한 사투를 거듭하다가 양 진영 전투요원 70여 명이 다 바닥에 피를 흘리며 기절하고 쓰러지고서야 2차 대전은 끝이 났다. 마치, 강가에 죽은 물고기들이 군데군데 누워있는 그런 모습이었다.

차지태는 시종일관 맨 구석에서 소파 뒤에서 숨어있었다. 대혈투가 다 끝나고 다 쓰러져있자, 그는 얼른 자신이 아는 모든 사람들에게 전화를 걸어 구원을 요청하기에 이른다. 여기서 구원요청이란 "이곳에 쓰러져 있는 자신의 회원들을 다른 곳으로 피신시켜 달라."는 것과 그 후, 치료할 수 있는 상황을 만들어달라는 요청이다.

상대 진영이 회복하여 일어나게 되면 더 큰 환란이 밀어닥치기 때문이다. 자신이 아는 사람들의 도움을 받아 다른 장소로 피신처를 삼으려고 하는 것이었다.

그가 전화를 한 후, 30분이 지났을까, 지인들 30명이 몰려왔다. 지인들은 쓰러져 있는 이들을 보고 경악스러워하고 있었다. 차 회장이 말을 한다.

"와주셔서 감사합니다. 일단 우리 회원들을 부축해서 다른 곳으로 이동하여 안심시킨 후에 병원으로 이송하게 하도록 합시다."

"예예, 그렇게 하겠습니다."

지금 시간은 저녁 8시가 넘어가고 있는데 차 회장이 차마 119를 부를 수 없었던 이유는 패싸움 현장이라서 쓰러져있는 이들이 너무 많았고 자칫 경찰조사의 빌미를 주기 때문이었다.

아무튼, 지인들 30명의 손으로 그들 중에 상갈동 쪽에 대형건물 소유주의 건물장소로 번개 측 회원 40여 명을 부축하여 옮겼다. 그 후, 이들의 몸 상태를 관찰했다. 일부는 그런대로 괜찮은 편이었고 다른 일부는 심각한 상태였다.

심각한 부상자들만 인근병원인 슬기종합병원으로 이송하게 했다. 이로써 차지태 회장은 지금 이 시간 이후로 위험성을 깊게 인식하고 구갈동 아지트에 가지 않았다.

상갈동 그 건물 소유주이자 지인에게 '이곳을 임대로 얻겠다.'는 의사표시를 하고 새로운 아지트를 마련하고 오늘 당한 불미스런 일을 되갚아줄 것을 결의한다.

한편, 유혈이 낭자했던 구갈동 아지트엔 지금 이 시간, 한석연합군은 실신당하여 쓰러져있던 이들이 서서히 몸을 추스르며 일어나고 있었다.

한석연합군이 하나 둘씩 일어나보니 대적했던 번개 측은 온데, 간데없이 비통한 기운만이 감돌았다. 그랬는데 아까 대혈투가 벌어지기 일보직전에 쏜살같이 몸을 보신하기 위해 도망쳐버린 한석 측 30여 명이 이제야 나타나기 시작했다. 한참 위로한답시고 생색내려고 나타난 것이었다.

"아니, 이거 봐! 동생들 아아아… 우리가 너무 미안하네! 같이 싸워주지 못해서 우린 싸움 전문이 아니잖아, 그래서 그냥 피해준거지!"

"아니, 아닙니다. 형님 저희가 그 자식들을 완전 깨부숴버리지 못해 죄송합니다."

"아아… 그건 그렇고 많이 다친 것 같으니 병원으로 가자고…."

한석 측의 부회장인 선황철과 회원들 30여 명의 도움을 받아 강남파 조직세력과 강동파 조직세력은 성남 쪽에 있는 한결종합병원으로 이송됐다.

아까, 이곳을 먼저 빠져나간 번개 측 부상자 40여 명은 용인 쪽, 슬기종합병원응급실로 직행했는데 그들은 성남 쪽, 한결 종합병원응급실로 갔기에 같은 시간 때에 같은 병원에서 부딪치는 사태는 피할 수 있었다. 이것도 어떤 운이겠지!

만약, 이 동일한 시간에 동일한 병원응급실로 이송됐다면 상상을 초월할만한 더 큰 사태가 벌어졌을 것이 예상된다. 다행히 험악한 불씨는 피해갔다.

어쨌든, 이렇게 양 진영은 부상자들이 몸을 치료하는데 만전을 기하는 시간으로 들어가며 잠시나마 휴전이 되는 시간이 됐다.

양 진영의 변화는 아지트가 바뀌었다는 점이다. 이미 한석 측은 22일에 번개 측으로부터 공습을 당하자마자 바로 다음 날에 신림동에 위치한 다른 동네로 옮겼다. 한편, 번개 측도 이번 29일에 한석연합군들에게 보복공습을 받자, 상갈동으로 옮겼다. 이제는 양 진영은 전열을 가다듬고 제 3차 대전을 대비할 것으로 예상된다. 당장은 전투요원들의 다친 곳을 치료하는데 집중하며 새로 이사한 아지트에 다시 모여 대대적인 공습전략을 구체화할 것이다.

어쨌든, 이번 2차 대전의 승자는 없다. 서로 비겼다고 보면 된다. 원래 혈투나 사투는 서로 엄청난 피해만이 남는 게 현실이기도 하다.

이번 전투로 인해, 자연스레 한석 측은 강남파 조직세력과 강동파 조직세력과의 앞으로 하나로 통합하는 즉, 두 조직세력이 한석 측으로 흡수 통합되는 단체로 거듭날 것으로 예상된다. 그렇다면 더 강해지는 한석음주운전협회가 되는 것이다.

한편, 번개 측은 저들이 앞으로 공조나 통합되어 쳐들어올 것이 예상되는 만큼, 지금 현재 보유한 특수정예요원인 검도 도장 수련생 10여 명만으로는 부족함을 느끼고 더욱더 그런 정예요원들을 증원할 것을 계획한다. 그래야만 저들과 대결할 수 있을 거라고 생각한다.

앞으로는 엄청나게 양측 음주운전클럽 진영 간의 세 불리기와 물고물리는 작전과 전투가 진행될 것은 기정사실이 됐다.

11. 광폭음주운전 및
진한선팅차량박살내기클럽

4월초로 접어들자, 날씨는 지난달보다 더욱더 온화해졌다. 하지만 양측 음주운전클럽 간의 험악한 분위기는 한 겨울 영하 13도의 칼바람을 방불케 하고 있다.

이달도 시간은 흐르고 흘러 중순이 되자, 양 진영의 부상자들도 조금씩 회복되어 퇴원하는 이들이 늘어나고 있었다. 퇴원한 자들은 자연스럽게 양측의 아지트로 복귀했다. 양측의 모든 대원들이 복귀된다면 또 다시 일촉즉발의 상황이 될 것은 이미 정해져 있다.

그런데 이즈음, 수도권 일대에 기이한 일이 벌어지고 있었다. 그것은 바로 괴상한 새로운 단체가 출몰했다는 것이다. 한석 측과 번개 측이 전문적인 음주운전클럽이었다면 최근에 새로 등장한 제 3의 단체는 '장밋빛진한선팅섹스클럽'이었다. 시작부터 150여 명이 가입하기에 이른다.

제 3의 단체인 장밋빛진한선팅섹스클럽은 이름 그대로 진하게 선팅하고 섹스를 즐기고 다니는 클럽이다. 뭐! 사실, 이 세상 세태를 보면 꼭 이런 클럽이 아니더라도 개인적으로 그렇게 불법적으로 과다하고 진하게 선팅하고 바람을 피우고 다니는 인간들이 얼마나 많은가? 전체차량 중, 80%는 웃돈다. 그런데 여기서 주목할 것은 이런 행위를 좋아하는 인간들끼리 모여 클럽을 만들었다는 것이 핵심사항이 된다.

물론, 한석 측, 번개 측도 이런 행위를 안 하는 것은 아니다. 그 양측은 이보단 음주운전 쪽에 더 희열을 느끼는 것이라고 보면 된다. 그러다가 길을 지나가는 예쁜 여자가 나타나면 강제로 차에 태우고 성폭행을 일삼는 행위도 양측 음주운전클럽도 서슴없이 자행하고 있다.

하지만, 장밋빛진한선팅섹스클럽은 양측 음주운전클럽과 결정적인 차이점이라면 절대로 음주운전은 하지 않고 또 성폭행은 하지 않는다는 점이다. 장밋빛진한선팅섹스클럽은 철저하게 회칙이 하나 존재하는데 바로 이것이다.

오로지 밖에서 아예 보이지 않을 정도로 아주 진하게 선팅을 하고 새로운 이성교제, 즉, 바람을 피우고 다니는 불륜치정 부분이다. 그러다가 싫증나면 서로 회원들끼리 교대로 섹스도 나누는 것이다.

철저하게 유희 쪽에만 집중되어 있다. 이들은 모텔을 기피하고 차 안에서만 그러는 이유는 전자보단 후자가 더 스릴이 넘친다고 생각하기에 그렇다.

다른 이유가 하나 더 있다면 모텔은 주위 사람들에게 알려질까봐 불안하기 때문에 간편하게 차량 안에서 그러는 것이다. 이런 괴상한 새로운 단체가 4월 중순 쯤에 탄생했다. 이들도 아지트가 있다. 위치는 신갈오거리 첫만남상가 지하에 있다. 이들은 양측 음주운전클럽과는 서로 알지도 못하고 무관하기에 격돌할 일은 없어 보이지만 앞으로 서로 어떤 영향, 즉 또 다른 먹이사슬 고리를 형성하여 얽히는 이해관계를 미칠 것인가, 사뭇, 궁금하기도 하다.

여기서 핵심 중의 핵심은 이렇게 괴상한 단체가 하나 더 생겼다는 것도 그렇지만 더 심각한 문제 중의 문제는 수도권전역에 이들 3단체 때문에 대형교통사고 및 기타 사고가 엄청나게 증가할 것이 예상된다는 게, 정말 큰 심각한 문제이다.

한 달이 더 지나자, 벌써부터 그런 근거를 뒷받침하는 제보들이 속출하고 있었다. 성남, 안양, 광명, 하남, 양평, 가평, 수원, 의왕, 과천, 의정부, 부천, 인천, 안산 등지에서 음주운전차량들이 더 늘었다는 목격자들의 제보와 지나가는 여성을 노린 성폭력 차량의 증가, 또 너무 지나친 진한선팅차량들 때문에 시야를 방해하여 대형사고가 날 뻔했다는 제보, 그리고 뺑소니 차량들도 엄청나게 증가했다는 여러 가지 불미스런 제보들이 경찰청에 줄을 이었다.

그도 그럴 것이 양측 음주운전클럽 간의 서로 응징, 복수를 위한 치열한 세 불리기 경쟁이 전개되고 있는 마당에 그런 흉측스런 사건들이 속출하지 않겠는가?

거기에다가 최근 추가로 생긴 장밋빛진한선팅섹스클럽까지 활개치고 다니는데 위와 같은 일들이 증가된다는 것은 불 보듯 뻔한 일이 아니겠는가? 각각의 3곳의 세력들이 회원들을 늘려가고 있으니 말이다. 그럴 수밖에 없다.

사실, 이 부분에 있어 짚어볼 것은 음주운전도 그렇고 그 중, 특히 과다진한 선팅을 했어도 단속이 제대로 이뤄지지 않고 있다. 과다진한 선팅은 음주를 많이 하고 차를 운전하는 동일 현상이 일어난다고도 하지 않았던가?

외국에 경우는 이 부분에 있어 엄격한 단속이 이뤄지는 것으로 안다. 그러나 한국은 그렇지 못하다. 왜, 그럴까? 어딘가 자료를 보니 운전자의 사생활 보호 문제가 있다고 하는 것을 봤는데 참으로 개탄스럽고 한심하기 짝이 없는 노릇이다.

실제, 그런 원인으로 대형사고가 빈번히 속출하고 증가하는데도 운전자개인의 사생활을 중시하겠단 말인가? 이 정신없는 인간들에게 묻겠다.

운전자 개인의 사생활이 중요한가? 아님, 전체 국민, 길을 지나가는 보행자, 노인, 어린이, 아동, 장애인이나 전체 운전자의 생명과 안전이 중요한가? 그리고 운전자 개인의 어떤 종류의 사생활이 보호되어야 하고 중시되어야만 하는가? 그저, 평범하게 운행에 전념하는 영역이 아닐 것으로 사료된다.

왜, 대한민국은 이 모양 이 꼴이란 말인가? 왜, 차량을 이용한 불륜 행위를 보호해 주려고 애를 쓰는가?

이 해괴망측한 단속규정으로 아니 규정은 있으나 제대로 시행을 하지 않아 억울한 피해차량, 피해자의 증가와 아픔과 고통과 상처는 아물지 않는데 지금 이 순간이라도 전체 국민, 전체 운전자를 보호하고 중시하는 단속규정을 엄격하게 시행할 마음은 없는가?

수도권이 교통대란이다. 완전 마비가 됐다. 법이 있으면 무엇 하겠는가? 그저 글씨만 새겨져 있을 뿐인데….

하나 더 과다진한 선팅 차량이 너무 많아 즉, 80%를 육박하기에 단속하기가 엄두가 나질 않는다는 관계기관의 핑계도 있었다. 전체 국민 중, 절도범이나 사기범이 80%를 육박하면 단속하기가 엄두가 나질 않아 점거하지 않을 건가? 정신 나간 경찰, 검찰의 직무유기가 무척 개탄스럽기 짝이 없다.

어쨌든, 지금 3단체는 인간 흉기나 다름없다. 그것도 섬뜩한 흉기이다. 이 시점에서 이런 대형 교통사고나 기타 흉측한 사고들이 기하급수적으로 늘고 있다는 제보가 여기저기에서 이어지자 피해자들을 중심으로 또 피해가 날 뻔했던 사람들이 인터넷 카페를 개설하기에 이른다.

가칭, 광폭음주운전 및 진한선팅차량박살내기클럽이다. 일종의 구국단체가 만들어진 셈이다. 이 카페를 만든 사람은 김학수이다. 이 사람은 작년 봄에 횡단보도에 보행자 신호가 들어왔는데 걸어가다가 진한선팅차량에 치여 큰 부상을 입었는데 그 차량은 뺑소니를 쳐 버렸다.

그 후, 학수는 엄청난 시간을 고통과 슬픔을 겪으며 정신과 육체가 너무 힘들어 세상을 떠나려고 자살을 시도할 정도로 몹시 힘든 삶을 산 사람이다.

몸과 마음이 산산조각이 나 버렸기에 엄청난 시련과 좌절의 쓴 맛을 봤지만 그는 이를 악물었다. 이렇게 할 수 있었던 원동력은 이 세상에 자기 같은 제2, 제3의 피해자를 만들지 않겠다는 굳은 결의가 그의 심장을 강타했기 때문이다.

'광폭음주운전 및 진한선팅차량박살내기클럽'이라는 인터넷 카페를 만들자, 하루 만에 수백 명이 가입하기에 이른다.

그래서 바로 다음 날 5월 16일에는 한번 만나 인사라도 나누자며 관심 있는 사람들이 이 카페로 전화가 쇄도했다. 그래서 김학수 회장은 '수원역 광장에서 오후 1시에 만나자는 공문'을 띄웠다. 그랬더니 백여 명의 회원들은 '알았다'고 답글을 올렸다.

이윽고, 그 다음 날이 되자, 수원역광장에 오후 1시에 무려 백여 명이나 되는 많은 회원들이 일제히 모여 들었다. 이렇게 많은 회원들이 뜨겁게 호응해준 것에 대해 김학수 회장은 감격의 눈물을 흘렸다. 학수는 작년 봄에 그 뺑소니 사고를 당해 몸이 온전치 않아 휠체어에 몸을 지탱하고 있다. 오늘 이 시간 모임도 휠체어에 의존한다. 한평생 휠체어에 몸에 기댈 수도 있다는 진단도 나온 상태이다.

수원역 광장에 모인 백여 명은 김학수를 보며 동병상련의 심정을 느낀다. 학수가 먼저 인사말을 올린다.

"아아… 안녕하세요. 회원 여러분 반갑습니다. 이렇게 많은 분들이 뜨거운 관심과 성원을 보내주셔서 너무너무 감사합니다. 그럼 일단 배고플 텐데 식사를 하러 갑시다."

"와 아아아… 파이팅, 우리의 승리를 위하여… 달려라 달려!"

여기저기에서 호응하는 함성 소리들….

오늘 김학수를 도와 광폭음주운전 및 진한선팅차량박살내기클럽 총무 격으로 참가한 그의 친구인 선우재철은 이들에게 수원시청역 주변 야외음악당으로 옮기자는 제안을 해서 회원들은 일제히 그곳으로 이동했다. 이동하자마자 배가 고픈 회원들은 인근 뷔페로 들어가 각자 돈을 내고 식사를 한다.

식사를 하고 다시 야외음악당에 집결했다. 시간은 오후 2시

30분가량 됐다.

수원야외음악당 잔디밭에 발 디딜 틈 없이 꽉 들어찬 많은 회원들 앞에서 김학수는 울먹이며 포문을 열기 시작한다.

"여러분, 식사는 잘 하셨나요? 제가 사드렸어야 했는데… 다음에 형편 되면 제가 대접하도록 하겠습니다. 오늘은 여러분과 제가 힘을 하나로 모아 결의를 하고 이것을 실천하는 장이 되는 시간을 맞이하는 것입니다. 다들 아시겠지만 우리가 모인 것은 다름이 아니라 저희 클럽 이름 그대로 광폭 음주운전하는 놈들과 진한 선팅하고 운전하는 놈들을 박살내버리는 모임입니다. 그러기엔 우리의 역량이 매우 부족한 게 현실이기도 합니다. 그래서 일단은 우리가 해야 할 일은 그런 무리들을 관계기관에 청원 내지 고발을 함으로써 대응해 나가는 것입니다. 만약 그렇게 했는데도 불구하고 시정되지 않고 개선되지 않는다면 오로지 우리의 힘으로 밀어붙여버리는 것이지요. 자구행위를 해야 합니다. 이 모든 원동력과 의지는 저와 같은 제2 제3의 억울한 피해자가 생기지 않도록 하는 사명감의 발로라 하겠습니다. 여러분 함께 싸워나갑시다."

"아아아… 맞습니다. 맞아요. 우리가 함께 싸워나갑시다. 와아아아!"

이렇게 백여 명이나 되는 많은 회원들은 큰 함성으로 김학수 회장의 인사말에 답례를 하였다. 이들 회원들은 명실공히 오늘부터 본격적으로 음주운전 저지와 진한선팅차량에 대한 박살내기에 나설 것을 천명했다.

이들 회원들은 대회를 성황리에 마치고 해산했다. 그리고 이날부터 시작하여 회원들은 피해사례를 접하는 데로 관계기관, 경찰, 검찰에 청원내지 고발하기에 이른다. 또, 광폭음주운전 및 진한선팅차량박살내기클럽 카페에 들어와 서로 긴밀히 진행상황과 중요정보를 주고받기도 한다.

여기서 짚어볼 부분은 이들이 이때부터 시작하여 적극적으로 이런 피해사례를 관계기관에 청원내지 고발을 하여도 전혀 개선되는 것이 없었다는 점이다.

즉, 민원접수만 받아 놓고 나 몰라라 해 버린다는 것이 큰 문제였다. 몇 차례 반복했지만 개인의 사생활 침해 문제, 불법과다진한선팅차량이 80%육박하기에 엄두가 나지 않아 못한다. 이런 것일 것이다.

그렇기에 오히려 시간이 지나면 지날수록 광폭음주운전차량은 더욱더 증가됐고 또 진한선팅차량도 더욱더 늘어나 버렸다는 것이다.

광폭음주운전 및 진한선팅차량박살내기클럽이 이때부터 한 달 간 적극적으로 활동하는 과정에서 어려움도 무척 많았다. 위의 예처럼 관계기관이 '나 몰라라'로 일관해 버린 점이 힘든 부분이라 이들은 안 되겠다 싶어 일종의 자력구제의 형태로 나아갈 수밖에 없었다.

 그러니까, 이들은 5월 16일 궐기 대회를 시작으로 6월 15일까지 한 달 간을 탄원서, 진정서를 집중적으로 보내는 방식을 택했는데 여의치 않았으나 그래도 계속 그 법적 절차적방법도 계속 해 나가면서 회원들 각자가 개인적으로 돌아다니다가 음주운전이나 진한선팅차량이 나타나면 경고를 하는 방식을 강행하기에 이른다.

 이렇게 광폭음주운전 및 진한선팅차량박살내기클럽 회원의 활동이 무척 힘들고 난관에 부딪칠 수밖에 없는 이유는 반대로 현재 수도권일대에 거대한 광폭음주운전단체인 번개음주운전클럽과 한석음주운전협회의 폭거와 또 위의 구국단체가 탄생하기 한 달 전인 4월 15일에 괴상한 장밋빛진한선팅섹스클럽이 창설되어 그간 엄청난 세력을 늘려왔기 때문이다.

 게다가 더 까다로운 부분이 하나 더 있다면 위의 비뚤어진 3단체는 그들을 단속하고 규제해야할 관계기관들과 깊숙한 유대관계를 갖고 있다는 것이 큰 장애이다.

 그러니 위의 사회악인 3단체를 저지하려는 구국단체가 힘을 발휘할 수 없는 것이었다. 이젠 음주운전 및 진한선팅박살내기클럽은 6월 중순을 기해 합법적 투쟁에 깊은 한계를 느껴 자력구제 쪽으로 급선회하기에 이른다.

 이젠 더 이상, 국가기관을 믿을 수 없다는 것이다. 앞으로 이 구국단체의 활동에 엄청나게 험난한 난관이 버티고 있을 것은 안 봐도 뻔하다.

더군다나 거대한 양측 음주운전클럽들은 3월에 서로의 아지트를 공격하는 1차, 2차대전을 격하게 치렀고 부상자가 속출했었으나 4월 중순 들어 거의 다 회복되어 다시 전열을 가다듬고 제3차 대전을 강행할 뜻을 굽히지 않고 있는 중이다.

그러니 당연히 더 많은 세력을 규합하기 위해 혈안이 될 수밖에 없는 일이 아니겠는가? 이들 세력들이 단합대회를 한답시고 더 거친 광폭음주운전이나 진한선팅차량 과속운전 같은 일이나 회원불리기 작업에 몰두할 것이기에 수도권은 그야말로 난장판, 개판이 된다는 이야기이다. 그래서 음주운전 및 진한선팅박살내기클럽이 어려워진다는 이야기이다.

음주운전
박살내기
클럽

12. 장밋빛진한선팅섹스클럽

무더위가 점점 완숙되어가는 어느 여름날 밤이었다.

번개음주운전클럽 회원들이 신갈오거리에서 술에 만취한 후, 핸들을 잡으려고 하는 순간, 음주운전 및 진한선팅차량박살내기클럽 회원들이 때마침 길을 지나가다가 목격하게 되었다. 그러자, 음주운전 및 진한선팅박살내기클럽 회원들은 일제히 달려들어 그들을 가로막고 차 안에 들어가지 못하게 했다. 그러자, 번개 측 회원들은 무척 황당하게 생각하며 소리를 지른다.

"아니, 이거 봐요. 지금 뭐하는 겁니까? 당신들이 뭔데 내가 내 차를 타려고 하는데 방해를 하는 거요?"

"이봐! 내가 내 차를 타는 게 중요한 게 아니라, 지금 당신들은 술을 먹고 운전대를 잡으려고 하고 있잖아? 그러니까 우리가 가로 막는 거야! 대리를 부르든가 어떻게 하라고….”

　이 날 밤에 번개 측과 음주운전 및 진한선팅박살내기클럽이 최초로 제대로 격렬하게 격돌하게 되는 순간을 맞이하게 된다.

　특히, 번개 측은 검도도장 고수들이 상당수 포진되어 있는데 음주운전 및 진한선팅박살내기클럽 측이 과연 그들을 대적해 나갈 수 있을지 불안한 마음 가눌 길이 없다. 하지만, 박살내기 측은 거침없이 대적하였다. 그들에겐 명분과 사명감이 있기 때문이다.

　이들 양측은 한 치도 물러서질 않고 맞부딪쳤다. 그야말로 광폭음주운전 및 진한선팅차량박살내기클럽의 위대한 자력구제의 신호탄인 셈이다.

　“이 자식들이 어디에서 반말로 지껄이는 거야!”

　“야, 새끼들아 술 처먹고 운전대를 잡으려고 한 놈들이 더 날뛰지? 반성할 줄은 모르고….”

　“어어… 이것들 봐라!”

　이 때, 번개 측은 8명이었다. 박살내기 측도 비슷한 인원이 있었다. 처음엔 언쟁으로 시작하더니 시간이 지나자 더 가열되고, 결국엔 몸싸움과 폭력이 수반되기 시작했다. 먼저 선제공격을 가한 측은 번개였다. 그러자, 박살내기 측도 맞받아쳤다. 양측은 격한 감정을 쏟아낸다.

퍽 퍽퍽. 짝 짝짝. 훅 훅훅. 꾹 꾹꾹.

심한 난타전이 벌어지자 길을 지나가는 행인이 얼른 인근파출소에 신고를 하였다.

불과, 5분 후에 경찰들이 밀어닥쳤다. 그래서 진압되었고 이들 다 파출소로 끌려갔다. 그 후, 경찰은 조사에 나선다.

"어떻게 싸움이 벌어진 것입니까?"

경찰이 이런 질문을 하자, 이들은 답변하기 시작했다.

"여기 이 사람들이 술에 만취된 채, 운전대를 잡으려고 해서 그러지 말라고 했더니 말을 안 듣더군요. 그러다가 이런 싸움이 벌어졌죠."

그러자, 번개 측은 상황이 좋지 않자, 발뺌하기 시작한다.

"지금 이 사람들이 뭘 잘못보고 그러는 겁니다. 우린 술을 먹긴 했지만 운전대를 잡으려고 했던 게 아니라 잠시 어떤 물건을 차 안에서 꺼내려고 들어갔는데 느닷없이 이들이 와서 우리를 강제로 끌어내어 막 때린 거지요. 억울합니다. 으 으흑…"

"뭐야, 당신들 운전하려고 시동까지 켜고 액셀을 밟기도 했잖아!"

"뭘, 잘못 본 거지…."

양측은 이곳까지 와서도 격한 언쟁이 벌어졌다. 그러자, 경찰은 소리를 지른다.

"이봐요. 조용히 하란 말이에요. 조용히 조사에 임하시오. 그리고 음주운전을 하려는 것 같으면 얼른 우리에게 신고를 해야지, 그렇게 직접 제재를 해도 되는 겁니까?"

"아니, 우리가 그렇게 신고하면 바로바로 해결이 됩니까? 우리는 음주운전 및 진한선팅박살내기클럽을 만들어 활동하는 모임인데… 우리가 한 달 간 이걸 해보니 관계기관에 여러 가지 제보를 해도 잘 안 됐는데 말이야!"

순간, 번개 측은 이들이 혹시 한석 측의 회원이나 연합군이 아닌가! 생각한다. 그렇지 않고는 자신들에게 이렇게 공격적일 리가 없지 않은가.

그런데 파출소에서 무척 소란스런 시간도 잠시, 이들 양측은 급기야 화해를 하게 된다. 먼저 화해를 신청한 측은 번개였다. 물론, 그 후에 어떤 노림수가 있는지는 아무도 모른다.

어쨌든, 양측은 풀려났다. 각각 흩어져갔는데 번개 측은 끊임없이 한석 측이 배후조종했을 것이라고 의심하며 다음 수를 노리고 있었다. 하지만 음주운전 및 진한선팅박살내기클럽은 독자적으로 만들어진 단체이고 그 어느 단체와도 연관이 되어 있지 않고 서로 알지도 못한다.

아무튼, 오늘 이 시간 이후로 번개 측은 이 건의 배후로 한석 측을 강하게 의심하기에 그들을 더 강하게 타도하기 위한 계략을 짜낼 것으로 예상된다.

또 다른 한편, 이 날로부터 불과 며칠이 지나자, 기이한 공교로움이 발생했다. 그것은 바로 야탑역 부근에서 오후 3시에 한석 측 회원들이 술에 만취한 후, 운전대를 잡으려는 일이 있었는데 때마침, 박살내기클럽의 회원들이 그 장면을 목격하게 됐다. 여기서도 양측이 격렬한 격돌이 벌어져버렸는데 한석 측 회원들이 모란역 방향으로 황급히 도망쳐버림으로써 이 사태는 끝나게 되었다. 멀리 달아나버린 한석 측도 방금 전, 자신들에게 제재하려든 사람들이 혹시 번개 측의 사주를 받고 나타난 이들이 아닌지 엄청난 의심 속으로 빠져든다.

그렇지 않아도 번개, 한석 양측은 앙금과 복수심이 가득한데다가 최근 며칠 사이에 자신들을 향한 간섭 내지 제재가 들어온 제 3의 세력이 나타나자 서로서로 경계와 강한 의심을 거듭하며 서로가 서로를 더 강하게 쳐부숴버려야겠다는 더욱 강한 결의에 결의를 하게 된다.

무척 기이하면서도 매우 공교롭게도 음주운전 및 진한선팅차량박살내기클럽의 활동, 그 자체가 번개, 한석 측 간, 전투의지를 더 활활 타오르게 폭발적인 불을 지펴버렸다.

김학수 회장이 이끄는 음주운전 및 진한선팅차량박살내기클럽은 자신들이 이렇게 수도권 일대를 돌아다니며 자력구제를 한다는 것 자체에 만족감을 느끼며 또 아무런 보상도 바라지 않고 그저, 자신들과 같은 피해자들이 더 이상 생기지 않기를 바라는 순수한 마음으로 하루하루 그렇게 임하니 몸도 정신도 무척 건강해짐을 느꼈다.

일종의 방범대원이나 봉사단체 비슷한데 사실, 그들보다 더욱더 힘든 게 현실이다. 왜냐면 음주운전차량과 진한선팅차량까지 공권력의 힘을 빌리지 못하고 자력으로 물리적으로 제재한다는 일 자체는 엄청난 희생정신이 아니면 도저히 엄두도 낼 수 없는 일이 아니겠는가?

어느 날, 벽살내기클럽 회원들이 강남구청역 부근을 해질녘 지나가고 있었는데 진한선팅차량들이 줄줄이 지나가고 있었다. 그러자, 박살내기클럽 회원들은 그 뒤를 따랐다.

앞을 달리는 진한선팅 차량은 고급 외제차들이었는데 바로 4월 중순 경에 창설된 장밋빛진한선팅섹스클럽 회원들이었다. 장밋빛진한선팅섹스클럽은 선정릉역 쪽으로 달려갔다. 박살내기클럽도 번개같이 따라붙었는데 앞의 장밋빛섹스클럽은 공터에 차를 세워두고 자신들의 파트너와 섹스를 나누기 위해 스킨십을 시작했다.

그 후, 뒤따라 간, 박살내기클럽 회원들이 그들의 진한선팅 유리문을 두드렸다.

"이봐! 문 좀 열어보시오."

그러자, 차 안에서 어느 정도 스킨십을 마치고 본격적으로 빨간색 장미꽃을 검정색 장미꽃으로 검붉게 물들여 놓으려 했던 그 진한선팅섹스클럽 회원들은 깜짝 놀라며 얼굴이 상기되어 버린다. 한참, 식은땀을 줄줄 흘리던 이들은 놀라면서 무척 당황해한다. 그 이유는 혹시 차 문을 두드리는 사람들이 여자 회원들의 남편들이 아닌가 하는 불안에 휩싸였다. 그래서 이들은 얼른 도망치려고 액셀을 밟으려했지만 이미 박살내기클럽 회원들이 차 앞을 가로막아버렸다. 그 후, 박살내기클럽 회원들은 나오라고 손짓을 했다. 그러자, 진한선팅섹스클럽 회원들은 혹시 경찰이 아닐까 하는 걱정을 하면서 기어 나올 수밖에 없었다.

"아니, 당신들 뭐야?"

"우리는 너희 같은 광폭음주운전 및 진한선팅 차량을 박살내는 민간인단체이다."

"아니, 뭐라고… 진한선팅 차량을 박살내는 민간인 단체라고… 나 원, 이런 뚱딴지같은 놈들을 다 보네! 난 경찰인 줄 알았네! 이 자식들아 쓸데없는 짓하지 말고 얼른 꺼져버려…."

"어어… 이것들이 말을 막하지! 너희들 때문에 우리 같은 우직한 운전자들이 사고를 당해 죽도록 고생하고 있다. 우리는 음주운전 차량과 진한선팅 차량들 때문에 사고를 당했던 피해자들의 모임이다. 그리고 또 우리 같은 제2의 피해자가 생기지 않도록 최선의 노력을 다하는 게, 우리의 임무다. 너희 놈들을 처음 보게 된 것이니 한번은 봐 줄 테니, 지금 당장에 진한선팅을 벗겨내도록 하라! 그렇지 않으면 우리가 강제로 벗겨내 버리겠다. 당장 벗겨내 이 개자식들!"

"뭐야, 개자식?"

박살내기클럽은 강제로 진한 선팅지를 벗기려 하였다.

지금 이곳엔 진한선팅섹스클럽 회원들의 차량은 7대가 세워져 있었고 박살내기클럽 회원들의 차량은 겨우 1대가 있었다. 그러니까, 전자는 총 14명이고 후자는 4명밖에 없었다. 전자는 남자가 7명이고 후자는 남자만 4명이었다.

전자의 남자들 7명과 후자의 남자들 4명이 격돌하게 되는 순간을 맞이한다. 전자의 여자들 7명은 차 안에서 나오지 않고 있다.

어쨌든, 전자의 남자들 7명과 후자의 남자들 4명만이 육박전이 벌어질 것 같은 험악한 분위기가 감돈다.

그래서 결국 터졌다. 먼저 진한선팅섹스족의 7인이 박살내기클럽 회원을 향해 심한 욕설과 함께 기습적인 스트레이트를 날린다. 4명이라 열세였던 박살내기클럽 회원들은 그 공격을 맞고 주춤주춤했지만 다시 힘을 모아 반격을 하였다.

"이 시발 놈들 너희들이 뭔데, 지랄이야! 이 새끼들아… 어휴, 이런 개자식들."

"그래, 한판 붙어보자! 이런 깡패 같은 새끼들아."

퍽 퍽퍽. 짝 짝짝. 푹 푹푹.

남자들 11명이 서로 격렬하게 치고받다보니까, 서로는 피를 흘려 길거리에 유혈이 낭자해졌다. 이러는 사이에 선정릉역 쪽으로 걸어가던 한 행인이 인근파출소에 신고를 했다. 그랬더니 얼마 있자, 경찰차가 오고 있었는데 이를 본 진한선팅섹스족은 황급히 자신들의 차를 타고 도망친다. 그렇게 도망치는 그들을 박살내기클럽 회원들은 이를 악물고 쫓아간다.

왕십리 방향으로 달아나 버린 그들을 박살내기클럽 회원들은 급기야 놓치고 말았다. 또 그 뒤를 경찰차가 쫓아갔지만 그 양측 회원들을 잡진 못했다.

경찰들도 포기하고 그냥 돌아갔다. 결국 광폭음주운전 및 진한선팅차량박살내기클럽 회원들은 눈물을 머금고 그들을 놓칠 수밖에 없었는데 이렇게 적은 숫자이면서도 불굴의 의지로 대적하는 이들 회원들의 의협심을 무척 높게 사고 싶다.

이들 광폭음주운전 및 진한선팅차량박살내기클럽 회원들은 총인원이 150여 명이 되는데 이렇게 적게는 4인에서 5인, 많게는 14인에서 15인 씩, 나눠서 수도권 곳곳을 돌아다니며 그런 행동이 보이면 몸을 던지며 제재를 하는 것이었다.

이로써 박살내기클럽은 오늘 최초로 진한선팅섹스클럽과도 격돌하게 됐다. 이제부터는 광폭음주운전클럽만이 아닌 광폭 진한선팅클럽들과도 전면전에 나설 것임을 천명하는 신호탄이기도 하다.

장밋빛진한선팅섹스클럽은 회원 수만 해도 어느새 200여 명을 넘어섰고 계속 증가하는 추세이다. 더군다나 신갈오거리에 첫만남상가 건물 지하에 아지트까지 만들었을 정도이니 무척 심각한 문제가 아닐 수 없다.

그리고 번개, 한석 양측 음주운전클럽들도 예전에 각각 상갈동, 신림동 쪽으로 아지트를 옮기고 서로 복수의 칼날을 갈아가며 일전태세를 갖추고 있는 중이다.

이처럼 3군데 단체들은 자신들의 클럽활동을 번창시키고 원활하게 운영하기 위해 각각 아지트를 설치한지 오래됐다. 그렇지만 이 3단체와 맞서는 음주운전 및 진한선팅박살내기 클럽은 아지트를 만들 정도의 여건도 안 되고 예전에 뜻밖의 사고로 생계를 지속해 나가기가 힘든 이들이다.

그러나 김학수 회장과 뜻을 함께 하며 자신들도 의식주 문제로 힘들지만 자신들 같은 제2, 제3의 피해자가 생기지 않기를 바라며 인터넷 카페를 개설해 놓고 정보와 의견을 교환하며 대응방안과 계획 등등, 구국봉사활동을 하고 다니는 것이다.

사실, 김학수 회장은 작년 4월에 진한선팅차량으로 피해를 당한 케이스인데 지금 이 단체를 운영하다 보니 막아야할 클럽들이 무척 방대하고 세력화 조직화 관권화 되어 있음을 느끼게 된다. 즉, 바위에다가 계란치기 격인 것이다.

그러던 중, 어디선가 김학수 회장이 운영하는 인터넷 카페로 전화가 걸려온다. 새로 가입하려는 회원일 거라고 생각했다.

일단, 총무인 선우재철은 받아보기로 했다.

"아네, 여보세요."

"아아… 여보세요. 혹시 광폭음주운전 및 광폭진한선팅차량 박살내기클럽입니까?"

"아예, 맞습니다. 말씀하세요."

"그곳의 활동에 관심이 많은 사람입니다. 가입도 하고, 우선 만나고 싶습니다."

"아네, 그럼 카페에 가입하시고 우리 단체가 모이는 날이 있습니다. 그때 공지를 할 겁니다. 그럼 그걸 보시고 한번 찾아오십시오. 이렇게 우리 카페에 관심을 가져주셔서 감사드리고 진심으로 환영합니다."

지금 이 시간에 이 카페에 가입하고 있는 이는 바로 올 2월 초에 한석대학교 평생교육원골프강좌에 찾아와 그 당시 평생교육원 골프강좌를 맡았던 최인강 경제학과 교수를 향해 스트레이트를 날리고 쓰러진 그의 엉덩이를 아주 세게 킥을 날렸던 장본인 이경수이다.

그 후, 그는 4월 말에 있을 공무원시험 9급행정직시험에 대비하기 위해 어쩔 수없이 그녀를 더 이상, 신경 쓸 수 없었고 노량진으로 들어가 집중해야만 했다. 그러나 얼마 전, 합격자 발표가 있었는데 그는 명단에 없었다. 그녀의 문제로 노이로

제가 걸릴 정도였는데 제대로 공부를 할 수 있었겠는가?

그는 공무원시험 합격자 발표가 있기 한참 전부터 줄기차게 그녀에게 전화를 걸었다. 그러니까, 5월 초부터 말이다. 그녀는 계속 전화를 받지 않았는데 최근 들어 안 받는 것도 지쳤는지, 결국 받았다.

6월 19일 일요일에 급기야 이들은 오후 1시에 보라매공원에서 만남이 이루어졌다.

사실, 1월 17일 최인강 교수가 김화선 조교에게 신림동 쪽에다 은신처로 투룸을 얻어준 적이 있었다. 그녀의 남자친구인 이경수가 집요하게 따라올 것을 대비하여 숨어있으라는 의미에서 그랬다. 그녀의 원래 집은 사당동인데 그 당시 그렇게 되어 신림동 투룸에서 지금껏 숨어 지냈다.

하지만, 그녀도 최인강 교수가 교수채용 비리 문제로 교도소에 수감된 사실을 알고 있었기에 조금은 최 교수의 경계 벽에서 풀어져 나오는 느낌도 있었던 차에, 옛 남자친구인 이경수에게서 끊임없는 전화가 걸려와 18일에 전화를 받고 19일에 보라매공원에서 만나게 된 것이다.

그런데 화선은 그 날, 19일 오후 1시에 보라매공원에서 경수를 만나 엄청난 트릭을 쓰기 시작했다. 그 당시 그러니까 1월 17일 경부터 자신이 경수의 전화를 받지 않고 문자에 대해 답장도 안 했던 것은 4월 말에 있을 공무원시험에 몰두할 수 있게 하려고 그랬다는 궤변을 늘어놨다.

"경수야, 난 널 너무너무 사랑하다 보니까, 또 너무너무 좋아하다 보니까, 네가 하는 공무원시험 공부하는데 방해가 되지 않았으면 했지! 그래서 그때 1월 중순부터 내가 먼저 연락을 끊어버렸던 거였어! 그게 널 위한 최선이었어! 그래야만 네가 4월 말에 보는 시험을 더 잘 볼 수 있을 거라고 생각했지!"

그녀는 이런 식으로 말하면서 무척 진지한 표정을 자아낸다. 그러자, 조금 단순한 경수는 예전에 이어 이날 또 속아 넘어가 버렸다. 그녀는 최 교수의 경계 벽에서 어느 정도 벗어났다고 판단하여 또 다시 옛 남자친구이자 애인이었던 경수를 만나는 이중성격을 드러내고 있는 것이다.

이날 이런저런 대화중에 경수를 몹시 자극하고 혈압 오르게 했던 멘트가 있었다.

"경수야, 저번에 우리 대학교에 늑대 교수가 날 모텔로 강제로 끌고 들어가 성폭행을 했다고 했잖아, 근데 들리는 말로는 그 늑대 교수가 우리 한석대학교에 교수로 들어올 때 돈을 많이 내고 채용된 거라고 알려져 잘리고 말았어! 그리고 그 늑대 교수 그 후에 구속됐잖아, 근데 그 늑대가 사실은 잘리기 전에 무슨 음주골프산악회인가, 무슨 음주운전협회인가 하는 걸, 만들어 회장으로 활동까지 했다고 하더라고. 그렇게 음주운전 하고 다니다가 나 같은 현모양처 같은 예쁘고 마음씨 고운 여자들을 강제로 차에 태우고 자기들 아지트로 끌고 가, 성폭행을 하는 그런 짓을 일삼는 클럽이란 말도 있어.”

이 때, 경수는 이 말을 듣고 여러 가지 자극도 받고 강한 동기부여도 하게 됐다. 그 자극과 동기부여란 여기서 그녀가 말한 그 늑대 교수가 회장으로 활동했다는 음주운전협회에 대해 강한 응징과 철저한 응보의 날카로운 화살을 겨냥하게 되는 그런 마음가짐이다. 나름대로 다혈질인 그에게 엄청난 동기부여를 하는 핵 태풍을 의미했다.

이날, 경수는 시종일관 자신은 침묵만으로 일관하였다. 가만히 화선의 말을 듣고 속으로 속으로만 되새기고 음미하였다. 원래 침묵이란 단어가 더 무서운 의미이다. 그러니까 평소에 침묵을 지키는 이들을 조심하라! 강한 비수를 내리 꽂을 워밍업이니 말이다. 더군다나 경수는 나름대로 사력을 다한 9급행정직 시험마저도 합격자발표 날, ‘명단에 없습니다.’라는 쓰디쓴 말을 들었기에 신경이 더 날카로운 상황이었다.

그러니까 자신이 이 세상에서 가장 사랑하는 여인인 화선을 과거에 성폭행 했고 또 거기에다가 개인적으론 불합격의 상처까지 겹쳐있기 때문에…, 여기서 그녀가 계속 언급하고 있는 그 대상 늑대 교수란 인간이 몹시 괘심하고 증오의 대상으로 느껴질 수밖에 없었다. 이게 바로 핵 태풍을 몰고 올 엄청난 동기부여를 했다.

그러던 차에 며칠 지나 인터넷을 뒤적이다가 어떤 광폭음주운전 및 '광폭음주운전 및 진한선팅차량박살내기클럽'이란 카페를 보게 되자, 강한 호기심이 발동하여 27일 월요일에 그 카페로 전화를 하게 된 것이었다.

경수는 이튿날 광폭음주운전 및 광폭진한선팅차량박살내기클럽 카페 공지를 보고 모임에 참석하려고 생각한다. 이윽고, 클럽의 회원들이 모이는 날이 왔다. 이 단체는 6월 마지막 날, 저녁 6시에 광화문 광장에서 모이기로 공지를 띄웠다.

어느새, 그 날이 왔다. 지금 이 순간, 경수의 심장은 벅차오른다. 왜냐면 자신이 직접 가담하여 암적 존재인 최인강 늑대 교수 같은 놈들이 운영하는 단체를 자기 손으로 박살내 보고 싶은 충동이 가슴에 '꽉' 드리워지기 때문이다.

그는 미리 가서 기다리고 있었다. 오후 5시가 되자, 하나 둘씩 회원들이 모여들기 시작했다. 그러다가 모임시간인 6시 정각이 되자, 이 카페회원 총인원 150여 명이 다 모였다.

김학수 회장은 휠체어를 끌고 나타났다. 경수는 여기 모인 회원들 중, 한명에게 회장님이 누구냐고 묻는다. 그러자 한 회원이 그를 데리고 회장에게 가서 인사를 시킨다.

"회장님, 여기 얼마 전에 가입하신 분인 듯 한데 대화를 나눠보시기 바랍니다."

"아아… 그래요. 아네, 너무 반갑습니다."

그러자, 경수는 휠체어에 몸을 기대고 있는 학수를 바라보며 눈가에 눈물이 순간 '핑' 돈다. 이렇게 불편한 몸을 이끌고 이 구국단체를 운영한다는 것 자체에 대해 마음 깊이 경의를 표하고 있다.

"아예, 회장님 되세요? 며칠 전에 카페 총무님께 전화로 문의를 드렸고, 회원 가입한 이경수라고 합니다. 이렇게 만나 뵙게 되어 영광입니다."

"아아… 영광이라니요. 저희가 영광입니다. 우리와 함께하신다니 너무너무 고맙고 감사합니다."

지금 이 순간, 김학수 회장과 이경수 회원과의 역사적인 첫 만남이 이루어지고 있다. 광폭음주운전 및 진한선팅차량박살내기클럽의 인터넷 카페 개설은 저번 달, 15일에 있었고 바로 이튿날에 수원역 광장에서 오후 1시에 제1차 궐기대회를 총 회원 100여 명이 모인 가운데 성황리에 개최했다. 오늘 광화문광장의 모임은 제2차 궐기대회가 되는 셈이다. 그간 활동상황을 점검하고 개선할 점 등등을 의견을 나누는 장이 되는 시간들이다.

모두 모인 회원들은 다 함께 구호를 외치는 것으로 궐기대회를 시작했다. 일부회원들은 대형플랜카드에 "광폭음주운전자들 물러가라! 진한선팅차량들 사라져라!" 라는 문구가 새겨진 것을 들고 함성을 지르고 있었다.

이에 총무인 선우재철이 사회자로서 진행을 이어갔다.

"아아아… 카페지기이자 총무인 선우재철입니다. 여러분 안녕하세요. 아네, 알겠습니다. 예예, 일단은 진정해주시고요. 질서정연하게 제가 말하는 순서대로 제2차 궐기대회를 진행해 나가도록 하겠습니다."

총무인 선우재철은 다 함께 큰 함성으로 구호를 외칠 것을 당부한다. 그러자 150여 명의 회원들은 일제히 "좋아요."라고 크게 함성을 지른다.

이번엔 선우재철이 소리를 지른다.

"자, 여러분 서울 시내가 완전히 떠내려갈 정도로 크게 따라서 외칩시다. 아셨죠?"

"와아, 예에, 알았어요. 선창해 주세요. 총무님."

그러자, 선우재철은 있는 힘, 없는 힘을 다해 고래고래 아주 크게 외친다.

"때려잡자, 미친 음주운전자들, 무찌르자, 미친 진한선팅차량 운전자들,"

선우재철 총무가 이렇게 구호를 선창하자, 회원들도 따라서 외쳤다.

"때려잡자, 미친 음주운전자들. 무찌르자, 미친 진한선팅차량 운전자들."

이 광경을 지켜보고 있던 경수는 더욱더 고무되어 총무가 있는 쪽으로 세차게 달려가더니 총무의 마이크를 움켜잡고 더 힘껏 구호를 외친다.

"안녕하세요. 신입회원 이경수라고 합니다. 저는 오늘부터 이 광폭음주운전 및 진한선팅차량박살내기클럽을 위해 그리고 여러 회원들을 위해 제 목숨을 집어던질 것을 이 광화문 광장 앞에서 하늘을 바라보며 서약합니다."

"와 아아아… 오호, 오호 너무 멋져! 우리 최고의 회원이야! 우리의 호프다."

"여러분, 저도 구호를 한번 외쳐보겠습니다. 따라해 주세요."

"알았어요."

경수가 구호를 외친다.

"박살내자, 또라이 음주운전자들. 밟아버리자, 또라이 진한 선팅차량 운전자들!"

그러자, 400여 명의 회원들도 일제히 똑같이 구호를 외쳤다.

"박살내자, 또라이 음주운전자들. 밟아버리자, 또라이 진한 선팅차량 운전자들!"

이렇게 이날, 6월 31일 광화문 광장에서 열린 2차 궐기대회는 저번 1차 때보다도 열기가 더 후끈 달아오르는 화끈하면서 엄청 뜨거운 용광로 같았다.

이 광경을 지켜보는 김학수 회장은 눈시울이 더욱 뜨거워지며 두 손 모아 있는 힘껏 박수를 쳤다. 그리고 오늘 신규 회원 이경수가 이 대회의 분위기를 더 뜨겁게 달궈주어 너무너무 고마울 따름이다.

김학수는 휠체어에 앉아 마냥 이경수를 바라보고 있었다. 저녁 6시부터 시작된 대회는 7시가 조금 넘어 끝나게 되었다. 이들 회원들은 일제히 인근 대형 뷔페로 이동을 한다. 그곳에 간 회원들은 식사를 했다.

이들 회원들은 무엇보다 신규 회원 이경수에게 시선을 완전 빼앗기고 말았다. 같은 탁자에 김학수 회장, 선우재철 총무, 이경수, 그리고 몇 명 더… 이렇게 앉게 됐는데 학수는 경수에게 한 가지 제안을 하고 있다.

그 제안이란 현재 이 광폭음주운전 및 진한선팅차량박살내기클럽을 운영하는데 있어서 힘든 점이었다. 그것은 바로 "상대 적군세력들이 너무 비대하고 조직화, 체계화되어 있어 이것을 방어, 공격해 나가기가 어렵고 힘이 드니 우리 단체도 조직화, 체계화할 필요가 있다."라는 내용이다.

"저, 이경수 회원님, 우리도 솔직히 회원수가 400여 명이 넘으니 그리 적은 인원은 아닙니다만 아까 대회 할 때, 내용 그대로 음주운전 및 진한선팅차량 박살내기가 저희 단체의 핵심적 과제인데… 그렇게 한 영역으로 활동을 하다 보니 조금 혼란스럽고 힘든 부분도 있었던 게 사실입니다. 그래서 이 문제를 해결해 나가야할 텐데… 제 생각엔 음주운전차량을 방어 공격하는 단체와 진한선팅차량을 방어 공격하는 단체로 나눠서 활동을 하면 더욱더 효율적이고 효과적일 거라고 생각합니다. 그래서 드리는 말씀인데… 혹시 이경수 회원님께서 둘 중의 하나를 선택하여 운영을 하시고 또 그 영역의 회장님으로 활동해 주실 수 있으세요?"

이 말을 전해들은 경수는 무척 고무된 표정을 지으며 환호성을 터뜨린다.

"아아아… 그럼요. 해야죠. 합니다. 근데 그 두 개의 단체로 나누신다면 제가 더 관심 있는 분야를 맡아도 될까요?"

"아아… 당연합니다. 회원님께서 맡아 주시는 것만으로도 고맙고 감사할 따름입니다. 하신다면 어느 분야에 더 마음이 있으신지요?"

"아네, 저는 솔직히 그 광폭음주운전차량박살내기가 더 관심이 있습니다. 제가 그 영역을 맡아도 될까요?"

"아아… 그럼 그렇게 해주세요. 그럼 오늘 이 시간부로 이경수 회원님께서 광폭음주운전차량박살내기클럽의 회장님이 되시는 겁니다. 그리고 저는 다른 영역인 광폭진한선팅차량박살내기클럽의 회장을 맡는 것이고요."

"아네, 너무 감사합니다. 너무 그렇게… 정말 해보고 싶었던 중책을 맡겨주셔서 너무 행복합니다. 최선을 다해 열심히 하겠습니다. 하하하."

김학수 회장은 조금도 망설임 없이 신규 회원인 이경수에게 둘 중 하나 선택권을 부여하면서 광폭음주운전차량박살내기 클럽 회장직을 맡긴다.

지금 이 순간, 경수가 진한선팅차량박살내기 쪽보단 음주운전차량박살내기 쪽을 선택한 이유는 아마도 얼마 전에 화선과 보라매공원에서 만났을 때, 그녀가 했던 그 말, 최인강 늑대 교수가 음주운전클럽을 운영하고 있었단 부분이 오늘 이 시간에 그가 이 영역을 선택하게 되는 강한 동기부여가 됐을 것으로 보인다.

이 순간, 김학수 회장도 내심 속으론 나름대로 만족스러워하고 있다. 사실, 자신도 작년 4월 말에 진한선팅차량에게 뺑소니사고를 당해 그 후, 엄청난 고생을 했기에 이 진한선팅차량박살내기 쪽에 더 관심이 있었던 게 본심이었다.

그런 마음을 뒷받침이라도 하듯, 이경수 회원이 음주운전차량박살내기 쪽 회장직을 맡는다고 하니… 지금 이 순간, 자신의 사연을 다 털어놓진 않아도 반가운 마음은 피할 길이 없는 것이었다.

선우재철 총무가 이 시간부터 영역을 둘로 나눈 배경에 대해 회원들에게 알릴 겸해서 이제부터 광폭음주운전차량박살내기 클럽 회장이 된 이경수를 인사시키고 있다.

"자, 잠시 주목해 주세요. 이 시간부터 우리의 활동은 양분됩니다. 더 원활하고 조직화, 체계화의 길을 걷기 위함입니다. 그래서 방금 전, 이 영역의 회장이 되신 이경수 회장님을 소개합니다."

"네에, 안녕하세요. 방금 전에 김학수 회장님으로부터 광폭음주운전차량박살내기클럽의 회장직을 맡아달라는 제의가 있었는데 제가 수락하였습니다. 이제부턴 진한선팅차량박살내기클럽은 김학수 회장님이 운영하시고 광폭음주운전차량박살내기클럽은 저, 이경수가 맡게 되었습니다. 부족한 제게 이 중책을 맡겨주셔서 너무 감사드리고 앞으로 여러분을 위해 그리고 이 세상에 살고 있는 모든 이들의 안전과 평화를 위해서 미친 듯이 날뛰며 음주운전하는 또라이들을 완전 박살내는데 제 몸을 집어 던지고 목숨을 던져버릴 각오가 되어 있습니다. 자, 여러분 우리 다 함께 소주 한 잔 씩, 건배를 하며 목 놓아 크게 외칩시다. 파이팅, 파이팅, 파이팅!"

"와 아아아… 오호, 오호, 짝 짝짝짝. 와 하 아아아… 아 싸 아아아… 파이팅!"

여기저기에서 뜨거운 함성소리와 환호가 터졌다.

6월 마지막 날, 저녁 8시를 기해 클럽은 이렇게 둘로 나뉘어졌다. 그리고 현재, 총회원수가 450여 명인데 이 인원도 자연스레 양분될 수밖에 없다. 조직화, 체계화를 위해서 말이다.

그래서 광폭음주운전차량박살내기클럽으로 회원이 250명이 할당됐고 나머지 200명은 진한선팅차량박살내기클럽으로 정해졌다.

음주운전차량을 박살내는 일이 더 힘들 것으로 판단하여 그쪽으로 인원을 좀 더 배치했다. 이렇게 되어 번개, 한석 두 음주운전클럽은 이경수가 대적하게 됐고, 장밋빛진한선팅섹스클럽은 김학수가 대적하게 됐다.

이제 내일이면 6월보다 더 무더운 7월 여름이 다가온다. 그러나 경수는 하나도 더위를 느끼지 않는다. 오히려 심장이 차갑다 못해 냉동실에 꽝꽝 얼린 동태처럼 모든 정신은 차디차다. 경수는 오로지 이것 하나이다. 자신이 이 세상에서 가장 사랑하는 존재인 화선을 성폭행했던 최인강과 또 그가 이끌었던 음주운전클럽을 완전 분쇄시켜버리는 것이다.

그리고 경수는 거기에다가 자신이 올해 9급행정직 시험에 떨어지게 된 원인도 최인강이란 놈이 화선을 겁탈했기에 그 문제로 신경이 예민해지고 날카로워져 공무원시험 공부하는 데 적잖은 집중력 방해가 왔었다고 느끼고 있는 것이었다. 이래저래 그는 최인강과 그가 운영했던 음주운전클럽에 대해 불만과 앙금과 증오심이 부글부글 끓어오르는 것이다. 엄청난 분풀이 차원의 복수가 예상된다.

음주운전
박살내기
클럽

13. 복수

 본격적인 진짜 여름 7월이 되자 이경수가 이끄는 광폭음주운전차량박살내기클럽도 바빠졌다. 경수는 먼저 화선에게 전화를 걸었다. 그 이유는 그녀와 공조하여 현재 최인강이 수감 생활 중인 안양교도소에 면회를 가서 인강을 만나게 한 후, 이런저런 안부를 묻다가 '음주운전회원들 위로방문 목적 명분'으로 아지트를 알려 달라고 꾀를 내기 위함이다. 이에 화선도 알았다고 했다.

 그렇게 되어 7월 첫주 토요일을 기해 경수는 화선을 차에 태우고 안양교도소로 갔다. 오후 2시 30분에 도착했다. 경수는 밖에서 유유히 담배를 피우고 있었고 화선 혼자서 면회실로 향했다.

 그가 한석대학교에서 파면되고 구속수감된 것이 2월이었으니, 꽤 오랜만에 만나게 되는 최인강과 김화선이다. 사실, 인강은 구속된 후, 화선에게 계속 연락을 취했다. '보고 싶으니 면회 좀 와 달라'고 그러나 그녀는 연락을 끊고 나타나지 않았다. 그랬는데 오늘 이렇게 새삼스레 나타나는 것이다.

면회실로 그녀가 들어오자 인강은 깜짝 놀라며 얼굴이 굳어져 버린다.

"아니, 야, 화선아… 이게 어떻게 된 거야! 너 왜, 요즘 내가 그렇게 연락을 해도 대답조차 없던 거야? 보고 싶어 죽겠다고 면회 좀 와 달라고 해도 안 오고 말이야! 야, 내가 널 얼마나 사랑하는데… 내 사랑은 오로지 너 뿐이야!"

"아이, 교수님, 다 이유가 있었던 거지, 난 매일같이 교수님이 무사히 복역생활 마치고 아니… 도중에라도 가석방으로 라도 나오게 해 달라고 기도했단 말이에요! 나도 교수님을 엄청 진짜로 사랑하고 있단 말이에요."

그러자, 인강은 잠시 자신의 현재 복역생활로 인한 분한 감정이 복받쳐 올라 하염없이 눈물을 흘리고 만다. 화선도 인강의 마음을 함께하고 있다는 모습을 보여주기 위해 따라서 우는 시늉을 한다. 그래야만 자신의 목적을 이룰 수 있기 때문이다. 그러다가 결국은 마각을 드러낸다.

"아! 교수님 그때 제게 음주운전클럽을 운영하시면서 스트레스를 날려버리신다고 하셨는데 혹시 그 클럽 회원님들 하고 연락은 잘 되시지요?"

화선의 의표를 찌르는 질문이었다. 하지만 인강은 화선이 자신을 위로하는 멘트라고밖에 다른 생각은 하지 않는다.

"음, 그렇지! 그 사람들은 면회도 왔었고 가끔 클럽 상황도 연락을 해주고 있지."

"아네, 그럼 제가 교수님이 이끄셨던 그 클럽의 회원님들을 만나 사기를 북돋아드리게 그 클럽의 위치를 알려주세요. 밥이라도 한 끼 사드리려고요."

"아! 그래. 우리 화선이가 그렇게 우리 회원들에게… 날 위해서 그렇게 해 준단 말이야! 음, 그래 너무 반가운 일이구나! 원래는 신림6동이었는데 지금은 신림8동으로 옮겼다고 하더라고… 자, 이게 약도니까 찾아가봐! 날 걱정해줘서 고마워."

그녀는 지금 이 순간, 최 교수의 음주운전클럽 아지트 약도를 건네받자 속으로 환호성을 터뜨린다. 신림사거리 골목으로 들어가면 자리하고 있었다.

"저, 그만 가볼게요. 제가 꼭 회원님들 찾아뵙고 인사드리도록 할게요."

"그래, 날 생각해줘서 고마워, 다음에 또 면회와! 내가 노력하여 어떻게든 빨리 가석방으로 나가면 그때 만나자고…. 잘 가… 사랑하는 화선아… 사랑해! 으 윽 흑흑 흑."

"그때까지 부디 건강히 안녕히 계세요. 조만간에 또 올게요. 사랑해요. 교수님."

"그래 그래… 사랑해. 뜨겁게."

화선은 인강과 교도소 면회시간이 끝나자 문을 열고 밖으로 나간다. 밖으로 나가면서 그가 알려준 약도를 보며 환한 미소를 짓는다. 경수와 화선은 철저한 작전을 구사한 것이다. 어쨌든, 이경수라는 사람도 참 대단한 사람이다. 어떻게든 최인강이 이끌었던 음주운전클럽 아지트를 완전 박살내버리려고 있는 자존심, 없는 자존심을 다 집어던져버리고 그 위치를 알아내는 데에 전력투구하는 것이다. 최인강이 자신의 여자친구인 김화선을 성폭행까지 했다고 하는데도 지금 이 순간, 그녀와 함께 그가 복역 중인 교도소로 면회까지 가서 그를 유인하여 음주운전클럽 약도를 알아내고 있으니 말이다. 그러니까, 한 대상을 복수하기 위하여 그 대상이 자신이 애틋하게 생각했던 대상을 짓밟았어도 그 애틋한 대상을 이용하여 복수하기 위한 한 대상의 본거지를 알아낸다는 광범위한 작전이다.

뭐! 생각하기 나름이리라. 지금 현재 경수의 불만과 증오심은 요약하자면 세 가지 정도가 되는 것 같다.

첫째, 자신의 절대적 사랑인 화선을 성폭행 한 최인강 교수에 대한 응보의 칼날.

둘째, 그로 인해 올 4월 말에 있었던 9급행정직 시험의 집중력 방해로 인한 불합격.

셋째, 인강이 만든 단체가 제2, 제3의 여성들을 성폭행한다는 정보와 그리고 음주운전을 일삼고 다닌다는 것으로 추릴 수 있겠다.

이런 세 가지 정도의 불만과 증오심이 그로 하여금 그 음주운전클럽을 완전 섬멸시켜야겠다는 강한 동기부여를 일으키고 있는 것이다.

아무튼, 한석음주운전협회 아지트 약도를 건네받은 화선은 경수의 차를 타고 돌아갔다. 경수는 안양동 집으로 차를 몰고 가며 안에서 화선에게 심적 안정을 주고 있다.

"화선아, 나의 대의를 위해서 그렇게 한 거니까, 순간 불쾌하고 짜증나더라도 이해하고 잊어버리길 바래. 네가 그 인간에게서 성폭행까지 당했는데… 오늘 또 그 인간에게 가서 그 아지트를 알려달라고 요청을 하게 해서 지금 내 가슴이 찢어진다. 또 얼굴을 부딪치게 했으니 말이야! 그렇지 않아도 심정이 괴로울 텐데… 윽 흑흑흑."

"아니, 아니야! 경수야, 난 네 마음을 다 알아, 넌 날 위해서 그 놈과 그 잔당들을 확실하게 밟아주려고 하는 것 아니겠어? 이게 다 네가 날 너무너무 사랑하고 있다는 증표이지, 뭐! 난 솔직히 이런 엄청난 사랑을 받고 있다는 것 자체가 진짜 짜릿해!… 히 히 히히히."

어쨌든, 지금 이 상황에서 광폭음주운전차량박살내기클럽의 새로운 회장이 된 경수가 화선을 이용하여 한석음주운전협회 아지트 위치를 알아냈다는 것은 그 사실 자체가 새로운 역사의 한 페이지가 될 수 있을 것이다. 그들에게 앙금과 증오가 포화되어 있으니 말이다. 이날 경수와 화선은 전과 달리 안양동에서 짧은 시간 저녁식사를 하고 헤어졌다. 그만큼 그들 단체를 박살내기 위해서는 많은 연구할 시간이 필요하기 때문이다. 그녀와 헤어진 시간부터 그는 숙고에 들어간다. 자신에게 주어진 회원이 무려 250여 명이나 된다. 그렇다면 이 많은 대군들을 어떻게 조직화, 체계화, 전략화 하여 신림사거리에 있는 한석음주운전협회를 박살낼 것인가! 바로 이것이 화두이다.

늦은 밤이 되자, 경수는 그 한석음주운전협회의 약도를 인터넷상 지도를 보며 뭔가 깊은 상념 속으로 빠져든다. 어떻게 협공하여 분쇄할 것인가! 그러다가 졸음이 쏟아져 깊은 꿈나라로 들어간다. 잠을 자다가 꿈을 꾸게 되었는데 그 한석음주운전협회를 부숴버리기 위해선 '특수훈련을 해야 한다'는 조언을 하는 내용의 예지몽을 꾸었다.

날이 밝자, 그는 꿈 내용 중, 특수훈련이 무엇일까! 다시 깊은 상념 속으로 들어갔다. 그러다가 문득, 떠오른 내용은 바로 죽창이었다. 즉, 250 대군에게 죽창 찌르기 특수훈련을 실시하여 충분히 무장한 후, 적지로 침투하는 것이었다. 그래서 그는 자기 휘하에 있는 250여 명의 회원들에게 일제히 카톡을 날린다.

이른바 경수가 광폭음주운전박살내기클럽 회장이 된 후, 처음으로 실시하는 특수훈련 공지가 되겠다.

「회원 동지 여러분 안녕하세요. 저, 이경수입니다. 다름이 아니라 오늘 일요일 오후 2시를 기해 음주운전 차량들과 악당들은 쳐부수고자 긴급 특수훈련을 실시하고자 합니다. 그러니 회원 동지 여러분께서는 한분도 빠짐없이 이곳 보라매공원으로 모여 주십시오. 그리고 오실 때, 준비물은 1미터 남짓한 대나무를 가져오시면 됩니다.」

이런 내용을 공지했다. 그러자 회원들은 '알았다'고 답장을 보냈다. 오후 2시가 되자, 보라매공원에는 250명의 회원들이 모여 들었다. 그리고 엊그제 광화문에서 2차 궐기대회 할 때, 선우재철 총무는 김학수가 이끄는 광폭진한선팅차량박살내기클럽의 총무로 일하기 때문에 이쪽 광폭음주운전차량박살내기클럽은 별도로 총무를 뽑아야 하는 상황이었다.

그래서 궁리를 하던 중, 안양동에 사는 친구인 전동화에게 부탁하여 총무를 맡기려고 한다. 전동화는 고교동창으로 올해 경수와 같이 9급 공무원시험을 보았는데 결과는 명단에 없었다. 경수는 행정직에 지원했지만 동화는 세무직에 지원했다. 또 총무 밑에 5명의 중대장을 배치하였다.

그리고 여자친구인 김화선에게도 총무를 맡아달라고 요청하였다. 그러니까 공동총무가 되는 셈이다. 그런 내용을 전화했는데 그들은 '알았다'고 말하고 오늘 긴급 특수훈련에 참가할 뜻을 내비쳤다. 전동화, 김화선 공동총무도 조금 늦은 2시 반쯤에 보라매공원에 도착하였다.

이경수 회장은 전동화, 김화선에게 참가해줘서 고맙다고 말하였다. 그러자 그들은 당연히 참석해야 한다고 응수했다.

이곳 보라매공원에 모인 250명의 회원들에게 회장은 인사말을 하였다.

"회원 동지 여러분, 한분도 빠짐없이 전원이 참가해주셔서 감사합니다. 그리고 오늘이 제가 회장이 된 후, 처음으로 모임을 갖는 날입니다. 의미가 깊군요. 또 저를 도와줄 총무를 선정했습니다. 전동화 총무와 김화선 총무입니다. 그리고 제가 카톡 공지에 1미터 남짓한 대나무를 준비하라고 한 것은 그 죽창으로 특수훈련을 실시하려고 그런 것입니다. 우리가 적군을 완전 섬멸시키기 위해서 주먹과 발로는 한계가 있겠지요? 강한 무기가 필요하겠지요? 그게 바로 죽창입니다. 자, 그럼 지금부터 훈련을 해보도록 하겠습니다. 우리는 전문가가 아니니 많은 기술보단 그냥 막 휘두르기를 반복해서 습득하면 됩니다. 그것도 엄청 빠르고 거칠게 말이죠. 그러다보면 스피드가 붙을 테니까요."

와 하 아아아… 빠샤아아아… 아싸 사 아아아… 짝짝짝! 여기저기에서 울려 퍼지는 함성소리들….

경수는 회원 동지들이 답례 차원의 함성을 지르자, 너무 기뻐 두 손을 번쩍 들어 화답했다. 그러면서 죽창을 좌우로 흔들며 이렇게 하는 것이라고 시범을 보인다.

"회원 동지 여러분, 이곳은 보라매공원 특수훈련장입니다. 사실, 제가 최근에 한군데 음주운전 단체의 위치를 알아냈습니다. 여러분, 그 단체는 이곳에서 얼마 떨어지지 않은 곳에 있습니다. 하루빨리 죽창 휘두르기, 찌르기가 숙달되면 그곳으로 쳐들어가 그들의 목을 베어버릴 것입니다. 그러니 이를 악물고 훈련에 임해 주십시오."

그러자, 한 회원이 아주 큰 소리로 외친다.

"아니, 회장님, 그 음주운전 단체가 이곳에서 얼마 떨어지지 않았다면 지금 당장, 이 죽창을 들고 쳐들어가 다 때려 부숴버립시다. 회원 동지 여러분 어떻습니까?"

"와 아아아… 오호, 오호, 좋아요. 그렇게 합시다."

경수는 회원들이 혈기에 심취되어 우발적인 행동을 보이려 하자, 침착하게 자제시킨다. 그 이유는 지피지기백전백승이란 말을 떠올렸다. 더 많은 연구와 또 죽창 기술을 오늘 하루만으로 연마하여 그 음주운전 단체를 공격한다는 것은 조금은 어불성설이라고도 느꼈기 때문이다. 급할수록 돌아가라는 말도 떠올렸다.

"회원 동지 여러분, 아! 여러분의 제대로 된 교통질서문화와 구국심정은 충분히 이해할 수 있겠지만 지금 섣불리 들어가다간 역공을 당할 수 있습니다. 그러니 조금만 참아주십시오. 그리고 죽창 기술도 최소 일주일 정도는 숙달을 시킨 후에 적들을 공격해야 승산이 있습니다. 일주일만 더 열심히 훈련한 뒤에 쳐들어가기로 합시다. 어때요?"

"아아아… 그래요. 그렇게 합시다."

"그러는 게 낫겠어요."

회원들은 회장의 말에 일리가 있다고 생각하여 수긍하는 분위기이다. 경수는 많은 회원들을 진정시킨 후, 조금 쉬었다가 특수훈련을 실시한다.

그는 오늘부터 일주일 간, 이렇게 회원들 모두 모여 강도 높은 죽창훈련을 하고 돌아오는 토요일쯤에 쳐들어간다는 구상을 한다.

다시 모든 회원들은 죽창을 들고 이리저리 흔들며 우렁찬 기합 소리와 함께 구슬땀을 흘린다. 이경수 회장과 혼연일체가 되어 혼신의 힘을 다하고 있는 것이었다.

이렇게 오후 2시 반부터 시작한 죽창 휘두르기, 찌르기 특수훈련은 해질녘이 되자, 끝이 났다.

내일부터는 월요일이라 회원들이 각자 생계의 일터로 나가기에 저녁 7시부터 시작하는 것으로 하고 금요일까지 이곳 보라매공원에서 5일간 집중훈련을 한 후, 토요일 오후에 한석음주운전협회 아지트를 급습한다는 최종 전략이다. 이런 구상을 하고 광폭음주운전차량박살내기클럽 회원 전원은 해산하였다.

지금 이 시간, 이들이 공격 대상으로 겨냥하는 한석음주운전협회는 저번 달, 중순에 야탑역 부근에서 그 당시, 김학수가 이끌었던 광폭음주운전차량박살내기클럽과 한차례 소용돌이가 있었는데 한석 측은 모란역 방향으로 황급히 도망쳤다. 그후, 그들은 번개음주운전클럽이 배후 세력이 아닐까 강한 의심을 하게 됐다. 그리고 그날로부터 며칠 전엔 신갈오거리에서 번개음주운전클럽 회원들과 그 당시도 김학수가 이끌었던 광폭음주운전차량박살내기클럽 회원들과 한차례 집단 패싸움이 있었기에 그 후, 그들은 한석음주운전협회의 배후세력이 아닐까 강한 의심을 하게 되었다.

이렇게 그 당시, 김학수가 지휘했던 광폭음주운전차량박살내기클럽 회원들은 양측 음주운전클럽 회원들에게 서로가 서로를 의심하게 만드는 작용을 했다. 그만큼, 양측을 더 자극하게 됐고 살벌한 분위기를 조성해 버렸다는 것이다.

하지만, 정작 그 당시, 김학수가 지휘했던 박살내기클럽이든 아니면 현재 조직개편으로 양분된 단체가 된, 이경수가 지휘봉을 잡게 된, 지금 현재 단체도 그들 양측 음주운전클럽의 정확한 내막을 알진 못한다.

결론은 김학수 회장이든, 이경수 회장이든, 양측 음주운전클럽들의 세부적인 정보를 모른 채, 하나씩, 하나씩, 알아내며 풀어가는 중이다.

월요일 저녁부터 금요일 저녁까지 집중훈련을 실시한 이들 회원들은 급기야 토요일 오후 3시를 기해 쳐들어갔다.

이들 회원 250여 명은 일주일 간, 비장한 각오로 맹훈련을 실시한 특수기술 도구인 죽창을 각자 하나씩 손에 들고 있었다.

관악구 신림동 한석음주운전클럽 본거지를 덮치는 순간이다. 전동화 총무가 지하 현관문을 아주 세게 걷어찬다. 그 후, 여러 명이 힘을 한데 모아 부수고 밀고 하였다. 그러자, 문은 덜컹덜컹 거렸다. 기회다 싶어 더 세게 밀어버린다. 문짝이 떨어져 나가는 순간이다. 그런데 안에는 사람이 없었다. 그래서 이곳저곳 샅샅이 뒤지는데 그 아지트 안에 구석 쪽에 작은 방 같은 것이 하나 있었는데 어떤 남자 한 명, 여자 한 명이 식은 땀을 흘리며 엄청 놀란 표정으로 창문 밖을 보고 있었다.

그 두 사람은 이곳 한석클럽의 회장인 홍미연과 부회장인 선황철이었다. 둘은 현관문도 비밀열쇠를 하나 더 잠그고 또 구석 쪽에 작은 방 문까지도 열쇠 하나를 더 만들어 잠가놓고 서로 부둥켜안고 빨간색 장미꽃을 이리저리 꺾고 있었다. 그러다가 엄청난 날벼락을 맞은 것이다. 이 둘은 번개 측이 쳐들어온 줄 알았다.

"아니, 오빠, 누가 쳐들어왔는데… 얼른 저길 봐봐."

"아니, 그 그게 뭔데? 어 어어… 아니 못 본 놈들인데… 이거 정말 큰일이다."

홍미연과 선황철은 오늘은 한석클럽 회원들에게 휴식을 취하자고 해 놓고 자신들은 이곳 아지트에서 빨간색 장미꽃을 꺾고 있었던 것이다. 두 사람은 유부남, 유부녀들이라 모텔보단 이곳이 더 편하게 느꼈다.

잠시 황홀했던 순간도 검은 빛깔 안개로 꽉 채워져 버렸다. 엄청나게 많은 괴한들이 쳐들어왔기 때문이다. 이들은 저들이 저렇게 두리번거리다가 아무도 없으니 그냥 돌아갈 줄 알았는데 그게 아니었다. 이 작은 구석방으로 들어오려고 문을 부수고 있다. 그런 후, 이 문짝마저도 떨어져 나갔다.

"아니, 여기 숨어 있었구나! 이것들이… 얼른 나와."

미연과 황철은 알몸이었는데 너무 놀라 옆에 있던 옷으로 얼른 가린다.

"야, 뭘, 가려 가리기는. 그냥 시간을 줄 테니까, 갈아입고 나와!"

"아니, 아아아… 당신들은 뭐야? 뭐냐고?"

"아니, 이것들이 말이 많아. 빨리 나오지 못해!"

미연과 황철은 옷을 입고 밖으로 나온다. 그러자, 지하실사무실처럼 생긴 곳에서 음주운전차량박살내기클럽 총무인 전동화가 말을 이어간다.

"내가 묻겠다. 당신들이 한석음주운전클럽 회원들 맞지?"

"……"

미연과 황철은 대답을 하지 않는다. 그러자 전동화는 화가 치밀어 올라 아주 크게 소리를 지른다.

"야, 이 개 같은 것들아, 왜, 대답을 안 하는 거야? 묻는 말에 대답을 하라고!"

지금 이 지하 아지트에는 50여 명이 몰려와 모두 다 죽창을 들고 있었다. 그리고 복도에도 50여 명, 그리고 건물 밖에는 100여 명 정도가 다 그렇게 죽창을 들고 있다. 그야말로 살벌한 분위기 그 자체이다. 소름이 돋을 정도였다.

미연과 황철은 엎드려 벌벌 떨고 있었다.

"어서 대답해! 이 쌍것들아."

"아아아… 네 네네… 맞습니다. 저희가 한석음주운전협회 회원입니다."

"아니, 진즉에 대답을 안 하는 거야!"

그러더니 전동화 총무는 선황철을 쳐다보며 계속 말을 이어간다.

"야, 너희가 음주운전하고 다니면서 지나가다가 예쁜 여자들 있으면 강제로 끌고 가, 성폭행까지 저지르는 클럽 맞지?"

"아아… 그 그건 아닌데요."

황철이 아니라고 하자, 동화는 더욱더 격분되기 시작했다. 왜냐면 이경수 회장과 김화선 총무로부터 이미 다 들어서 알고 있었기 때문이다.

"야, 이 시팔 놈아, 난 다 알면서 물어보고 있는 거야! 이 자식아, 나잇살이나 쳐 먹은 놈이 말이야! 뭘 아니라고 우겨 우기기는… 어서 대답해!"

"……."

"어, 끝까지 말을 안 하지, 안 되겠어! 이 죽창으로 한 대 얻어맞아봐야 정신 차리고 대답할 거야? 자, 이 시발 자식아."

"으 윽 흑흑."

동화가 죽창으로 진짜 때릴 듯이, 손을 들자, 황철은 급기야 시인한다.

"아네, 맞습니다. 으 윽 윽 흑."

"그래, 됐고… 근데 음… 당신은 뭐하는 사람이야? 뭐, 직업 같은 것 말이야?"

"아예, 현재는 변호사를 하고 있습니다. 예전엔 판사를 했었습니다."

"뭐야! 현직 변호사, 예전에 판사, 그런데 음주운전클럽 회원을 하고 다니고 성폭행까지 하고 다녀? 이런 개자식 봐라!

네가 진짜 법조인 맞아? 어휴, 이걸 그냥 확.”

　동화는 들고 있던 죽창으로 황철을 한 대 후려칠 듯이 손을 번쩍 들었다. 그러자, 이경수 회장이 쏜살같이 달려와 이를 가로 막는다.

　“아아아… 전 총무님, 이렇게 무력을 쓰면 안 됩니다. 하나하나 진상을 밝혀내야지요. 이들을 더 조사하여 이 음주운전클럽의 뿌리를 완전히 뽑아내야하지 않겠어요? 그러니 포로로 압송해 갈 것입니다.”

　“아아… 그래요. 회장님 생각대로 하세요.”

　급기야, 미연, 황철은 그들에게 끌려갔다. 그 둘을 끌고 간, 음주운전클럽차량박살내기클럽은 보라매공원 특수훈련장이었던 곳에 두 사람을 무릎 꿇게 해 놓고 이런저런 추궁을 했다.

　아까, 그 이들 두 사람의 아지트에서 조사를 하지 않은 이유는 시간이 어느 정도 지나면 이들의 회원들이 몰려올 수도 있기 때문이다. 더 치밀한 조사와 빈틈없는 전략 차원의 일환이다. 이곳에서는 미연에 대한 강도 높은 조사가 이뤄졌다.

　“아줌마, 아줌마는 이곳에서 역할이 뭐야?”

　“아네, 전… 회장입니다.”

　‘뭐야? 회장이라고… 그렇지, 잡긴 제대로 잡았구나! 근데 옆에 있는 저, 변호사를 한다는 놈은 여기 음주운전클럽의 직책이 뭐야?"

"아예, 이 사람은 부회장을 맡고 있어요."

"뭐야? 부회장이라고… 야, 우리가 잡긴 완전히 제대로 잡았구나! 오늘 이곳에 쳐들어와서 단 둘밖에 없어 잡았는데 그 둘이 회장, 부회장이라니… 뭔가 확실하게 이것들을 뿌리 뽑을 수 있을 것 같은데…."

전동화 총무는 광폭음주운전차량클럽을 완전 박살내기엔 회장, 부회장을 사로잡았다는 것은 낚시꾼이 대어를 낚은 그런 것과 같은 기분이었다. 그래서 환호성을 터뜨리며 슬며시 담배를 한 대 꺼내어 입에 문다. 그리고 라이터 불을 켠다.

그러면서 조사는 계속된다.

"너희들 말이야, 순순히 말 잘 듣고 우리에게 협조하면 풀어줄 수도 있어! 그리고 너희들만 특별히 봐줄 수도 있지! 하지만 그렇지 않으면 여기서 계속 나한테 이 죽창으로 두들겨 맞아야 돼!"

미연, 황철은 이 말을 듣자, 온몸이 굳어진다. 그러면서 벌벌 떨기도 한다.

동화는 담배를 다 피우자, 더 강도 높은 조사를 실시한다.

"그래, 어떻게 할 거냐? 비협조하면 나한테 얻어터지고 또 음주운전과 성폭행범으로 경찰에 고발당하게 될 거야! 하지만 우리에게 협조하면 풀어주기도 하고 경찰에 고발도 안할 거야! 어떻게 하는 게 좋겠어? 선택을 해!"

"으으 윽 흑흑. 그럼 협조하도록 하겠습니다."

"그래 잘 생각했다. 역시 과거 판사에… 현직 변호사는 달라… 현명하지!"

미연, 황철은 보라매공원 구석에 드문드문 수많은 사람들이 모두 다 죽창을 들고 있는 것을 보며 눈앞이 캄캄했다. 속으로 생각한다. 차지태가 운영하는 번개 측의 배후세력 내지 2중대인가 하는 그런 생각 말이다. 어쨌든, 이 위기상황에서 빠져나가야한다는 생각만이 엄습하고 있을 뿐이다.

전동화 총무의 조사는 계속된다. 그는 황철을 뚫어지게 쳐다본다.

"너희들, 아까 그 아지트에 모이는 회원들이 총 몇 명이나 돼?"

"아네, 저희만 50여 명되고 우군들까지 다 합치면 80여 명이 조금 넘습니다."

"뭐야? 우군들도 있어? 그래 좋다. 그건 그렇고… 네가 너희 클럽의 회원들에게 공지를 날려, 중요한 일이 있으니… 한번 다 모이라고 해! 그때 우리가 쳐들어가 박살내 버릴 거니까!"

"아네, 그렇게 하겠습니다."

"지금 당장 카톡으로 공지를 띄워! 내일 오후 2시에 집합이라고 말이야."

"아예, 그, 그, 그렇게 할게요."

황철은 무섭고 겁에 질려 하는 수없이 그가 하라는 대로 카톡으로 한석 회원들 50여 명, 또 우군인 강남파 15명, 강동파 15명에게 내일오후 2시에 신림동 한석음주운전협회로 중요한 일이 있으니 모이라고 공지를 날렸다.

황철은 이들이 분명 번개 측의 2중대일 거라고 판단하고 있다. 그런데 어느새 이렇게 많은 대군을 확보했는지 너무 무섭다는 생각만이 머릿속을 지배할 뿐이었다.

황철은 그러다가 궁리를 한다. 지금 이 순간이 아무리 위기 상황이고 소름이 돋지만 이들의 정확한 정체를 알아내야하지 않겠는가! 이렇게 생각한다. 일단은 분명, 차지태의 번개 측, 우군인 2중대일 것 같긴 하지만 말이다.

그래서 차지태가 운영하는 번개클럽을 말을 하느냐 마느냐 고심하고 있다. 그러나 행여나 사실 그의 2중대라면 더 위험한 상황이 될 수도 있다.

하지만 지금 이 위기에서 벗어나야하고 하나 더 만약 2중대가 아니라면 오히려 더 좋은 일도 생길 수 있지 않겠는가! 즉, 이들에게 번개 측을 알려주어 공격하게 할 수도 있으니 말이다. 일종의 모험일 수 있다.

"아아… 근데 선생님, 사실은 이렇게 음주운전클럽이 저희들만 있는 게 아니라 저희들보다 엄청나게 더 큰 규모의 음주운전하고 뺑소니치고 성폭행하고 다니는 번개음주운전클럽이 용인 쪽에도 있습니다. 이왕에 제가 선생님을 위해서 협조할 거라면 더 확실하게 다 알려드려야 될 것 같습니다.”

이 말을 듣자, 동화는 눈을 부릅뜬다. 그리고 옆에 서 있던 경수도 마찬가지다.

“뭐야? 너희보다 더 큰 음주운전하고 성폭행하고 다니는 클럽이 또 있단 말이야? 아니 혹시 그곳을 알아? 이걸 그냥 둘 순 없다. 그것들까지 박살내 버려야겠다.”

황철은 순간, 속으로 짜릿한 환호성을 터뜨린다. 자신은 불안한 마음과 모험하는 심정으로 살짝 정보를 흘린 것인데 제대로 적중하여 효과를 보는 상황이다. 즉, 그렇지 않아도 지태가 운영하는 번개클럽에 엄청난 불만과 증오심이 있었는데 이를 이들에게 알림으로써 자연스레 번개 측을 공격하게 되었으니까, 엄청나게 큰 어부지리를 하나 낚는 짜릿함이 몰려온다.

“저희가 최대한 더 큰 번개음주운전 단체에 대한 위치와 정보를 알려드릴 테니 저희를 풀어주세요. 그리고 하나 더 우리의 클럽 내부 사정도 자세히 알려드리지요.”

“아, 좋다. 그 말이 사실이라면 특별히 둘만 봐주도록 하겠다. 대신에 지금 당장 빠져나가려는 속임수라면 더 크게 당하는 수가 있으니까 그렇게 알도록….”

“아아아…네 네네, 예 예예.”

미연, 황철은 겁에 질려 일단 자신들만 살고 보자는 심리가 작용하여 다 털어놓으려 하는 것이었다. 이경수 회장과 전동화 총무는 음주운전 단체를 완전히 분쇄할 수 있는 기회를 잡게 되니 어느 정도 만족스런 기분이었다. 이젠 쳐들어가 모두 부숴버리는 일만 남았을 뿐이다. 그러나 이 인질 2 명을 무방비로 그냥 풀어줘선 안되겠다고 생각하고 있다. 왜냐면 이 인질들이 어떤 행동을 할지 모르기 때문이다.

그래서 내일 오후 2시까지 신림동 아지트로 한석음주운전협회 회원들을 모이라고 해 놓았으니 그 시간까지 이 두 사람을 철저하게 붙잡아 둬야겠다고 생각한다.

그래서 인질 두 명은 모텔로 압송되어 간다. 압송되어 있는 모텔에서 인질들이 무슨 짓을 할지 모르니 핸드폰은 빼앗아버렸다.

음주운전차량박살내기클럽 회원들 중 20여 명이 인질들이 압송된 모텔에서 삼엄한 감시와 경계가 이뤄지는 사이에 회장, 총무는 전략회의 차원에서 밖으로 나온다.

늦은 밤, 시간 이경수 회장과 전동화 총무, 그리고 김화선 총무는 잠시 밖에 나와 호프집에 들어가 생맥주를 한잔씩 하며 내일 한석음주운전협회 회원들이 모일 때, 어떻게 급습할 것인가에 대해 의논을 한다.

이곳은 사석이라 회장과 총무가 말을 놓는다. 서로 친구사이이다. 같은 28세이다.

"야, 경수야, 일단 저들은 아까 그들의 말에 의하면 총 80여 명이라고 했는데 우리 회원들은 250명이 넘으니 숫자상으론 완전 압도하는 건데… 혹시 그 인원보다 더 되는데 그것밖에 안 된다고 속였을 수도 있으니 경계를 늦춰선 안 돼!"

"그렇지, 그래도 우리가 사방을 에워싸고 쳐들어가면 승산이 있어. 그리고 우리 회원들은 일주일 간, 죽창 휘두르기, 찌르기 특수훈련을 열심히 했으니까 어떤 어려운 상황이 닥치더라도 이겨낼 수 있을 거야! 중요한 건, 내일 그 시간보다 더 일찍 그곳에 가 있다가 그 놈들이 모이려고 지하 아지트로 다 들어가면 그때 후려치는 거야! 그게 가장 좋은 방법인 것 같다."

"맞다. 맞다. 내일 승리를 위하여… 자, 파이팅."

광폭음주운전차량박살내기클럽 수뇌부들은 긴급대책회의를 끝내가 각자 집으로 들어가 내일 오후 2시 대혈투에 대해 긴장되는 가슴 쓸어 담으며 잠자리로 들어간다. 이윽고, 날이 밝자, 이들은 만반의 태세와 전열을 가다듬고 혈전을 치러야 되기 때문에 단단히 식사를 하고 시간에 맞게 그곳으로 이동한다.

인질 두 명은 보이지 않게 중간에 세웠다. 250 대군은 걷고 걸어 그곳에 도착했는데 사방둘레를 몇 개 조로 나눠 에워쌌다. 그 후, 적들이 모이기만을 기다렸다.

드디어, 한석 측과 연합군들이 하나 둘씩 모여들기 시작했다. 나타나기 시작했다. 그리고 기다렸던 결전의 순간이 다가왔다. 전체 80여 명의 적군들이 다 건물 안으로 들어간 것을 확인했다. 아! 다소 초조한 순간이지만 저 놈들보다 박살내기 측들의 숫자가 월등히 많으니 전혀 두려울 게 없다. 그냥 치면 끝이다. 돌진밖에 없다.

"자, 저 놈들이 다 들어간 듯하니 쳐들어갑시다."

"그럽시다."

230여 명이나 넘는 우군들은 모두다 손에 죽창을 들고 일제히 건물지하로 돌진한다. 이때, 미연, 황철, 두 명의 인질은 우군들 20명이 밖에서 붙잡고 있었다.

한석음주운전협회 연합군은 엄청난 인원의 사람들이 죽창을 들고 뛰어 들어오자, 너무 놀란 온몸이 굳어지며 벌벌 떨고 있다. 그렇지만 그냥 당할 순 없다는 심정으로 강렬하게 맞서기도 했다. 그래서 아지트 안에 있는 어떤 야구방망이든 쇠파이프든 뭐든 집어 들고 휘두르며 저항한다. 그러나 엄청난 박살내기 측들의 숫자를 이겨낼 수 있을까?

챙 챙 챙챙, 퍽 퍽 퍽퍽, 퍽 퍽퍽, 쨍그랑 쨍그랑.

여기저기서 죽창과 야구방망이가 서로 맞부딪치며 부서지는 소리들…. 광폭음주운전차량박살내기클럽 회원들 250여 명 중, 절반도 안 되는 100여 명만이 안으로 들어가 맹공격을 펴

부었는데도 한석연합군 80여 명은 추풍낙엽으로 나가 떨어져 버렸다. 수적 열세가 그대로 드러나는 순간이다.

한석연합군은 바닥에 피를 흘리며 쓰러진 채, 죽창으로 얻어 맞아 엄청난 통증이 몰려와 비명을 지르는 이들도 많았다. 쓰러진 이들을 향해 더 무자비한 죽창 공격을 퍼부으려는 회원들을 이경수 회장이 말린다.

"아아아… 그만 합시다. 더 하면 큰일 날 것 같습니다. 멈춰요. 위험합니다."

"아, 아예, 회장님."

그들은 여기저기서 엄청난 비명을 지르고 있었다.

"아아 아 아아아… 으 으 으으으 윽 흑흑… 악 악 악 악악… 윽 흑흑."

이경수 회장은 손에 든 죽창을 확 집어던지며 서서히 말을 이어간다.

"야, 이 새끼들아, 너희들이 왜, 이렇게 얻어터졌는지 알아? 몰라? 대답해 봐라!"

"……."

쓰러져 비명을 지르는 적군들은 뭐라고 대답할 힘도 하나도 없었다. 지금 이 순간, 쓰러져 있는 한석연합군 조병천 팀장과 황수현 총무는 엄청난 통증 속에서도 정신을 가다듬으려고 노력하면서 뭔가 이상하다는 걸 느낀다.

그것은 바로 홍미연 회장, 선황철 부회장이 어제 오후에 오늘 오후 2시에 중요한 모임이라고 공지를 띄웠는데 그렇다면 지금 이 시간 이곳으로 왔을 텐데, 보이지 않기 때문이다.

  혹시, 들어오다가 이들에게 붙잡혔나 하는 생각도 하게 된다. 이렇게 멍하니 있을 때, 갑자기 이번엔 이경수 회장이 거칠게 소리를 지른다.

  "너희들 중에 책임자가 누구야? 책임자 있으면 일어나봐!"

  지금, 음주운전차량박살내기클럽 이경수 회장은 진짜 책임자인 홍미연 회장, 선황철 부회장은 밖에 인질로 잡혀있다는 것을 알면서도 지하 아지트 이곳에 그 외 팀장이나 총무가 있을 거라고 판단한다. 그래서 그냥 그러는 것이다.

  "어어… 내가 책임자 일어나 보라고 했지, 근데 왜, 안 일어나… 어서 일어나!"

  그러자, 조병천 팀장과 황수현 총무가 절뚝거리며 일어난다.

  "이 자식들아, 너희들이 음주운전하고 다니며 지나가는 예쁜 여자들을 성폭행을 하고 다닌다는 제보가 들어와 우리가 나서서 너희 같은 것들을 응징하기 위하여 박살내기 클럽을 결성하여 여기까지 온 거다. 너희 놈들이 그리고 다니는 새끼들이지? 어서 말을 해?"

  "아니, 아닙니다."

  "뭐야, 아니라고… 한 대 얻어 맞아봐야 대답하려고 그래!

에잇."

　조병천은 이경수 회장에게 죽창으로 한 대 얻어맞고서야 실
토하기 시작했다.

　"예, 으 윽 흑흑흑… 제가 한석음주운전협회 팀장입니다. 그
게 사실입니다."

　"저는 총무입니다. 사실입니다."

　그러자, 이경수가 그들을 노려본다. 그러다가 떠 보는 말을
시작한다.

　"너희가 팀장, 총무야? 그럼 두목은 어디 있어?"

　"저희 회장님과 부회장님은 오늘 모임 공지를 띄워 놓고 아
직 안 오셨습니다."

　"아아… 그래, 뭐! 그거야, 우리에게 아까 붙잡혔으니까 그
랬겠지 뭐!"

　"아아아… 예에… 붙잡혔나요?"

　"그렇지. 아직 신분은 정확히 모르지만… 한번 확인해봐야
겠다."

　이경수 회장은 전동화 총무에게 잡혀있는 홍미연과 선황철
을 데려오라고 말한다. 그러자, 총무는 밖으로 나가 잡혀있는
그들을 데리고 온다.

　미연과 황철을 끌고 와 지하 아지트 중앙에 주저앉힌다. 이
광경을 보고 있던 한석연합군은 회장, 부회장이 끌려온 것을

접하니 충격 속으로 빠져든다. 잠시, 경수는 생각한다. 어제 그 특수훈련장에서 미연, 황철과 조건을 걸고 약속한 내용을 기억한다.

우군에게 적극협조하면 '두 사람 만이라도 특별히 봐주기로' 한 약속 말이다. 그래서 살짝 말을 돌린다. 여기에 쓰러져 있는 다른 적군들이 눈치 채지 못하게 그렇게….

미연, 황철이 적극 협조하여 지금 이 시간에 이 많은 적군들을 초토화시킬 수 있지 않았는가!

"전동화 총무님, 이 두 사람들은 누구입니까?"

"아예, 방금 전에 이들이 들어오는 걸 보고 얼른 붙잡았습니다."

이경수는 미연, 황철에게 묻는다. 그들이 회장, 부회장인 것을 전혀 모르는 것처럼 그렇게 한다. 그래야 미연, 황철이 한석연합군들에게 기밀을 누설한 것을 의심받지 않도록 하게 하려고 그렇게 하는 것이었다. 지금 이렇게 쇼를 하는 것을 미연, 황철도 눈치를 챈다. 그러면서 속으로 나름대로 안도의 한숨을 쉰다. 이들이 그래도 어제 약속을 지키는구나! 하고 생각한다. 그렇다면 자신들을 무사히 풀어주기도 하고 자신들의 회원들에게 어제 그 밀약을 절대로 알리지 않을 것이라는 믿음도 생겼다.

이경수는 잠시 담배를 한 대 꺼내어 입에 물고 라이터를 켜

불을 붙인 후, 피우고 나서 미연, 황철을 쳐다보며 심문하기 시작한다. 전혀 모르는 것처럼… 쇼를 한다.

"너흰, 뭐야? 여기 직책은 뭔데?"

"아예, 저는 회장입니다. 옆에 있는 남자는 부회장이지요."

"어어… 회장과 부회장이라고… 이것들 잘 걸렸다. 결국 두목, 부두목을 잡았구나!"

"으 으 흑흑흑."

홍미연, 선황철이 고통스러워하는 쇼를 하자, 주저앉아 있는 조병천 팀장, 황수현 총무도 그들이 쇼를 하는 줄 모르고 그들을 바라보며 함께 이 상황에 대해 슬퍼하고 있다. 그리고 이곳에 추풍낙엽으로 떨어져 있는 80여 명의 한석연합군도 함께 홍미연 회장, 선황철 부회장을 바라보며 이렇게 쑥대밭이 되어버린 현실에 처절한 표정과 비통한 모습을 자아낸다.

그런데 여기서 정작 이경수는 미연, 황철을 제쳐두고 병천, 수현을 과녁삼아 정조준하고 있다. 이 부분이 바로 경수, 동화가 미연, 황철과 어제 밀약이 있었다는 결정적인 대목이다.

"아까, 팀장, 총무라고 했지? 지금부터 내가 묻는 말에 똑바로 대답해 알았어?"

"아예."

"네 놈들은 뭐하는 놈들이야? 직업이 뭐냐고?"

"아네, 저흰 판사를 했었고 지금은 변호사를 하고 있습니다.”

“뭐야? 대한민국 법조인들 정말 잘 돌아간다. 쯧쯧쯧… 그러니 개판이지!”

“…….”

“먼저 이 단체를 해체할 마음이 있나?”

“그래야지요.”

“그렇다면 해체를 한다는 뭔가 구체적인 증거를 내게 보여주고 그리고 이곳 말고 또 다른데 이와 같은 단체가 더 있나?”

“…….”

팀장, 총무는 침묵을 지킨다. 속으론 번개클럽을 말을 할까 말까 망설인다. 그러다가 이들도 속으로 생각한다. 자신들이 말을 하게 되면 자연스레 차지태를 섬멸시켜버릴 수 있는 너무 좋은 기회가 오기 때문이다.

“아예, 솔직히 말씀드려서 원래 저희 음주운전협회는 현재 용인에 있는 번개음주운전클럽에서 이탈하여 새로 뻗어 나온 단체입니다. 그 번개음주운전클럽이 더 큰 본부입니다. 이렇게 모든 정보를 알려드렸으니 저희 회원들을 살려주십시오. 선생님.”

박살내기클럽 경수, 동화는 이 사실은 이미 미연, 황철과 밀약차원으로 주고받았기에 알고 있지만 그냥 모른 척하였다.

“그래그래, 좋다. 원래 뭐든지 솔직하게 말을 하게 되면 다

선처가 되는 것이지!"

경수는 생각한다. 이들이 진정으로 석고대죄하며 개과천선의 길을 걷는다면 이쯤에서 심문, 조사를 중단하고 이들을 앞세워 이들이 주장하고 있는 그 본부인 번개음주운전클럽을 공격하여 모든 음주운전세력을 초토화시키고 난 후, 지금 현재 양분되어 활약하는 진한선팅차량박살내기클럽회장 김학수를 빨리 도와야겠다는 결의를 하게 된다.

"그래, 좋다. 그렇다면 너희 놈들이 지금껏 했던 미친듯이 음주운전하고 다니며 여자들을 성폭행한 행동이 죽을죄를 지었다고 생각하는가?"

"아아… 예에, 정말 죽을죄를 지었습니다. 앞으론 절대 이런 일이 없을 것입니다. 한번만 용서해 주십시오. 살려주세요. 으윽 흑흑."

"음… 한번 지켜보겠다! 그러나 너희들이 지금 하는 말을 그대로 다 믿을 순 없으니, 지금부턴 너희들은 철저히 우리의 통제를 받게 될 것이다. 우리 회원들이 250여 명으로 너희들 80여 명보다 압도적으로 많으니 우리가 맨투맨으로 타이트하게 통제, 감시, 관리하게 될 것이다. 일단은 너희들이 반성하고 죄를 뉘우치는 것으로 보이는 만큼, 정상을 참작하여 선처하는 것으로 하고 대신 다 함께 전략을 세워 너희들이 말하는 그 음주운전의 총 본산인 용인에 있는 번개음주운전클럽을 완전 박살내는데 서로 힘을 모았으면 한다. 그러니까 오늘부터 4일간 집중전략회의를 거쳐 7월 9일 목요일을 그들 번개음주운전클럽을 완전 부숴버리는 날로 삼으려 한다. 일단 그렇게 알고 있도록 하라!"

"아예, 예 예, 그렇게 하도록 하겠습니다. 으 윽 흑흑."

"야, 이 시팔, 이것들 다 밧줄로 꽁꽁 묶어버려! 이 시팔 어휴, 와 아 아 아아아"

이렇게 7월 5일 일요일, 한석연합군이 자신들의 아지트에서 완전히 쑥대밭이 되어 움쩍달싹하지 못하는 상황 하에서 철저하게 감금된 채, 거기에다가 포로가 된 80여 명, 모두 다 질긴 밧줄로 꽁꽁 묶인 채로 무려 앞으로 4일간이나 이곳에서 통제, 감시를 받으며 갖다 주는 음식을 먹으며 있어야 했다.

광폭음주운전차량박살내기클럽은 이곳 한석 아지트를 완전 장악한 채, 간간이 포로로 잡혀 있는 한석연합군의 수뇌부들과 앞으로 며칠 후에 있을 용인에 본거지를 두고 있는 번개음주운전클럽을 완전 초토화 시켜버릴 전략을 함께 도모하는 시간을 갖기도 했다.

그러면서도 박살내기클럽은 한석연합군이 용인에 있는 번개클럽에서 뻗어 나온 세력이라고 밝힌 만큼, 혹시나 그들과 은밀하게 내통할지도 모른다는 경계심 또한 늦추지 않았다. 그래서 포로들 80여 명의 핸드폰은 다 압수해 버린 상태이다.

박살내기클럽 회장인 이경수와 총무인 전동화는 한석 측의 팀장, 총무를 불러와 번개 측의 전력상황을 점검차원에서 질문을 던진다.

"이봐, 너희들이 혹시 번개음주운전클럽이란 곳의 전체인원을 알고 있나?"

"아예, 대략 120여 명은 조금 넘는 걸로 알고 있습니다. 최근에 더 증강했는지는 모르는 일이고요."

"아하! 그래, 대충 120여 명이라면 우리 250여 명으로 아주 가볍게 후려칠 수 있을 것 같은데…."

"그럴 것입니다."

"번개클럽의 정확한 위치는 아는가?"

"저번엔 구갈동이었는데 지금은 잘 모르겠습니다만 여러 가지 정황으로 봤을 때, 그들 중에 팀장, 총무가 상갈동에 검도체육관을 운영하는 관장과 사범이 있는 걸로 짐작하건데 아마 그쪽으로 옮기지 않았을까 싶습니다. 일단 그쪽 검도도장의 위치를 아니까, 탐방조사를 실시해 보면 알 수 있을 것입니다."

"그래 좋다. 우선 내일 내가 우리 중대장들을 보내 위치를 알아내는데 집중하겠다. 그 후, 위치를 파악하는 대로 과감하게 깨부숴버리겠다."

광폭음주운전차량박살내기클럽 이경수 회장과 전동화 총무

는 비장한 각오와 음주운전 세력을 발본색원하는 일에 완전 전력투구, 전력질주 그 자체였다.

그래서 다음 날은 전략대로 인질인 한석 측의 팀장, 총무인 병천과 수현을 밧줄로 묶은 채로 승합차에 태우고 용인 상갈 동에 있는 번개 측의 아지트를 찾는 데에 있어 핵심장소인 검도도장으로 달려갔다.

오후 3시가 되니, 검도도장 수련생들이 들어오고 있었다. 승합차 안에서 탐방 주시하던 이들 중, 병천, 수현은 그들 수련생들을 보자, 아! 저들이 차지태 측의 번개클럽 회원들이라는 것이 기억이 나고 있었다. 2차 대전까지 대혈투를 치렀으니 말이다. 그러자, 얼른 광폭음주운전차량박살내기클럽 중대장들에게 알려준다.

"아! 저기 저 검도도장으로 들어가는 이들이 바로 번개음주운전클럽 회원들입니다."

"아아… 그래, 됐어! 그렇다면 저 놈들이 수련이 다 끝나면 저녁 때, 아지트로 가기도 하겠지! 이젠 다 됐어. 여기서 기다렸다가 끝나고 나올 때, 차로 따라가 보면 게임은 끝이다."

두 시간 정도를 차에서 기다리자, 수련생들이 나오고 있었고 예상했던 대로 어느 곳으로 걸어가고 있었다. 걸어가는 걸로 봤을 때, 그리 멀지 않은가 보다.

그들을 승합차로 천천히 따라가 본다. 그랬더니 그들은 '힌트'라고 씌여진 건물지하로 내려가는 것이었다. 그 때, 느꼈다. "아! 저곳이 번개 아지트구나!"

이들은 소기의 목적을 이루고 승합차 핸들 돌려 다시 신림동 현재 한석연합군이 포로로 잡혀 있는 아지트로 돌아간다.

그 후, 번개 측의 위치를 이경수 회장, 전동화 총무에게 알린다.

"회장님, 번개클럽의 아지트 위치를 알아냈습니다."

"아! 우리 중대장님들 너무 고생 많으셨습니다. 일단은 쉬십시오. 이틀 정도 휴식을 취했다가 완벽한 공습전략을 세운 뒤에 쳐들어가 깨부숴버리겠습니다."

"아예, 알겠습니다."

경수는 이럴수록 서두르지 않고 더 치밀한 전략을 구상하고 있었다. 음주운전클럽의 메카인 번개 측 아지트 위치를 아는 데도 이틀 더 휴식을 취한다는 비장함.

14. 박살내기

경수는 한 템포 쉬며 전략구상 중에도 음주운전차량박살내기클럽과 효율적인 운영을 위해 양분됐던 진한선팅차량박살내기클럽 회장인 김학수에게 전화를 걸어 그곳의 현재 진행상황을 물어본다.

"아이고, 김 회장님, 안녕하세요. 별 일 없으시지요?"

"아예, 그렇습니다. 조금 힘들긴 하지만….."

"미친 듯이 진한선팅하고 다니는 놈들, 단속하기가 쉽진 않겠지요?"

"그렇지요. 그런 놈들이 너무 많아서… 우리 인력 2백여 명으로 막기란 역부족인 것 같습니다. 그래도 하는 데까지 최선을 다하고 있습니다. 요즈음은 그러다가 패싸움도 자주 일어나고 있습니다. 그래도 합니다. 그런 년놈들이 완전 사라져 안전한 교통문화가 정착되는 그날까지 싸워나갈 것입니다. 그런 년놈들 때문에 억울한 꼴을 당하는 저와 같은 제2의 피해자가 생기지 않게 결사적으로 막아야지요. 전, 그렇게만 된다면 더 바랄 게 없고 너무너무 기쁘고 행복합니다."

"아아아… 김 회장님의 말씀을 들으니 제 마음이 더 무거워지고 책임감을 통감하게 됩니다. 저도 최선을 다하겠습니다. 저는 지금 현재 잠시 숨고르기를 하고 있지요. 조금만 지나면 음주운전의 메카를 완전 깨부숴버릴 것입니다. 그 목표를 이루고 찾아뵙겠습니다. 그럼 그때까지 분투하십시오. 파이팅 하겠습니다."

6월 22일, 최초로 진한선팅박살내기 측과 장밋빛진한선팅섹스족과의 패싸움 후에도 수차례나 패싸움이 벌어졌다. 그래서 부상자도 엄청나게 속출했다. 이경수 회장은 잠시 쉬는 틈에 김학수 회장에게 위문전화를 하였는데 그에게서 더 강하고 진한 동기부여와 더 불타는 사명감으로 무장하게 되었다. 진한 선팅 차량에게 뺑소니 사고를 당해 두 다리를 쓰지 못하게 된 상황인데도 불편하고 힘든 몸을 이끌고 자신 같은 제2의 제3의 피해자가 생기지 않게 막겠다며 고군분투하는 것을 보니 가슴이 저미어와 눈물이 줄줄 흐르고 있었다.

이경수는 자신도 주먹을 불끈 쥔다. 홀로 잠시 건물 밖으로 나와 담배를 한 대 꺼내어 입에 물고 불을 붙이며 기압을 지른

다. 전율이 느껴지는 기압이었다. '아 아아아… 박살내자! 음주 운전하는 놈년들.'

경수는 이렇게 결의에 결의를 다지고 한석연합군을 포로로 잡아두고 있는 아지트로 다시 들어가 잠을 이룬다. 지금 이 시간, 이틀 연속으로 한석연합군은 포로가 된 채, 꼼짝달싹하지 못하고 구금된 상황이다.

이틀 가량 충분한 에너지를 보충하고 대망의 수도권 음주운 전클럽의 본산인 번개음주운전클럽을 쳐들어갈 날이 다가왔다. 이틀간의 전략회의 내용은 바로 이것이다. 현재 이곳 한석 아지트에 포로로 잡힌 80여 명, 이들을 통제, 감시 차원에서 여기에는 50여 명의 대군들을 남겨두고 나머지 150여 명의 대군들은 번개 측을 타도하러 가는 것으로 정했다.

사실, 포로가 된 80여 명의 한석연합군은 질긴 밧줄로 꽁꽁 묶여 있기 때문에 이들에 대한 통제 및 감시할 대원이 50여 명씩이나 필요한 것은 아닐 수도 있다. 그러나 더 완벽한 통제, 감시, 구금을 이루기 위한 일환이었다. 그리고 번개 측이 대략 120여 명이라는 정보가 있는 걸로 봤을 때, 그곳에 참전하는 전투요원은 200여 명이면 충분할 것으로 판단했기 때문이다.

어쨌든, 이렇게 구성한 대군을 이끌고 목요일 정오 12시를 기해 돌진한다. 이날은 격전지에서의 안내라든가 정보를 빨리 빨리 전달해 줄 수 있는 요원으로 한석 측 포로 중 조병천, 황수현을 인질로 데리고 가기로 하였다.

며칠 전, 탐방 차, 상갈동에 있는 검도도장으로 오후 3시에 갔을 때, 번개 측 대군들이 도장으로 수련하기 위해 들어가는 걸 봤기에 대략 그 시간을 맞추려고 한다.

한 시간 일찍 도착한 음주운전차량박살내기클럽 회원 100여 명은 검도도장 밖에 에워싸고 있고 나머지 100명은 번개 측의 아지트 힌트 건물로 간다.

이젠 다 됐다. 번개 측의 외곽을 이쪽저쪽을 포위해 버렸으니 살짝 '툭' 치기만 해도 다 부서져 내릴 것만 같다.

광폭음주운전차량박살내기클럽 회원 200여 명은 모두 다 죽창을 쥐고 있는데, 반면 번개 측은 총인원이 120여 명 되는데 이들 중, 검도도장 수련생들만 10명이 조금 넘는다. 나머지 110여 명은 다른 다양한 무기를 다룬다. 양 진영을 비교하면 숫자 면에서 광폭음주운전차량박살내기클럽이 절대 우위를 차지하고 있다.

검도도장 밖에서 박살내기클럽이 오후 5시까지 기다렸는데 그 후, 검도도장에서 10여 명의 수련생들이 쏟아져 나오고 있었다. 이곳에 배치됐던 박살내기클럽 회원 100여 명은 그들이 걸어가는 방향으로 뒤에서 따라붙는다.

번개 측의 검도수련생들은 아무 의심 없이 자연스럽게 자신들의 아지트 힌트 건물로 들어간다. 뒤를 밟던 박살내기클럽 회원 100여 명은 때는 이때다 싶어 얼른 힌트 건물 주변을 에워싸고 있는 100여 명 회원들에게 핸드폰으로 통보를 보낸다. 번개 측의 검도 수련생들이 다 아지트로 들어간 후, 박살내기 클럽 회원들은 모든 대원 200여 명이 다시 모였다.

격전의 절정시간이 다가왔다. 지금 시간은 오후 5시 30분을 향하고 있다.

드디어, 이경수 회장은 공격개시명령을 선포했다.

"자! 여러 회원 동지 여러분, 드디어 우리의 숙원을 풀 수 있는 절호의 기회가 찾아왔습니다. 바로 이 순간입니다. 바로 이곳 건물 지하가 수도권 최대 광폭음주운전클럽인 번개클럽 아지트입니다. 더 터프하고 더 와일드하게 여러 회원 동지 여러분의 손에 들고 있는 죽창을 움켜쥐고 지하로 쳐들어가 그곳에 있는 놈들을 마구 휘두르고 찌르고 후려치십시오. 죽창이 다 부러질 때까지 말입니다. 자! 어서 들어갑시다. 들어가세요. 파이팅, 파이팅, 파이팅."

이경수 회장은 목이 터져라 아주 크게 소리를 지른다. 전동화 총무도 함께 크게 소리를 질렀다. 그러자, 200여 명의 회원들도 일제히 엄청 큰 함성을 지르며 돌진했다.

인질로서 안내, 탐방 요원 역할로 온, 한석 측의 병천, 수현은 밖에 차 안에 붙잡아 놓고 있었다. 안에 들어가면 이들이 첩보를 준 것이 알려지기 때문이다. 그리고 김화선 총무도 밖에 있게 했다. 여자이기에 이런 격전장에 투입된다는 것은 현실성이 없기 때문이다.

박살내기클럽 회원 200여 명은 모두 손에 죽창을 들고 큰 고함을 지르며 아지트 안으로 쇄도했다.

"아, 아 아아아… 아 아 아아아… 아 아 아 아아아… 와 아 아아아아."

여기저기에서 울려 퍼지는 음주차량박살내기 회원들의 함성 소리가 울려 퍼졌다.

지금 이 순간, 번개 측은 검도도장 수련생 10여 명과 그 외의 110여 명의 회원들이 모처럼 보쌈, 족발, 치킨, 반찬, 소주, 맥주를 주문해 놓고 회식을 하려는 시간이었다. 그런데 박살내기 회원 200여 명이 밀어닥치자, 엄청난 충격에 온몸이 다 굳어져 버렸다. 번개 측도 일제히 재빨리 일어나 무기를 집어 들고 대항하기 시작했다.

"아니, 이것들은 뭐야! 이런 개자식들 봐라! 막, 후려쳐!"

삽시간에 두 세력이 맞부딪치며 격돌이 벌어지자, 아수라장이 되어 번개 측에서 회식하기 위해 차려 놓았던 보쌈, 족발, 치킨, 반찬, 소주, 맥주병들이 이리저리 흩어지고 깨지고 날아다니고 그러다보니 천장과 벽면에 김칫국물, 반찬 물이 튀어서 묻기도 하고 여기저기 깨진 병조각들이 날아다녔다. 당연히 이 병조각에 맞은 이들은 몸에 피가 나는 경우도 나타났다.

챙 챙 챙챙, 팍 팍 팍파, 퍽 퍽 퍽퍽, 창 창 창창.

번개 측은 박살내기클럽의 벌떼 같은 인원을 막기 위해 쇠파이프든 의자든 뭐든 집어 들고 저항했다. 그러나 그 엄청난 광폭음주운전차량박살내기클럽의 죽창도 그렇지만 인해전술로 인해 번개 측은 불과 20분도 채 안되어 모두 추풍낙엽으로 나가 떨어졌다.

박살내기클럽 회원들은 번개 측 회원들을 모조리 질긴 밧줄로 꽁꽁 묶어버렸다. 질긴 밧줄로 120여 명을 묶어서 가운데 바닥에 다 쓰러뜨려 버렸다. 힌트 건물 지하 번개 측 아지트는 완전 피범벅이 되어 유혈이 낭자한 그 자체였다.

박살내기클럽 회원 200여 명이 아지트 안이든 복도든 계단이든 꽉 들어찬 상태에서 지금 이 시간, 6시 10분부터 이경수 회장과 전동화 총무의 강도 높은 심문이 이어졌다.

"야, 이 개자식들아, 너희들 두목 나와! …얼른 나오란 말이야!"

그러자, 차지태가 밧줄로 묶인 채로 자리에서 일어나려다가 다시 퍽하고 쓰러진다.

"아예, 접니다. 제가 회장입니다. 으 윽 흑흑… 아 아 아아아."

"그래, 저 놈을 일으켜 이 앞으로 끌고 오세요. 총무님."

"아예, 회장님."

전 총무가 자신의 회원 한 명을 더 데리고 가서 차지태를 일으켜 끌고 와 주저앉힌다. 그러자, 지태가 팍하고 쓰려져 뒹군다.

"뭐, 더 수뇌부들이 있을 것 아니야! 다 나와, 얼른 이 개자식들아… 빨리."

그러자, 번개 측의 조명찬 팀장, 배철준 총무가 엄금, 엄금 기어 나오고 있다.

"예, 저희가 그렇습니다. 으 윽 흑흑."

"예, 제가 총무입니다. 아 아 아아아."

이들은 기어 나오면서 죽창으로 얻어맞은 부위가 너무 아파 신음소리를 내기도 했다. 그러다가 차지태 회장이 주저앉아 있는 맨 앞쪽에 가서 쓰려진다.

번개음주운전클럽의 핵심 수뇌부 차지태 회장, 조명찬 팀장, 배철준 총무의 엄청난 굴욕적인 비참한 순간을 맞이하고 있다. 이경수는 이 번개 아지트는 그냥 어떤 피해자의 제보로 알게 됐다고 포로들에게 말한다. 한석 측 수뇌부들이 알려줬다고 하면 그들과의 은밀한 밀약을 깨는 것이라 절대 안 되기 때문이다.

"아, 말이야, 너희 놈들 때문에… 음주운전 때문에 피해본 사람들이 우리에게 제보가 계속 들어와 이곳까지 단속하러 나왔다."

번개 측의 차지태 회장, 조명찬 팀장, 배철준 총무는 아무런 말도 하지 못하고 고개를 숙인 채, 엄청나게 몰려오는 통증을 느끼고 있었다. 그러면서 정신을 차리려고 노력하면서 지금 쳐들어온 단체가 한석 측의 2중대가 아닌가 하는 강한 의심 속으로 빠져든다. 이런 심리는 박살내기클럽이 며칠 전에 한석 측을 급습하여 섬멸시켰을 때도 그들이 번개 측의 2중대가 아닌가! 하는 강한 의심을 했던 것과 같은 것이다.

번개클럽이든 한석클럽이든, 서로가 2차 대전까지 치르고 기회를 노려 3차 대전을 대비하고 있었던 상황이라 이들로선 그런 강한 의심을 할 수밖에 없는 일이었다.

박살내기클럽 회장인 이경수는 생각한다. 지금 이곳에 포로로 잡힌 번개 측에게 그런 의심을 하지 못하도록 만들어야겠다는 꾀를 낸다.

"며칠 전에도 음주운전 차량들이 뺑소니를 내는 바람에 그 피해를 받은 사람들의 제보가 쇄도하였으며, 음주운전박살내기 단체를 만든 후, 본거지를 안다고 제보가 들어와 1차로 신림동의 한석음주운전협회를 박살내고, 또 다른 많은 피해자에게서 2차로 용인 상갈동의 번개음주운전클럽의 아지트를 안다는 제보가 들어와 박살내려 오늘 온 것이다."

그러자, 번개 측은 고개만 숙이고 있을 뿐이었다.

"야, 그래서 한석음주운전협회 놈들도 이렇게 포로가 되어 완전 밧줄로 묶여있다. 오늘은 너희 번개 놈들이 포로가 된 날이다. 이젠 내가 이 두 음주운전클럽 포로들을 한곳으로 합쳐 강력한 정신순화교육과 개과천선교육을 실시할 것이다. 그후, 우리 광폭음주운전차량박살내기클럽의 통제, 감시, 관리, 지도 하에 너희들이 이 사회를 위해서 어떤 역할을 할 수 있는 프로그램을 제시받을 것이다. 그건 일단 신림동 쪽에 포로가 되어 있는 한석음주운전협회 놈들을 이곳으로 다 끌고 온 후에 설명하기로 하겠다."

이경수 회장은 번개 측 포로들에게 상황설명을 하였다. 이 날은 번개 측 120여 명의 종말을 보는 날이었다. 이젠 수도권의 음주운전의 총본부를 무력화시켰으니 하루빨리 다음 수순으로 신림동에 있는 한석음주운전 측에 아지트에 포로로 잡혀있는 놈들을 용인 상갈동으로 이송해야 한다. 한 곳으로 모아 놓아야 정신순화교육, 개과천선교육을 실시하기에 용이하기 때문이다.

그래서 날이 밝자마자, 이경수는 신림동 쪽에 통제, 감시 중대장에게 전화를 하여 "그 포로들 80여 명을 모두 다 차에 싣고 용인 상갈동 쪽 힌트 건물지하로 오라."고 명령을 내렸다. 그러자, 오후 8시쯤이 되자, 박살내기클럽의 중대장은 한석연합군 포로들을 수십 대의 승합차에 나눠 태우고 이송해 왔다.

너무 이송 차량도 많다보니 엄청난 규모의 포로이송작전이었다. 한석음주운전 세력 포로들은 밧줄로 꽁꽁 묶인 채로 지하계단으로 처참하게 끌려 내려갔다. 이들 포로들이 번개아지트로 끌려들어가자마자 그곳엔 번개 측 포로들도 120여 명이나 밧줄로 꽁꽁 묶여 있었다. 이렇게 양 진영의 음주운전 세력 전체가 포로가 되어 한 곳에 질긴 밧줄로 꽁꽁 묶인 상태로 마주하게 됐다.

양 진영 음주운전세력 전체 인원 200여 명이다. 한때는 구갈동에 번개음주운전클럽이라는 단체로 멋지게 출발했던 음주운전 단체가 핵심 수뇌부들끼리 홍미연이라는 여자 문제로 사이가 틀어져 버려 최인강은 뛰쳐나가 신림동에다 한석음주운전협회를 창설했다가 자신은 한석대학교 교수 채용 과정에서 돈거래가 있었다는 혐의가 드러나 파면되고 구속 수감되고 말았다. 그 후, 서로 한차례씩 치고 박는 1차, 2차 대전을 치렀지만 서로가 서로에게 더 큰 상처만을 안겨줬던 이런 파란만장한 세월을 보내다가 최근엔 3차 대전을 준비하는 중에 제 3의 외부세력에게 덜미가 잡혀 오늘의 이런 참극을 맛보게 됐다.

이렇게 양 음주운전 단체 전원을 감금시킨 광폭음주운전차량박살내기클럽 이경수 회장은 포로들이 받게 될 정신순화교육, 개과천선교육에 대해 설명하기 시작했다.

"아아… 오늘 2015년 7월 9일은 너무 뜻깊은 날입니다. 우리 음주운전차량박살내기 회원 동지 여러분의 노고에 힘입어 이렇게 수도권의 미친 듯이 날뛰던 음주운전 세력 두 개 클럽을 완전 소탕하는 대업을 이뤘습니다. 영광입니다. 이젠 이 포로들을 교정, 교화해야 될 것으로 생각합니다. 즉, 음주운전이 얼마나 위험하고 흉측한 범죄인가를 깨닫게 하는 것입니다. 또 이들 포로들은 성폭행이나 뺑소니까지 일삼았던 놈들입니다. 관계단속기관의 허술한 틈을 타서 온갖 망나니 같은 짓을 다 하고 다닌 놈들입니다. 사실, 우리 단체가 할 수 있는 것은 자력구제 차원입니다. 우선 1차로 정신순화, 개과천선이 충분히 이뤄지면 관계기관에 고발조치를 취하게 될 것입니다. 그런데 아이러니하게도 이런 짐승 같은 단체들이 미친 듯이 날뛰고 다녔는데도 조기에 법적 조치가 이뤄지지 않은 것은 이상한 일이라고 생각합니다. 지금 이 시간 이후부터 차근차근 풀어나가도록 하겠습니다."

옆에서 회장의 설명을 듣고 있던 전동화 총무는 이번 과업을 성공적으로 이뤄낸 총 250여 명 회원들의 그간의 노고에 감사의 인사로 아주 크게 소리를 지른다.

"우리 회원 동지 여러분, 그 동안 정말 고생 많으셨습니다. 너무너무 감사합니다. 그리고 우리 회장님께도 격려의 박수를 보내주세요. 파이팅!"

이경수 회장님, 고생 많으셨습니다. 와 아 아아아… 파이팅… 하이 킥!

이렇게 광폭음주운전차량박살내기클럽 회원들이 상갈동 번개 측 아지트 지하건물 안이든 복도든 계단이든 밖에든 완전 봉쇄한 채, 양측 음주운전세력 포로 200여 명을 실내에 무릎 꿇려 몰아놓고 교정, 교화의 신호탄을 쏘아 올릴 때, 번개 측, 차지태 회장과 한석 측, 홍미연 회장이 서로 눈이 마주쳤다. 이들은 한 때, 애인 사이가 아니었던가!

지태는 미연이 자기 곁을 떠나 인강에게로 가 버렸을 때, 너무 괴로웠고 너무 보고 싶어 했고 우울했다. 그 후, 그토록 보고 싶었고 또 찾았어도 찾지 못했건만, 지금 이 순간 이렇게 포로가 된 신세로 보게 되니 더욱 가슴이 아파왔다. 지태는 미연을 빤히 바라보고 있었지만 그녀는 얼굴을 다른 곳으로 돌려버린다. 하지만, 그녀도 속으론 그에 대한 회한의 감정이 조금은 남아있는지 모르겠다. 번개 측, 수뇌부들 조명찬 팀장, 배철준 총무와 한석 측, 수뇌부들 선황철 부회장, 조병천 팀장, 황수현 총무도 서로 눈이 마주쳤는데 서로 한이 서린 눈빛으로 눈싸움을 펼치고 있었다. 양측 음주운전 단체 포로들 200여 명은 7월 중순이라 어마어마한 무더위 속에서 감금된 채, 침통한 시간들을 보내야만 했다. 더군다나 음주운전차량박살내기 측이 내일부터 교정, 교화교육을 실시한다고 하니 그것도 몸이 밧줄로 꽁꽁 묶인 채로 말이다. 엄청난 고통스런 정신순화교육, 개과천선교육일 것이 예상되고도 남는다.

간간이 박살내기 측의 대원들이 생수를 종이컵에 한 잔씩 따라주긴 하지만 그래도 포로들은 완전 죽을 맛이었다. 그래도 끼니때마다 도시락은 1인당 하나씩 갖다 준다. 포로들이 너무 덥다고 에어컨은 몰라도 선풍기라도 틀어달라고 요구하는 이도 있었지만 그건 냉정히 거부한다.

"야, 이놈들아, 너희 놈들이 지금 선풍기 타령을 하게 생겼어? 그냥 참으라고… 하지만 정신순화교육, 개과천선교육을 성실히 잘 수행해 나간다면 상황 봐서 틀어줄 수도 있을 거다. 알았나?"

"예…."

"예…."

"예…."

이경수 회장, 전동화 총무, 김화선 총무는 오늘 밤, 다른 곳에 가서 교정, 교화교육에 대한 전체 프로그램에 대해 논의를 할 계획이다. 여러 가지 대안이 나올 것으로 보인다. 그리고 이 자리엔 중대장 몇 명도 참석하게 하려고 한다. 긴밀한 네트워크가 되어야만 하니까.

밤 11시가 넘자, 경수가 총무 2명, 중대장 5명과 대책회의를 하러 나가려는 순간, 포로 중에 미연, 황철이 무슨 말을 하려는지 계속 바라본다. 그러자, 전동화 총무는 중대장들에게 살짝 미연, 황철을 데리고 나오라고 귓속말로 한다. 그래서 그들

두 사람을 밧줄에 묶인 상태에서 끌고 나온다. 실외로 끌고 나온 이들은 작은 공터를 찾아간다. 두 사람이 무슨 말을 하려는 것 같기 때문이다.

"그래, 무슨 말을 하려는 눈치였는데?"

"아아아… 다름이 아니라 이곳 번개음주운전클럽에 대해서 더 알려드릴 게 있어서 그러는데요."

"그렇지, 그게 뭔가?"

이경수가 묻자, 선황철이 대답한다.

"아예, 이곳 번개클럽 차지태 회장이 예전에 검사장 출신인데 현재는 변호사를 하고 있고요."

"뭐야? 여기 번개클럽도 회장이 검사 출신에 현직 변호사야? 나 참, 이런 개 같은 것들 봐라! 한국 법조인들 다 왜 그래?"

"아아아… 근데 이놈이 여기저기 인맥이 워낙 넓다보니까, 처음에 음주운전클럽 총본부인 번개클럽을 만들고 아직까지 건재했던 이유는 다 이놈의 인맥, 지인들이 단속에서 이리저리 봐주고 빼주고 그래서 그랬던 것입니다."

경수는 이 말을 듣자, 순간 깜짝 놀라 얼굴이 굳어져버리며 상기된다.

"아니, 뭐야! 그렇다면 음주운전하고 뺑소니치고 성폭행까지 하고 다닌 놈들을 관계기관 검찰, 경찰에서 쉬쉬 했단 말인가?”

“지태란 놈이 공권력 쪽에 영향력이 엄청 강해서 그렇습니다. 그러니 공권력이 제대로 작동이 되겠어요? 세상이 다 그렇습니다. 저는 그저 중요한 정보를 알려드리는 것입니다.”

“아아아… 그만, 이젠 다 알겠다.”

이경수 회장의 말이 끝나자, 중대장들은 미연, 황철 두 사람을 다시 포로들이 있는 곳으로 끌고 들어간다. 그리고 다시 중대장들은 밖으로 나와 공터로 돌아와 회장, 총무와 대책회의를 시작한다.

이렇게 번개음주운전클럽 아지트가 오늘부로 그들을 포함하여 한석연합 세력까지 모두 감금시켜버림으로써 이젠 음주운전 세력 싹쓸이장소이자, 포로수용소가 되는 순간이면서 그런 역사적인 첫날밤을 지내는 시간이었다.

오늘 밤, 소기의 과업을 이룬 것에 대해 나름대로 흥분에 사로잡힌 경수는 현재 양분되어 활약하고 있는 진한선팅차량박살내기클럽 김학수 회장에게 안부전화를 넣는다. 며칠 전에도 경수는 학수에게 위문전화를 했었다. 그 때, 전화했을 때는 바로 전날, 한석음주운전 세력을 섬멸시켰을 때였는데 오늘 전화의 의미는 음주운전 세력의 총본부인 번개음주운전클럽마저도 완벽하게 섬멸시킨 날이라 사뭇 의미가 무척 깊은 날이다. 그는 뿌듯한 마음으로 통화를 한다.

"김 회장님, 고생 많으시지요?"

"아아… 아니, 아닙니다. 이 회장님이 더 고생 많으시겠지요."

"오늘은 너무 기쁜 일이 있어서요. 어제 또 하나의 음주운전 총본부를 완전 박살내어 이젠 그 놈들을 상대로 정신순화교육, 개과천선교육을 실시하려고 합니다. 그리고 이 문제만 끝나면 제가 얼른 김 회장님께서 현재 하시는 진한선팅차량 박살내기운동에 더 강한 힘을 보태려고 합니다."

"아하! 이 회장님, 너무 훌륭한 과업을 이루셨습니다. 정말 대단하십니다. 그렇게 두 군데나… 또 거기에다 총본부까지 완전 박살내셨다고요. 저도 너무 기쁜 소식을 듣게 되니 힘이 나고 용기가 납니다. 진짜 잘 하셨어요."

"아니, 별 말씀을… 아닙니다. 김 회장님께서 더 훌륭하고 대단하시지요."

이들 양분된 단체인 음주운전차량박살내기클럽 이경수 회장과 진한선팅차량박살내기클럽 김학수 회장이 서로 격려하고 덕담을 나누는 시간을 가졌다.

앞으로 조만간에 이경수는 현재 자신의 마무리 작업인 200여 명의 포로들의 교정, 교화, 정신순화교육, 개과천선교육이 끝나는 대로 진한선팅차량박살내기클럽으로 합류될 것으로 보인다. 자정, 12시가 넘어가고 있다.

이경수 회장은 전동화 총무, 김화선 총무, 그리고 중대장 5명과 계속 공터에서 앞으로의 대책회의를 하다가 이런 생각을 떠 올린다.

방금 전, 포로인 미연, 황철이 밝힌 그 내용에 대해서 이다. 번개클럽의 차지태 회장이 검사장 출신으로서 여기저기 관계기관과 유대관계가 깊어 제대로 된 음주운전 차량의 단속과 뺑소니 차량, 거기에다가 성폭행 문제까지도 흐지부지 넘어가 버렸다는 정보에 대해 상념에 빠져든다.

그렇다면 내가 어렵사리 수도권 음주운전클럽들을 완전 섬멸시켰고 다 붙잡아 정신순화, 개과천선, 교정, 교화교육을 실시한다하더라도 또 그 후, 관계단속기관, 수사기관에 고발조치를 한다하더라도 흐지부지 술에 술탄 듯, 물에 물탄 듯, 넘어갈 게 아니겠는가! 그래서 이경수 회장의 고민은 더욱더 깊어져만 갔다.

"전동화 총무님, 뭐, 좋은 생각이 없겠습니까? 뿌리 뽑을 수 있는 확실한 방법이?"

"아아… 글쎄요. 회장님. 한국사회가 다 그렇지요. 뭐!"

"김화선 총무님, 획기적인 아이디어가 있을까요?"

"아! 모르겠어요. 회장님, 한국이 원래 그런 나라아니었나요."

"여러 중대장님들의 생각은 어떻습니까?"

"아예, 회장님, 한국의 고질병인 것 같습니다."

이경수와 전동화는 같은 나이 28세 친구이고, 이경수와 김화선도 같은 나이 연인 사이지만 지금 옆에 중대장들이 5명이 있기 때문에 서로 존칭과 존댓말을 쓰고 있다. 만약에 옆에 중대장들이 없으면 이들 3명은 스스럼없이 말을 놓는다.

어쨌든, 경수는 깊은 생각에 빠진다. 자체적인 교정, 교화만으로 한계가 있다면 그 후속조치는 과연 무엇이란 말인가! 그러다가 이경수는 문득, 좋은 아이디어가 떠올랐는지 '아아' 하고 소리를 지른다.

그가 지금 이 순간, 떠올린 아이디어는 전면전에 나서는 것으로 눈에는 눈, 이에는 이, 전법이다. 지금 이곳 음주운전뺑소니 범, 200여 포로들을 내일 당장, 차에 싣고 수원역 광장에 가서 그곳에 있는 모든 이들에게 이 사실을 알리는 정공법이다. 수원역을 지나가는 모든 이들에게 어필하는 것을 뜻한다. 핵심내용은 이것이다.

물론, 플레카드에 다 적시를 하겠지만….

"지금 밧줄로 묶인 놈년들이 수도권 전역을 돌아다니며 음주운전과 뺑소니를 일삼고 다녔고 심지어 성폭행까지 자행하고 다녔는데도 관계기관 그 누구 하나 나서서 단속하려 들지 않습니다. 그런 까닭은 그 배후에 지금 바로 옆에 무릎을 꿇고 있는 검사장 출신인 차지태란 놈이 그 관계기관들과 놀아났기 때문입니다. 이 모든 피해는 여러분에게 돌아갈 수밖에 없는 참담한 현실입니다. 그렇기에 우리 광폭음주운전차량박살내기클럽이 전면에 나서서 이 광폭음주운전차량클럽인 총본부인 번개음주운전클럽 회원 120여 명과 한석음주운전협회 회원 80여 명, 합쳐 200여 명을 이렇게 포로로 잡았습니다. 그렇게 해서 이 포로들을 경기도민께 낱낱이 공개하며 폭로하는 바입니다."

이런 내용의 이경수 회장 아이디어이다. 공권력이 직무유기로 나아간다면 경기도민에게 이런 현실을 직접 알리겠다는 것이다. 이 방안을 전동화 총무, 김화선 총무, 5인의 중대장에게 말하자, 그들도 너무 좋은 방법이라고 환호성을 터뜨린다.

"아아⋯ 회장님, 너무 좋은 방법인 것 같습니다. 그렇게라도 합시다."

"그렇습니다. 1차로 이렇게 하여 음주운전 차량을 그냥 둬선 안 되겠다는 수도권 시민 여론을 만든 뒤, 다음으로 우리가 할 일은 그 여론을 등지고 음주운전 단속 관계기관을 압박하는 전략입니다. 그렇게 일이 잘 진행되면 2차로 현재 김학수 회장님이 고군분투하시는 진한선팅차량박살내기클럽으로 우리의 클럽이 합쳐 그 과업을 진행해 나갈 때, 수도권 시민들의 많은 지지와 성원을 받게 될 것입니다. 그렇게 되면 이 땅에 음주운전하는 미친 놈년들과, 진한선팅하는 미친 놈년들이 더 이상 살아 숨 쉴 수 없을 것입니다.

우리 다 함께 그날을 위해 아주 크게 파이팅 한 번 외칩시다. 자, 파이팅! 그리고 하이 킥! 더 강한 파이 킥!"

"아예, 회장님, 파이팅, 파이팅, 파이팅, 하이 킥, 하이 킥, 더 강한 파이 킥!"

지금 자정 시간이 훌쩍 넘어 밤 1시를 가리키는 시간에 광폭 음주운전차량박살내기클럽의 수뇌부들은 밖에 공터에서 내일부터 벌어질 전략, 전술을 논의한 뒤, 무척 흥분되었는지 파이팅을 외치다 하이 킥까지 외치다가 흥분된 감정이 포화가 되자, 더 강한 파이팅도 아닌, 하이 킥도 아닌, 더 강한 파이 킥이란 신종구호를 외치기까지 하면서 승리를 위한 결의를 불태웠다.

이들은 음주운전 범법자들이 포로로 수용된 포로수용소로 취침하러 들어간다. 지금 이 시간이 너무 길게 느껴지는 게 왜일까!

음주운전
박살내기
클럽

15. 수원역 집회

아침 6시 나팔소리가 울려 퍼지면서 200여 명의 포로들은 일제히 기상한다. 그 후, 250여 명의 광폭음주운전차량박살내기클럽 회원들의 삼엄한 경계 속에 세수를 실시한다. 일단, 어젯밤에 구상한 내용의 플랜카드를 마련하라고 중대장에게 명령했다. 그리고 포로 200여 명을 밧줄을 꽁꽁 묶은 채로 백여 대나 되는 승용차와 승합차에 태우고 박살내기 회원들은 모두 죽창을 들고 오후 2시까지 수원역 광장으로 가기로 되어 있다.

오후 1시가 조금 넘으니 수원역 광장에 박살내기클럽 회원들과 포로들이 모두 집결됐다. 그리고 이경수 회장으로부터 플레카드를 만들어오라는 명령을 받았던 중대장은 그것을 마련하여 시간에 맞게 수원역으로 왔다. 중대장은 플레카드와 시민들에게 나눠줄 유인물을 만들어왔다.

플레카드에는 다음과 같은 내용이 적혀 있었다.

경기도민 여러분, 여기 밧줄로 꽁꽁 묶인 놈년들은 조직적으로 음주운전 단체를 만들어 활동하고 다니며 뺑소니를 저지르고 심지어 성폭행까지 저지르고 다녔던 짐승들입니다. 그런데 이 짐승들을 단속해야 할 관계기관은 이 짐승들 중에 검사장 출신인 차지태란 놈과 끈끈한 유대관계가 있어 직무유기를 저지르고 말았습니다. 이 자식들을 계속 방치하면 수도권 시민 여러분의 안전과 평화가 심각하게 위협받을 것을 불 보듯 뻔한 일이 아니겠습니까? 여러분 우리의 안전을 위해서, 심각한 사고를 미연에 방지할 수 있도록 다 같이 힘을 모아주십시오. 힘을 실어주십시오.

1시 반이되자, 이 플랜카드를 가로등 기둥에 걸어놓고 포로 200여 명은 밧줄로 묶여 수원역 광장 가운데 중앙에 무릎을 꿇게 해 놓고 250명의 광폭음주운전차량박살내기클럽 회원들은 일제히 둘레를 에워싸고 유인물을 나눠주며, 유인물을 읽고 또 읽었다.

이들이 이렇게 할 수 있는 모든 원동력은 이들 각자가 이런 포로 같은 인간들 때문에 적지 않은 피해를 받았기 때문이다. 일종의 피해자들의 모임이라고 보면 된다.

광폭음주운전차량박살내기클럽 회원 250여 명이 그 시간부터 계속 힘껏 구호를 외치자, 지나가던 많은 시민들은 이 광경을 보고 여러 가지 반응들이 나오고 있었다.

'그럴 수도 있겠다는 것'

'그러니 한국이 교통사고가 다른 나라보다 더 많았구나 하는 반응'

'뭐! 다 짜고 치는 고스톱이지 뭐!'

'저 새끼들 때문에 다친 사람들만 억울하지 뭐!'

'그래서 한국은 피곤한 나라야!'

'가지가지 하는 구나!'

'개자식들!'

'18놈들!'

'퉤 퉤 퉤.'

이런 여러 가지 반응들이 쏟아져 나왔다. 개중에는 화가 치밀어 올라 돌멩이를 들고 포로들을 향해 집어 던져버리는 이도 있었다. 또 다른 이들은 음주운전차량박살내기클럽을 돕겠다며 함께 구호를 외치는 이들도 있었다.

그러던 중, 수원역 대합실로 올라가던 한 행인이 얼른 경찰에 신고를 해 버렸다. 그래서 불과 15분쯤이 지나자, 수원지역 경찰병력 300명이 일제히 이 장소를 에워싸 버렸다. 경찰병력은 플랜카드를 보고 무척 놀라는 표정을 지으며 더군다나 많은 사람들이 밧줄로 묶여 무릎을 꿇고 있자, 더욱 당황해하고 있다.

거기에다가 그보다 더 많은 사람들이 그들을 통제하며 한결같이 죽창을 들고 있는 광경은 충격 그 자체였다. 웬 대낮에 조폭들이 서로 난리를 치는가! 생각한다.

경찰병력은 확성기를 들고 진압하는 경고의 소리를 외친다.

"아아아… 지금 당신들 뭐하는 겁니까? 대중이 이용하는 도로에서 웬 난동입니까? 경고하겠습니다. 죽창을 들고 있는 사람들은 빨리 바닥에 다 내려놓으세요. 그리고 바닥에 밧줄로 묶여 있는 사람들을 풀어주도록 하세요. 빨리하세요. 그리고 당신들을 폭동죄로 체포하겠습니다."

그러자, 광폭음주운전차량박살내기클럽 이경수 회장은 눈을 부릅뜨고 경찰병력을 향해 크게 고함을 지른다.

"이봐, 지금 당신들이 민중의 지팡이… 경찰들이 맞아? 저 플랜카드 내용이 눈에 보이지도 않아? 똑바로 읽어보란 말이야! …당신들과 검찰들이 제대로 일을 안 해, 엄청난 피해자들이 속출했고 지금 여기에 밧줄로 묶여 있는 새끼들은 음주운전을 밥 먹듯이 하고 다니고 뺑소니에… 성폭행까지 하고 다녔던 천하의 개망나니 같은 새끼들인데… 이 개자식들을 우리 손으로 풀어주라고? 우리가 그렇게 할 것 같아? 우리는 이 개자식들이 완전히 정신순화, 개과천선, 교정, 교화될 때까지 강력하게 통제, 감시, 관리를 할 것이다. 그러니 떠들지 말고 돌아가시오.”

이 말을 듣자, 경찰병력 측도 화가 치밀어 오르기 시작했다. 사인이 공권력을 우습게 생각하고 막말을 내뱉는 것이라 판단했다.

“뭐야, 당신들 이런 식으로 막 나오면 폭동죄, 집단폭행죄, 공무집행방해죄가 될 수 있습니다. 시간을 줄 테니 어서 밧줄로 묶인 사람들을 풀어주시오. 또 당신들은 현행범으로 체포될 것이오.”

“야, 이 자식아, 법이 어쩌고저쩌고 까불지 마! 그래 좋다. 여기 밧줄로 묶인 포로 중에 검사장 출신 차지태란 놈도 있어. 이 자식이 관계기관과 놀아나며 음주운전클럽을 광범위하게 확대시켰고 그래서 뺑소니 차량이 기하급수적으로 늘어나버렸지! 거기다가 이 음주운전클럽 회원들이 성폭행까지 저지르고 다녔다. 알겠냐? 그래 네가 떠드는 검사장 출신 차지태가 현행범이니까, 얘, 현행범부터 체포해 가라고… 또 여기 밧줄로 묶인 놈들 중에 법원장, 부장판사 출신들도 많다. 쟤들이 불법음주운전클럽 세력이니 현행범으로 붙잡아 가라고 이 못난 자식들아.”

이렇게 말하며 이경수는 차지태가 밧줄로 묶여 주저앉아 있는 쪽으로 걸어간다. 그 후, 죽창으로 차지태를 한 대 세게 후려친다.

"이것 똑바로 쳐다봐라, 경찰들아, 바로 이 자식이 검사장출신 차지태란 놈이야! 광폭음주운전 총본부의 수장이라고… 이 개자식이 말이야! 에잇!"

"아 아아아… 으 윽 흑흑… 어 어 어어 악악."

그러더니 다음으로 법원장, 부장판사 출신들이 포로로 밧줄로 묶여 있는 곳으로 걸어가 그들도 죽창으로 한 대씩 세게 후려친다.

검사장 출신 차지태와 법원장, 부장판사 출신들이 이경수에게 죽창으로 강타를 당하자, 경찰병력의 핵심관계자는 무척 당황해 한다.

광폭음주운전차량박살내기클럽 이경수 회장이 정면으로 맞받아치자, 경찰병력의 핵심관계자는 격분을 가라앉히지 못하고 경찰들에게 이들에 대한 체포명령을 내린다.

"이것들을 다 체포해 버려, 그냥 둬선 안 되겠어! 어서 붙잡아 버려."

"아예, 알겠습니다."

"예에, 그렇게 하도록 하겠습니다."

경찰병력 300여 명이 일제히 광폭음주운전차량박살내기클럽 회원들을 체포하려고 달려들자, 이 광경을 지켜보던 수원역광장 주변에 있던 시민들 500여 명은 아무리 경찰공무집행이라 하더라도 이 사건의 내막의 실상을 알아보려고 하지 않고 막무가내로 이들을 붙잡아드리려고 하는 처사에 대해 엄청난 불만과 증오를 느끼게 된다.

이런 불의를 목격한 시민들 500여 명은 경찰병력 300여 명과 대치하며 고함을 지른다.

"아니, 경찰들이 말이야, 지금 이 회원들을 잡아들여서야 되겠냐고? 시민들의 안전을 위해 음주운전클럽과 뺑소니 범들을 제대로 단속하라는 뜻이잖아! 어서 비켜."

그러나, 경찰병력도 한 치도 물러섬이 없이 시민들을 밀면서 광폭음주운전차량박살내기클럽 회원들을 연행하려고 안간 힘을 쓴다.

"이봐요. 비키라고… 그런다고 이렇게 인민재판식으로 불법적으로 자력구제를 쓰는 사람들을 그렇게 보호하는 게 말이나 됩니까? 당신들도 자꾸 이렇게 가로막고 저항하면 모두 공범으로 집어넣어버릴 것이오. 그러니 얼른 비켜… 비키라고."

"아, 그래 마음대로 해봐! 우리 시민들을 집어넣겠다고? 그럼 우리가 가만히 있을 줄 알아? 그래 공범으로 넣으라고… 너희들이 뭐 제대로 한 거 있어?"

이렇듯, 불의를 보고 참지 못하는 시민 500여 명과 경찰병력 300여 명은 서로 밀고 밀리는 치열한 몸싸움을 펼쳤다.

이런 틈새를 이용해 이경수 회장은 명령을 내린다.

"자! 우리 회원 동지 여러분, 지금 어처구니없는 불상사가 벌어졌습니다. 그러니 우리 회원 동지 100명은 이들 애국시민들을 함께 도와주시고 나머지 회원들은 포로들을 차에 싣고 기흥호수공원 쪽으로 갑시다. 빨리 서두르세요."

"예예, 알겠습니다. 자, 경찰새끼들을 밀어버려… 이런 개자식들."

"확, 쳐버려… 이런 새끼들이 국가공무원이라고 말이야! 다 죽여 버려, 이 새끼들."

"더 세게 밀어버려… 와아 아 아아아… 쳐, 쳐, 쳐, 쳐, 쳐, 쳐 쳐버려!"

"으으 악… 아아 악… 으 윽 흑흑."

이경수 회장의 명령이 떨어지자, 회원 중 100여 명은 애국시민 500여 명을 도와 같이 경찰병력 300여 명을 거칠게 밀고 저항하며 맞선다. 그러는 사이에 나머지 박살내기 회원들은 포로들 200여 명을 재빨리 끌고 가 승용차 및 승합차 백여 대에 나눠싣고 기흥호수공원 쪽으로 달아난다.

그들이 달아난 이후에도 수원역 광장에 남은 음주운전차량 박살내기 회원들과 애국시민은 서로 힘을 합쳐 경찰병력에 대항하여 거칠게 대치했다.

그 도중에 경찰들은 그들이 달아난 뒤를 쫓으려했지만 어느새 쏜살같이 사라진 후라서 놓칠 수밖에 없었다.

순간, 경찰병력이 이리저리 우왕좌왕하는 사이에 수원역 광장에 있었던 광폭음주운전차량박살내기클럽 회원들도 재빨리 사라졌고 애국시민들도 사라졌다. 경찰병력들은 이곳에 모였던 모든 이들을 포위하여 체포하는데 실패하고 가로등에 걸려있는 플랜카드를 떼어 돌아갔다.

한편, 재빨리 포로들을 끌고 기흥호수공원으로 달려간 박살내기클럽은 그곳에서 숨고르기에 들어간다. 하마터면 광장에서 경찰병력에 체포됐을지도 모를 위기를 겪었다. 혹시 경찰들이 이곳을 알아내어 올 수도 있다는 경계심 또한 가득하다.

그러던 중, 아까 수원역 광장에서 급하게 피할 때, 그곳에 남아서 저항하며 대치했던 회원들과 애국시민들이 어떻게 됐는지 걱정되어 전동화 총무가 그 쪽의 중대장에게 전화를 넣는다.

"아예, 총무님, 저희는 전원 다 무사합니다. 그리고 그쪽 기흥호수공원으로 갑니다. 하나 더 힘이 되는 소식은 아까 우리 회원들과 함께 대치하며 힘을 실어주셨던 애국시민들 중에서 100여 명의 애국시민들이 광폭음주운전차량박살내기클럽에 적극협조 하겠다며 저희와 같이 그곳으로 가고 있는 중입니다."

"아아아… 그래요. 중대장님, 아! 그 광장에 계셨던 분들이 우리 클럽을 돕겠다고 오신다고요? 아! 이렇게 감격스러운 일이 다 벌어지는군요. 그래요. 중대장님, 어서 오세요."

　오후 4시 반쯤이 되자, 그곳에 남아 끝까지 저항했던 애국시민들과 박살내기클럽 회원들이 기흥호수공원으로 돌아왔다.

　오늘 있었던 음주운전차량박살내기클럽의 가장 큰 수확이라면 무엇보다 지금 이곳에 합세하러 온 애국시민 100여 명일 것이다. 그러나 많은 아쉬움으로 남는 대목은 아까 수원역 광장에서 있었던 이 광폭음주운전차량클럽의 만행을 경찰병력에 가로 막혀 더 많은 시민들에게 알리지 못했다는 것이다. 하지만, 이경수 회장은 조금도 기가 꺾이지 않고 경찰병력과 맞섰고 지금 이 시간도 더 다양하고 획기적인 구상을 거듭하고 있다.

　이경수 회장은 전동화 총무, 김화선 총무, 5명의 중대장을 데리고 기흥호수공원 구석으로 간다. 오늘 일을 거울삼아 앞으로 더 나은 전략을 의논하기 위해서이다.

　"전동화 총무님, 수도권 시민들에게 음주운전 단체를 알리는 정공법은 오늘 같은 이런 결과를 가져왔습니다. 뭐, 다른 더 좋은 방법이 없을까요?"

　"아예, 그래도 어느 정도 알리는데 성공했고 그래도 우리를 돕겠다고 시민들이 저렇게 100여 분이 동참해 주신 게 무엇보다 큰 힘이 됩니다."

　이 말을 듣고 있던 5명의 중대장들은 뭔가 생각에 잠기더니 이런 대안을 내놓는다.

"아, 사실 그렇게 쉽진 않겠지만 이들 포로들 200여 명을 잘, 정신순화교육, 개과천선교육, 교정, 교화하여 우리 편으로 만들 수 있지 않을까요? 그러기 위해선 여러 가지 어려움도 따르겠지만… 저희가 추구하는 진정한 의미가 바로 이것이 아닐까요? 그렇게만 될 수 있다면 저 포로들까지 저희와 합세하여 나가면 이곳 수도권 음주운전차량 세력만의 문제가 아니라 전국의 음주운전 차량들도 막아낼 수 있는 더 많은 세력을 확보하게 될 거니까요."

"아네, 중대장님 말씀도 좋은 생각입니다만 근데 저 포로들이 과연 그게 가능할까요? 너무 음주운전에 미쳐 있던 놈들이라 거기에다가 뺑소니에 성폭행까지 저지르고 다니던 것들인데… 개과천선교육은 실시를 하긴 하겠지만 저들이 정말 개과천선하여 우리 편이 되어 우리와 함께 전국의 음주운전 차량들도 막아내게 될까요? 물론 그렇게만 된다면 더 바랄 게 없겠지만… 아무튼 힘든 얘기이군요."

"그래도 저 포로들을 교정, 교화하여 음주운전을 하지 않게 하고 올바른 삶을 살아가게 하는 게 우리들의 과제라면. 안 될 때 안 되더라도 최대한 저들을 선도하여 우리 클럽과 함께 손을 잡고 전국의 모든 음주운전 세력들을 뿌리 뽑는데 앞장서게 해야 할 것으로 봅니다. 그리고 하나 더 저들을 우리 편으로 만들면 그동안 검사장 출신이었던 차지태와 놀아나며 흐지부지 적당히 넘어갔던 관계기관의 관계자들을 모조리 알아내어 만천하에 공개하여 더 이상 이런 짓을 하지 못하도록 강력한 법적 조치를 취하게 할 수도 있을 것으로 보입니다."

"아하! 역시 우리 중대장님의 의견이 지당하십니다. 안목이 있으십니다. 맞습니다. 일단 그렇게 노력해보기로 합시다."

포로로 잡힌 양측 음주운전단체 세력을 교정, 교화를 실시하여 새사람으로 태어나게 하여 광폭음주운전차량박살내기클럽으로 편입시켜서 더 강한 힘을 모아 수도권만이 아닌 전국의 음주운전 세력들을 완전히 소탕하자는 거국적인 방안에 박살내기클럽 수뇌부들은 합의하는데 이른다. 그야말로 적과의 대연합이다.

지도부는 원대한 목표를 전체 회원과 오늘 새롭게 수원역광장에서 돕겠다며 합세해 준 애국시민 그리고 포로들에게 알리고자 다시 호수공원 중앙으로 걸어간다. 하지만 전동화 총무, 김화선 총무는 다른 방향의 구석으로 걸어간다.

어쨌든, 이경수 회장, 5명의 중대장은 공원 중앙으로 가서 방금 전에 수뇌부들끼리 논의한 내용을 공표하려고 한다. 이경수가 말한다.

이때는 특별히 포로들에게도 존칭, 존대 말을 써준다.

"자, 우리 회원 동지 여러분, 그리고 수원역 광장에서 우리

클럽을 도와주신 애국시민 여러분, 또 지금은 비록 우리 클럽에게 구금되어 밧줄로 꽁꽁 묶여있는 포로 여러분, 저, 회장으로써 중대발표를 하겠습니다. 사실, 여기에 계신 모든 분들 전체가 소중한 분들입니다. 그렇기에 핵심적으로 전하고자 하는 말씀은 여기 포로로 구금된 분들에게 고하는 중요 메시지입니다. 포로 동지 여러분, 그대들은 한때, 비뚤어진 음주운전 습관과 온갖 못된 행동을 저지르고 다녔지만, 지금 이 시간 이후라도 그 악한 마음은 선한 마음으로 고쳐먹고 가슴에다 손을 얹고 절대 음주운전을 하지 않을 것이며 뺑소니를 저지르지 않겠다는 굳은 각오와 어떤 일이 있어도 성폭행을 일삼지 않겠다는 진정한 결의를 다진다면 나는 포로 동지 여러분을 지금 이 자리에서 우리 회원들에게 명령하여 그 질긴 밧줄을 풀어주라고 하겠소. 자! 어떻습니까? 포로 동지 여러분, 왜, 여러분은 알코올에 미쳐 운전대를 잡고 길을 지나가는 행인들을 치고도 뺑소니를 저질러버리는 것입니까? 거기에다가 성폭행까지 저질렀던 것입니까? 그리고도 검사장 출신 차지태란 사람이 상당수 법조인들 판사, 변호사들을 음주운전 세력으로 포섭하여 운영했고 빽으로 이리저리 빠져나가고 더 활개치고 다니고 그런 천인공노할 짓을 일삼았습니다. 잘 들으시오. 포로 여러분들의 가족과 친구들이 길을 지나다가 당신들 같은 악당들 차량에 치어 목숨을 잃거나 심각한 사고를 당해 평생 불구로 살아간다면 그 심정 어쩌겠습니까? 거기에다가 당신 같은 인간들에게 자녀들이 성폭행까지 당했다면 어쩌겠습니까? 그 충격, 그 피눈물의 양이⋯ 여기 바로 앞에 보이는 신갈저수지 물의 몇 배가 되지 않겠소? 왜, 포로 당신들은 당신들의 음주운전 쾌락과 성적 도착에만 빠져 있는 것이오? 이젠 묻겠다. 진정으로 개과천선하는 마음으로 우리 광폭음주운전차량박살내기클럽을 위해 활동하고 협조할 수 있는가? 아니면 지금 이 순간, 우리 회원들한테 죽창으로 피범벅이 되게 죽도록 얻어맞고 저 신갈저수지 물속으로 내던져져 물귀신들의 밥이 될 것인가? 둘 중, 하나만 선택하라⋯ 시간은 10분만 주겠다.”

이경수 회장은 정말 야심찬 포부와 어쩌면 모험일 수도 있는 적군들을 끌어안는 엄청난 방침과 전체적인 방향을 밝혔다. 그러자, 포로들은 침묵을 지키고 있었는데 수원역 광장에서 지금 이곳으로 돕겠다며 달려 온 100여 명의 애국시민들은 일제히 아주 크게 함성을 지른다.

“광폭음주운전차량박살내기클럽 회장님, 저희도 여기 클럽에 정식으로 가입시켜주세요. 가입만 시켜주시면 정말 이 세상에 음주운전하는 인간들, 뺑소니범들, 차량 이용 성폭행 범들, 완전히 박살내버리겠습니다. 가입시켜주실 거지요?”

이경수 회장은 애국시민들의 이 말을 듣자, 순간, 감격의 눈물이 글썽글썽했다. 그의 눈물은 애국적, 자발적, 거국적인 마음으로 음주운전, 뺑소니, 성폭행을 박살내겠다는 진심된 외침에 대한 무한한 답례였다.

이에, 이경수는 아주 크게 외친다.

"아아아… 방금 전에 아까 수원역 광장에서 우리 클럽을 위해 경찰병력과 대치해 주셨던 애국시민 중 100여 분께서 이렇게 우리에게 너무너무 큰 힘을 주고 계십니다. 아아아… 가슴이 벅차오릅니다. 예, 그럼요. 당연히 가입시켜드려야죠. 그것도 아주 특별회원으로 말입니다. 정말 여러분, 애국시민들은 특별한 분들입니다. 환영합니다. 너무 감사합니다."

"아아… 회장님, 너무너무 고맙고 감사합니다. 이젠 우리도 맹렬히 광폭음주운전 세력들을 박살내는데 일조하겠습니다. 와 아 아아아!"

수원역에서 온 100여 명의 애국시민들은 자신들도 이 광폭음주운전차량박살내기클럽의 정식 특별회원으로 가입을 승낙해준 이경수 회장에게 감사하다고 인사를 했다.

이렇듯, 순간, 특별회원이 된 100여 명은 방금 전에 가입된 첫행보로 전원이 일제히 박살내기회원들이 손에 쥐고 있던 죽창을 잠시 달라고 한다.

"우리 회원님들 저, 잠시 죽창 좀 빌려주십시오. 저희가 죽창으로 여기 포로들을 후려쳐 박살내버리겠습니다. 말 그대로 개과천선하고 우리 클럽으로 들어오게 말이죠."

“…….”

순간적으로 특별회원이 된 이들은 박살내기 회원들의 죽창을 잡아당긴다. 그런 후, 포로들을 향해 후려치려고 하는 순간, 이경수 회장이 제재를 한다.

“아아아… 우리 특별회원님들 그렇다고 그렇게 막 후려치시면 안 됩니다. 이 포로들에겐 새사람이 될 수 있게 정신순화교육과 개과천선교육이 필요합니다. 잘 타일러서 해야 합니다. 자중해 주세요.”

“아예, 알겠습니다. 회장님.”

“이 포로들에게도 일말의 양심은 있을 것입니다. 그 양심을 가슴 속에서 찾아낼 수 있게 인도해야 될 것입니다. 그게 바로 저희 광폭음주운전차량박살내기클럽의 방향이자, 지침입니다.”

이경수 회장은 포로들에게 방금 전에 말했던 부분을 다시 한 번 강조했다.

“내가 방금 전에 강조했던 말을 가슴 깊이 생각하라… 너희들의 못된 짓으로 인해 다른 이도 아닌 바로 당신들의 가족과 친구들이 큰 사고를 당해 평생 불구가 되어 삶을 살아간다면 괜찮은가? 이젠 앞으로 시간을 5초만 더 주겠다.

우리에게 투항하고 함께 음주운전과 뺑소니 차량, 성폭행 차량 세력을 박살내는데 동참할 건가? 아니면 우리 회원들에게 죽창으로 죽도록 얻어맞고 그 시신은 신갈저수지 물속의 물 귀신들에게 던져 물귀신들의 식량이 될 것인가? 어서 대답하라… 4, 3, 2, 1, 에잇, 이 개자식들 다 후려쳐 죽여 버려… 막 후려쳐 버려."

이경수 회장이 시간을 줬는데도 포로들이 대답을 안 하자, 회장은 죽창으로 막 후려쳐 버려 죽여 버릴 것을 명령하였다. 그러자, 방금 전, 특별회원들이 된 회원들 100여 명과 나머지 원래 정규회원 250여 명은 일제히 달려들어 죽창으로 포로들을 후려치려고 하였다.

"에잇, 이 자식들… 말이 안 통하는 자식들은 죽여 버려야 돼! 막 쳐 죽여라."

"아니, 살려주세요. 회원님들… 저희가 투항할 거고… 광폭 음주운전차량박살내기클럽에 동참도 하고… 앞으로 절대 음주운전 안하고 새사람이 되겠습니다. 봐주세요. 선생님."

"어 어어… 그래 아하!… 그러겠다고?"

200여 명의 포로들이 회원들의 압박에 못 이겨 투항할 의사와 클럽활동에 동참할 의사를 밝히자, 이경수 회장은 회원들에게 압박을 중단할 것을 명령했다. 그러자, 회원들은 일제히 죽창을 거두어들인다. 다시, 이경수 회장의 말이 이어진다.

"아아… 지금 포로들이 우리 클럽으로 투항할 뜻과 동참할 의사를 내비쳤기에 회장인 나, 이경수는 당신들의 그 뜻을 진

심으로 믿고 지금껏 꽁꽁 묶어놓았던 당신들의 밧줄을 풀어주
겠다. 그리고 우리는 이젠 앞으로 이 시간부로 하나가 되는 것
이다. 다 같은 광폭음주운전차량박살내기클럽의 가족이 되는
것이다. 너무 뜻깊은 시간이다. 역사적인 시간이다.”

그 후, 한참 동안 고개를 숙인 채, 생각에 잠기더니 다시 말
을 이어간다.

“우리 회원 동지 여러분, 어서 저 포로들의 밧줄을 풀어주십
시오. 그리고 이들과 함께 저녁식사를 하면서 새로운 역사를
써내려 갈 것입니다.”

“아예, 알겠습니다. 회장님.”

“예에, 그러도록 하겠습니다.”

“예예.”

회원들이 일제히 달려들어 포로들의 밧줄을 풀어주고 있었
다. 지금 시간은 오후 5시 반 쯤 되어간다. 이경수 회장과 5명
의 중대장이 아까 기흥호수공원 구석 쪽에 가서 앞으로 대응
에 대해 논의한 후, 다시 공원중앙 쪽으로 돌아와 포로들에 대
한 지침을 공표했고 그 후, 애국시민 100여 명에 대한 특별회
원으로 가입 승낙, 마지막으로 포로들에게 투항을 받아내고
동참할 의사까지 얻어낸 이런 상황들이 흘렀던 약 1시간이 지
나는 동안, 전동화 총무와 김화선 총무는 계속 호수공원 구석
에서 둘이서 무엇인가 대화를 나누고 있었다.

둘이서 그러고 있을 때, 이경수 회장은 그들이 어디에 있는지 얼굴을 이리저리 돌리며 찾고 있었다. 그랬는데 그 두 사람은 호수공원 구석 쪽에서 서 있는 것이었다. 그래서 회장은 중대장에게 총무 두 사람을 오게 하라고 명령을 내렸다.

전동화 총무는 중앙 쪽으로 와서 말을 한다.

"아아… 회장님, 아까 저쪽 구석에서 논의한대로 그렇게 되었습니까?"

"아예, 총무님, 포로들이 우리 클럽으로 투항하고 클럽 활동에 동참하겠다고 서약했습니다. 역사적인 시간입니다."

"와아! 정말 잘 됐습니다. 역시 우리 클럽은 대단한 일을 해냈습니다. 와아! 박수를 보냅니다. 와 아 아 아아아."

'짝 짝짝짝… 짝 짝짝짝… 짝 짝짝짝'

이렇듯, 전동화 총무는 포로들마저 연합군 된 사실을 기뻐하는 영광의 박수를 쳤다. 옆에 서 있던, 김화선 총무도 함께 박수를 쳤다. 이경수 회장은 오늘 애국시민 100여 명이 특별회원으로 가입했고 거기에다가 적군이었던 번개 측, 한석 측, 음주운전클럽의 포로들 200여 명마저도 음주운전박살내기 대연합군 세력으로 합쳐진 역사적인 사건에 대하여 감동의 눈물을 흘리며 알려줬다.

"아아아… 우리 정말, 하나가 되어 주신 애국시민 여러분과 그리고 더 값진 일은 우리와 적대적으로 유혈이 낭자할 정도로 혈투를 벌렸던 적군 세력인 번개클럽, 그리고 한석클럽, 회원 동지 여러분! 이젠 이 시간부로 우리는 하나가 되었고 오로지 하나를 위해서 무조건 하나를 얻기 위해 달려가게 되었습니다. 그 하나는 바로 이 땅에 절대로 음주운전하고 다니며 보행자들을 다치게 하고 거기에다가 뺑소니까지 치고 성폭행까지 저지르는 악당들을 전국적으로 완벽하게 완전 소탕하는 대의를 위해 맹렬히 거침없이 달려 나가는 것입니다. 여러분, 정말, 이렇게 하나가 되어주신 뜻에 대해 머리 숙여 진심으로 고맙다는 인사를 드립니다. 제가 그런 의미로 큰절을 올리겠습니다. 너무너무 감사합니다. 절 받으세요.”

이경수 회장은 너무너무 감격한 나머지 원래 자신의 클럽 회원, 그리고 오늘 특별회원이 되어준 애국시민들, 또 포로였던 적군들이 정회원이 되어준 무리들에게 큰절 3번을 한다. 그리고 일어난 이경수는 뜻, 깊은 저녁식사를 공동으로 할 것을 외친다.

“이젠 우리 하나가 된 광폭음주운전차량박살내기클럽 회원 동지 여러분, 자! 함께 인근 식당으로 가서 밥을 먹자고요. 우리는 한 가족입니다. 가족끼리 식사를 합시다.”

그렇게 되어 총 5백여 명으로 불어난 회원들이 주변 식당을 찾아 들어간다. 인원이 너무 많이 불어난 이유로 한곳으로 다 들어가지 못하고 여러 곳으로 나눠 들어가야만 하였다. 이들 회원들은 맛있는 식사를 마치고 다시 이젠 사라진 그 이름, 번개클럽아지트였던 곳, 하지만 지금은 총연합군의 아지트로 명실상부하게 새롭게 태어난 광폭음주운전차량박살내기클럽의 아지트가 된, 상갈동 힌트 건물지하로 들어간다.

음주운전
박살내기
클럽

16. 서울역 집회

이경수는 늦은 밤, 자정 12시를 넘긴 시간에 홀로 잠을 이루지 않고 더 진취적인 생각을 하다가 쇠뿔도 단김에 빼라는 말도 있듯이 내일 서울역 집회를 강행할 뜻을 분명히 하면서 이에 대해 구상을 한다.

지금 이 시간, 이곳엔 이젠 총 연합군이 된, 총인원 5백여 명이 잠을 이루고 있다. 인원이 너무 많아진 관계로 취침하는데 불편함을 느껴 차지태가 아는 이 건물 주인에게 말하여 1층, 2층까지 사용하게 되었다. 그는 이들을 바라보며 내일 서울역 집회 때 뿌릴 유인물에 대한 초안을 잡고 있다. 그 내용은 대략 이러했다.

존경하는 수도권 시민 여러분! 저희 광폭음주운전차량박살내기클럽은 수개월 간, 수도권 전역에서 날뛰는 음주운전 차량 및 뺑소니 차량, 성폭행 차량을 단속해왔습니다. 시민들의 안전과 생명을 위해 봉사하는 마음으로 임했던 것입니다.

그 결과로

첫째, 수도권의 양 음주운전 세력들을 잡아들였습니다.

둘째, 그 세력들을 교정, 교화를 실시하여 오늘부로 저희 광폭음주운전차량박살내기클럽으로 편입하게 하였습니다.

셋째, 그들과 손을 잡고 앞으로 전국적인 음주운전 차량 및 진한선팅 차량을 박살낼 것을 선포합니다.

마지막으로 이 양 음주운전 세력의 포로 200여 명이 오늘부로 새사람으로 태어나 뉘우치고 속죄한다고 하니 시민 여러분의 많은 양해와 선처를 바랍니다.

대략 이런 내용이었다.

이경수는 이런 내용의 초안을 구상하고 또 한편으론 검사장 출신이었던 차지태가 내일 연사로 나와 자신이 저지른 죄를 뉘우치며 속죄하는 심정으로 과거의 음주운전 세력의 총 본부를 운영했던 수장으로서 자신이 그 세력을 유지할 수 있었던 배경이 관계기관들의 방조가 있었다는 양심발언이자, 양심고백을 해 준다면 더할 나위없는 금상첨화가 될 거라고는 생각하지만 이 문제는 차지태의 생각을 한번 쯤 들어봐야 되기 때문에 기대하는 마음이 그리 크진 않다. 그렇다고 강압적으로 차지태에게 그런 양심발언, 양심고백을 강요하고 싶진 않다. 이경수는 그저, 양 음주운전 세력이 오늘 이 시간부로 대연합으로 합세해 준 것 만으로도 순수한 마음으로 감사한 마음을 갖고 있기에 그렇다.

이경수는 지금 엄청난 기대에 가득 차 있다. 내일 있을 성공적인 집회 개최와 그 후, 현재 몸이 극도로 불편한 상황에서도 진한선팅차량박살내기클럽을 이끌고 있는 김학수 회장을 하루빨리 도와드려야 한다는 굳은 결의가 그의 심장 안에 강하게 드리워져 있었다.

그리고 무엇보다 불과 바로 어제까지만 해도 우리 클럽에게 잡혀 포로로 있던 200여 명이 내일 서울역 광장에서 집회할 때, 뉘우치며 속죄하는 의미의 양심발언, 양심고백을 한다면 꼭 차지태가 하지 않더라도 그에 버금가는 효과, 즉, 수도권 시민들에게 음주운전 및 뺑소니 차량, 성폭행 차량, 그리고 진한선팅 차량의 불법성을 알릴 수 있고 더 강한 경각심을 불어넣어 줄 수 있다고 판단한다. 물론, 이 부분도 강압적으로 그렇게 해달라고 할 수는 없으리라 생각한다. 스스로 마음에서 우러나 주길 바랄 뿐이다.

이런 기대 속에 초안을 작성해 놓고 꾸벅꾸벅 졸다가 잠을 이룬다. 잠시 눈을 붙였는데 아침이 밝았다. 그는 일어나자마자, 이젠 음주운전박살내기 총 연합군에게 오늘 있을 집회에 대한 개요를 설명한다.

"아아… 우리 음주운전박살내기연합 회원 동지 여러분! 어떻게 잠은 잘 주무셨습니까? 인원이 많아져 너무 비좁아 우리 차지태 회원님께 부탁하여 이 건물의 주인에게 1층, 2층까지 빌려달라고 하였습니다. 그래서 조금 나아지긴 했는데 그래도 불편하지 않았는지 모르겠습니다."

"아닙니다. 잠을 잘 잤습니다."

이경수는 속으로 생각한다. 어제부터 포로들을 몸에 묶인 밧줄을 풀어주었는데도 그 후, 그들을 믿고 밤에 지하층 말고 1층, 2층까지 빌리게 하여 취침을 하게 했는데 어쩌면 그냥 무방비로 놓았는데도 도망친다거나 또 다른 반격이 없었다는 것이 더욱더 기뻤다. 사실, 내심 그들이 변심하여 다른 역적모의를 하지 않을까! 하는 우려를 하지 않은 것은 아니었다. 그러나 지금 이 순간, 이렇게 그들은 취침에서 일어나 씻고 식사하러 갈 준비를 하고 있으니 이 광경 하나만으로도 회장으로선 더 없는 기쁨과 행복이 아니겠는가? 일단 이 시간만 놓고 보면 그렇다. 물론, 앞날은 이 세상 사람 아무도 모른다. 그래서 힘들다. 그렇지만 사람들을 믿으려고 노력하겠다. 내가 나를 믿는 것처럼….

총 인원 5백여 명이나 되는 대군들이 지하, 1층, 2층으로 나뉘어 세면을 하고 일제히 아침식사를 위해 인근식당으로 간다. 인원이 너무 많으니 식당도 여러 군데로 나뉘어 들어갈 수밖에 없다. 그렇게 식사를 마치고 다시 사무실로 돌아왔다.

이경수 회장이 오늘 있을 서울역 집회 계획에 대해 개요를 설명한다.

"우리 연합 회원 동지 여러분! 저는 어젯밤 홀로 잠을 이루지 않고 많은 생각을 하였습니다. 옛말에 쇠뿔도 단김에 빼라는 말이 있지요. 맞습니다. 제가 궁리한 것은 어제 수원역 광장 집회에 이어 오늘도 쉬지 않고 바로 서울역 광장 집회로 이어가야겠다는 것입니다. 그리고 오늘 집회가 어제보다 더 강력하고 탄력을 받을 것이라고 보는 점은 다 아시다시피 우리와 맞서며 적대적이었던 단체 두 곳이 우리와 하나로 연합이 되어 주셨기에… 그 분들이 오늘 서울역 광장 집회에서 많은 역할을 해 주신다면 우리 광폭광폭음주운전차량박살내기클럽은 많은 수도권 시민들에게 음주운전 차량의 위험성을 알릴 수 있고 또 이에 더 탄력을 받아 진한선팅 차량의 위험성, 심각성까지도 적극 알려 시민들의 안전과 평화를 위해 서로서로 하나가 되어 나아가 모든 국민들이 그런 차량들을 단속하고 감시하여 사고 없는 안전한 사회, 억울하게 다치는 사람이 생기지 않는 안전한 나라를 만들어 나갈 수 있게 해야 한다고 봅니다. 그래서 제가 어젯밤에 서울역 집회를 맞이하여 그곳에 뿌릴 유인물 내용의 초안을 작성했고 우리 전동화 총무님이 인쇄를 해서 집회 전까지 갖고 올 것입니다. 우리는 그때까지 오늘 집회의 방향을 잡는 시간을 갖겠습니다.”

방금 전에 이경수는 개요 설명에서도 밝혔듯이 적대적이었던 이들이 오늘 집회에서 양심발언, 양심선언을 해 주었으면 좋겠다고 하긴 하지만 직접적으로 그래 달라고 강요하진 않는다. 그만큼 그는 뭐든지 마음속에서 우러나는 것이야말로 제대로 된 참된 것이라고 생각해서이다.

그 마음이 보이지 않는 경로를 통해 전달되었는지, 그 적대적인 세력이었던 번개음주클럽. 한석음주클럽의 회원들도 마음이 그 방향으로 이미 움직이고 있었다. 그것은 바로 어제 오후에 기흥호수공원에서 이경수 회장이 한 바로 그 말… ‘당신들의 음주운전, 뺑소니 못된 짓으로 인해 다른 이도 아닌 바로 당신들의 가족과 친구들이 큰 사고를 당해 평생 불구가 되어 삶을 살아간다면 괜찮은가?’ 바로 이것이었다. 차지태뿐만이 아니라, 홍미연, 선황철, 기타 음주운전세력 수뇌부들이 그 말에 완전히 흔들렸고 감동을 받기에 이르렀다. 그들도 어제 그 순간, 그 말을 듣고 가슴이 철렁하면서 울컥하였다. 왜냐면 이 세상 사람 누구나 타인이 소중한 줄은 몰라도 자기 자식이나 가족이 귀한 줄은 다 알기 때문이다. 어쩌면 이기주의가 극을 달리는 부분인데… 어쩌겠는가? 인간구조가 원래 그런 것을… 인간은 누구나 다 색욕, 물욕, 교만, 아집, 덩어리들 아닌가? 그러니 그 자들이 가족 운운하니까, 가슴이 철렁하면서 울컥할 수밖에…. 그들도 이따가 오후에 서울역 집회할 때, 누가 하지 말라고 해도 자연스레 자기 자신들이 스스로 우러나 양심발언, 양심선언을 할 것으로 보인다.

한참동안, 회장과 회원들이 밀크 커피를 하고 있는데 유인물을 제작하러 간 이들이 9시 45분 쯤 되어 돌아왔다. 이경수 회장은 유인물 내용을 살펴보았다. 내용은 어젯밤 회장이 초안을 잡은 것과 동일했다. 이젠 서울역 광장으로 집회를 하러 달려가는 일만 남았다. 총 인원 5백여 명으로 거대해진 광폭음주운전차량박살내기클럽 회원들은 승용차 및 승합차 100여 대로 나눠 타고 역사의 한 페이지를 장식할 곳을 향해 거침없이 달려갔다. 그렇게 세차게 달려간 그곳, 서울역 광장에 총 회원은 자리를 잡았다. 가자마자 열띤 집회를 위해서 식사를 했다. 그리고 다시 돌아와 자리에 앉는다. 이경수 회장은 스마트 폰을 꺼내어 시간을 바라보니 오후 1시 20분이었다.

이미 점심식사를 하러 가기 전에 전동화 총무와 김화선 총무가 마련해 온 「광폭음주운전 세력 박살내어 안전사회 건설하자!」라는 플랜카드를 가장 잘 보이는 위치에 내 걸었다.

회장은 총연합 회원들에게 확성기를 들고 외친다.

"식사는 많이 하셨습니까? 이렇게 서울역 광장에 우리 광폭음주운전차량박살내기클럽 총 연합군이 한 자리에 모이니 제

가슴이 뿌듯합니다. 너무 감격스럽습니다. 오늘은 우리 회원 동지 여러분께서 이곳을 지나가는 수많은 서울 시민들에게 우리의 과제였고 숙원이었던 바로 음주운전 차량들이 이 땅에서 완전 사라지게 되는 날을 고대하고 기원하고 염원하는 장이자, 그런 과업을 시민들에게 알리는 장이기도 합니다. 자!… 동지 여러분, 우리 다 함께 이곳 서울역 광장이 떠내려갈 정도로 아주 목이 터져라 아주 크게 한번 외칩시다. 자! 따라 하세요. 음주운전 차량 물러가라! 물러가라, 물러가라, 음주운전이 웬 말이냐! 사라져라! 사라져라! 사라져라!"

이렇듯, 회장이 아주 크게 외치자, 총 연합회원 동지들이 아주 크게 함께 따라 외쳤다.

"음주운전차량 물러가라! 물러가라, 물러가라, 음주운전이 웬 말이냐! 사라져라! 사라져라! 사라져라!"

그러자, 회장이 다시 아주 크게 외친다. 이에 회원들도 따라 외친다.

"뺑소니차량 물러가라! 물러가라, 물러가라, 뺑소니가 웬 말이냐! 사라져라! 사라져라! 사라져라!"

"뺑소니차량 물러가라! 물러가라, 물러가라, 뺑소니가 웬 말이냐! 사라져라! 사라져라! 사라져라!"

회장과 총 연합회원 동지들은 어떻게든 서울 시민들에게 이런 상황을 더 많이 알리려고 힘껏 함성을 지르고 또 질렀다.

그러는 사이에 어떻게 속으로 마음이 맞닿았는지 번개클럽의 수장이었던 차지태와 그 외, 팀장, 총무, 그리고 한석클럽의 회장이었던 홍미연과 부회장, 팀장, 총무들 이렇게 양 음주운전 세력 수뇌부였던 이들이 일제히 서울역 광장 중앙으로 나오고 있었다. 그러더니 이들 수뇌부 출신들은 속죄차원의 모두 무릎을 꿇는 것이었다.

이 장면을 본 이경수 회장은 순간 깜짝 놀라며 눈을 휘둥그레 뜬다. 속으로 이런 상황을 기대는 했지만 현실화될 것으로 생각하진 않았는데 그렇게 되자, 감격스럽고 흥분되기도 했다. 그러면서 또 다른 뇌리를 타고 들어오는 기억하나가 있다면 자신이 이 세상에서 가장 사랑하는 존재인 여인, 김화선을 강제로 성폭행을 했던 존재인 최인강, 한석대학교 교수이자, 그 당시 한석음주운전협회 회장이었던 이 사람도 지금 이 자리에 있었으면 얼마나 좋을까! 생각한다. 사실, 이경수가 광폭음주운전차량박살내기클럽에 가입하게 된 것도 다 그런 아픈 사연과 시련이 있었기 때문이 아닌가!

물론, 그 당시는 이경수는 9급행정직 수험생이었는데 그런 여러 가지 복잡한 문제들이 얽히고설키어 집중력 방해를 초래해 시험에서 불합격이 된 상처도 있었다. 이런 복합적인 문제들이 그로 하여금 더욱더 음주운전세력들을 타도하고 박살내기를 해야 된다는 사명감을 유발시켰던 것이었다. 어쨌든, 그런 꿈같은 장면도 한번 그려보고는 있지만 최인강은 현재 안양교도소에서 복역 중이다.

잠시 잠깐 그런 상념들이 스쳐갈 때, 양 음주운전세력 수뇌부 출신들은 한참동안 무릎을 꿇고 고개를 숙이고 있더니 그 중에 음주운전 세력의 가장 핵심인물인 차지태가 자리에서 일어나 갑자기 눈물을 글썽글썽 거리기 시작했다.

그러더니 눈물을 멈추고 말하기 시작했다.

"존경하는 서울 시민 여러분! 저, 차지태라고 합니다. 저는 한때 검사장을 했고 현재는 변호사로 활동하고 있는 사람입니다. 또 제가 운영했던 음주운전클럽에 법원장, 부장판사 출신들도 많았습니다. 정의를 바로 세워야 할 법조인들이 그런 짓을 하여 너무 부끄럽고 큰 죄책감을 느낍니다. 그런데 무슨 일인지 알코올에 눈이 멀어 급기야 알코올 중독자가 되어 버렸고 그 상태에서 운전을 하면 너무 흥분되고 짜릿한 기분을 느끼다보니 이런 고약한 취미를 공유할 수 있는 사람들을 끌어모았습니다. 그리고 사무실을 차려 놓고 계속 그런 행위를 일삼았습니다. 지난 과거를 생각하니 제 자신이 너무 부끄럽고 개탄스럽기 그지없습니다. 그래서 이곳, 서울역 광장을 지나가시는 많은 시민 여러분께 너무너무 죄송스럽고 죽을죄를 지었다고 생각합니다. 저를 여러분의 손으로 죽여주십시오. 석고대죄하는 심정으로 참회합니다."

그러자, 이경수는 너무너무 감동과 감격을 받아 하염없이 손
바닥이 터지도록 박수를 치고 또 치고 계속 쳤다.

'와 아 아아아… 짝 짝짝짝. 짝 짝짝짝.'

이경수는 결국엔 눈물을 흘리고 만다.

"아! 우리 차지태 회원님, 너무너무 고맙고 감사합니다. 그
렇게까지 하시기 쉽지 않으셨을 텐데… 정말 감사드립니다."

그러자, 차지태는 여기서 멈추지 않고 이경수 회장에게 다가
와 확성기를 받아서 더 혁명에 가까운 멘트를 쏟아 붓기 시작
했다.

"서울시민 여러분! 하나 더 솔직히 고백을 하려고 합니다.
사실, 어제 오후에 기흥호수공원에서 여기 옆에 있는 광폭음
주운전차량박살내기클럽 이경수 회장의 그 말 한마디가 제 심
금을 울렸습니다. 바로 이 말이었습니다. '당신들의 음주운전,
뺑소니 못된 짓으로 인해 남도 아닌 바로 당신들의 가족과 친
구들이 큰 사고를 당해 평생 불구가 되어 삶을 살아간다면 괜
찮은가?' 이 한마디였습니다. 저는 어제 이경수 회장으로부터
이 말을 듣고 순간, 가슴이 찢어질 듯 아파왔습니다. 여러분!
저도 감정이 있는 사람입니다. 그리고 한 가정의 가장입니다.
또 부인이 있고 자녀가 있습니다. 그리고 법을 배운 법조인입
니다. 그런데 어찌 타인들의 가족들을 무시하면서 저희 가족
만 귀한 줄을 안다면 그게 제대로 된 인간이겠습니까? 이제야

깨달았습니다. 제 가족이 소중한 만큼 남의 가족도 그만큼 소중한 존재라는 진리를 이제야 뒤 늦게 깨달은 것입니다. 으 윽 흑흑흑… 어제 오후 기흥호수공원에서 그 진리를 들려주신 이경수 회장님을 존경합니다. 그리고 하나 더 있다면 제가 그런 음주운전클럽을 만들어 만행을 저지를 수 있었던 뒤에는 배후에 관계기관들이 있었습니다. 그러나 차마 그 고백까진 할 수 없을 것 같습니다. 저 자신만이라도 뉘우치고 속죄하는 것으로 하려고 합니다. 그들은 제가 다음에 만나 그러지 않도록 인도하겠습니다. 이 자리에서 무조건 명단을 공개하고 폭로하는게 무조건 능사는 아니라고 봅니다. 더 큰 환란이 올 수 있다고 보기 때문입니다. 대의를 위해 조금은 자제하는 마음도 지니려고 합니다. 이상입니다. 죄송합니다. 서울시민 여러분 죽을죄를 저질렀습니다. 으 윽 흑흑흑… 으 윽 흑흑흑!"

차지태가 속죄는 하면서도 음주운전클럽을 뒤에서 지켜준 관계기관관계자들은 공개할 수 없다고 하자, 서울역 광장 주변에 있던 많은 시민들은 그 관계자를 공개하라며 고함을 치는 이도 엄청나게 많았다. 심지어 어떤 이들은 계란 판을 잔뜩 사와서 그에게 마구 집어 던지기도 하였다. 그리고 돌을 집어 던지는 이도 있었다.

음주운전클럽 총본부 번개클럽의 수장이었던 차지태가 눈물을 흘리며 뉘우치는 속죄의 눈물을 흘리자, 옆에 있던 그의 부하였던 조명찬 팀장, 배철준 총무, 그리고 한석클럽의 수뇌부들이 일제히 함께 뉘우치며 속죄하는 눈물을 흘렸다.

차지태는 법사위 소속 청렴맑은당 박청환 국회의원과, 국민밖에모르는당 최청순 국회의원이 자신의 음주운전클럽을 뒤에서 지켜준 핵심관계자라는 사실은 절대 말하지 않고 입을 '꽉' 다물고 있었다.

이들 양측 음주운전세력이었던 수뇌부들도 공동으로 속죄하는 내용의 발표를 한다.

"아아… 존경하는 서울시민 여러분! 저희들은 양 진영으로 나뉘어 음주운전클럽을 만들어 활개치고 다녔던 후안무치한 놈들입니다. 이제라도 정신 차리고 절대 그런 짓을 하지 않을 것입니다. 무조건 뉘우치고 반성합니다. 저희들을 여러 서울시민들의 손으로 죽여주십시오. 으 윽 흑흑흑… 으 윽 흑흑흑!"

그러자, 서울역 광장 주변에 모인 많은 시민들은 빤히 이들을 바라보고 있을 뿐이었다. 이경수 회장은 양 진영의 음주운전클럽 수뇌부들이 공동으로 속죄하는 반성문을 발표하자, 가슴이 터질듯이 기뻤고 흥분이 되기도 했다. 그래서 지금 이 순간, 이 가슴 터질 듯한 기쁨과 흥분을 함께 하려고 전동화 총무, 그리고 김화선 총무를 바라보려고 하는데 그들은 자리에 없었고 이리저리 둘러보아도 전혀 보이지 않았다. 지금 시간은 오후 3시이다. 왜, 두 사람이 보이지 않는 걸까?

이경수 회장은 어제 수원역 광장에서 1차 집회에 이어 오늘 서울역 광장 2차 집회를 거치면서 바로 지금 이 시간, 오후 3시가 가장 의미가 깊은 그것은 바로 양측 적대세력수뇌부가 꿈에도 그리던 양심발언, 양심고백을 하고 뉘우치며 속죄하는 가슴 벅찬 순간이 아닌가? 지금 이 순간, 이 기쁨과 영광을 함께 고생했기에 함께 느껴야할 전동화 총무, 김화선 총무는 어디에 있는가?

눈을 씻고 봐도 보이지 않았다. 그래서 여기저기 뛰어다니며 찾고 또 찾는다. 사방을 둘러본다. 그래도 없다. 어디에 있는가? 그래서 찾기 위해 확성기로 크게 불러 본다.

"전동화 총무님, 김화선 총무님, 어디에 계십니까? 지금 우리의 숙원이 풀렸습니다. 이 기쁨과 영광을 함께 느껴야하지 않겠습니까? 어디 가셨어요?"

이경수는 계속 그들을 찾고, 찾고 또 찾는다. 그러다가 혹시나 해서 전동화 총무가 자신의 승용차에 무슨 볼 일이 있어 갔을 수도 있다고 생각하여 그의 차를 한번 찾아본다. 그래도 그의 차는 보이지 않았는데… 그래서 골목 쪽으로 들어간다. 그랬는데 그 쪽에 그의 차가 세워져 있는 것이었다.

차가 있는 쪽으로 가까이 걸어갔다. 그런데 전동화 총무의 차 안엔 김화선 총무도 희미하게 보이는 것이었다. 이 두 사람은 지금 이 순간, 이경수 회장이 이 차 가까이에 와 있다는 걸, 전혀 알지 못한다. 이 두 사람은 차 안에서 서로 끌어안고 빨간색 장미꽃을 검정색 장미꽃으로 아주 검붉게 물들이고 있었다. 이들의 차는 완전 진한선팅 차는 아니고 어느 정도 선팅한 차였기에 밖에서 집중하고 보면 희미하게 보일 수도 있을 정도였다. 그렇기에 그 희미한 장면이 이경수의 시야에 들어온 것이다. 이 장면을 이경수가 목격하는 순간, 그는 어지럽고 몸이 완전히 굳어져 버렸다. 그리고 온몸에서 식은땀이 줄줄 흐르기도 하였다. 이게 어떻게 된 일인가? 어떻게 이럴 수가 있단 말인가? 그러던 중, 차 안에서 빨간색 장미꽃을 검정색 장미꽃으로 아주 검붉게 물들이고 있던 두 사람은 어떤 폼을 잡다가 밖에 서 있는 이경수를 보게 되었다. 그러자, 두 사람은 너무 놀라 온 몸이 굳어지고 있었는데 이 때, 순간, 김화선은 엄청난 위기이지만 침착해지려고 애를 쓰면서 나름 재치를 발휘하려고 궁리를 하고 있었다.

그 궁리란 바로 전동화에게 이 차로 강제로 끌려와 성폭행을 당할 뻔 했다라고 하면서 빠져나가는 수법이었다. 이 수법은 이미 예전에 그녀가 한석대학교에서 조교로 근무할 때, 그 대학교의 교수였던 최인강과 눈이 맞아 장미꽃을 진하게 물들이는 연애를 했으면서도 자신이 그 최인강 교수에게 성폭행 당한 거라고 남자친구인 이경수에게 말하여 빠져나갔다. 그런데 그때, 그 수법을 오늘 이 순간 다시 또 써 먹으려고 하는 것이다. 그래서 김화선은 전동화를 아주 세게 '확' 밀치고 차에서 비명을 지르며 나온다.

그러더니 나온 후에 가래침을 '확' 뱉는다.

"아이, 시팔, 이런 개자식이 날 강제로 덮치려고 자기 차에 서울역 집회를 위해 중요한 문서가 있으니까 같이 가자고 해 놓고 갑자기 시팔, 놈이 날 성폭행하려고 만지고 꼬집고 핥고 지랄이야! 아이, 더러운 새끼."

"아니, 내가 언제 강제로 널 성폭행하려고 그랬냐고? 네가 응하니까 그랬지!"

이 두 사람은 결정적 위기가 밀어 닥치자, 서로 막말을 내 뱉으며 상대방에게 잘못을 떠넘기려고 갖은 애를 다 쓰고 있었다. 그러나 이미 이경수는 그런 차원을 넘어서서 정신의 엄청 난 데미지를 받았기에 그것에서 헤어날 줄을 모르고 있는 것이었다. 경수가 정신없이 멍하니 서 있자. 재빨리 화선은 그에게로 달려와 손을 잡고 계속 빠져나가려고 애를 쓰고 또 쓴다.

"경수야, 너무 놀랄 것 없어! 같이 총무로 일하다 보니 이런 불상사가 생긴 거야! 전동화 총무는 예전에 날 성폭행했던 최인강과 똑 같은 놈이라고… 경수야, 얼른 이 자식을 경찰에 성폭행으로 고소해 버리자고."

"……."

이경수는 말이 없다. 왜냐면 자신이 방금 전, 걸어오며 본 장면은 분명히 성폭행이 아닌 서로 좋아서 끌어안고 서로 빨간색 장미꽃을 검정색 장미꽃으로 아주 검붉게 색칠을 하는 유희였기 때문이다. 그러니 그녀가 지금 이 순간, 아무리 이리저리 빠져나가려고 발버둥을 쳐봤자, 그의 영혼의 엄청난 데미지를 조금이라도 완화시킬 순 없었다.

이경수는 화낼 힘도 기운도 없었다. 이미 예전에 그러니까, 올 1월 2월에 화선이 한석대학교 조교로 근무할 때, 그 당시 경제학과 교수였던 최인강과 그런 일이 벌어져 그 정신적 후유증으로 공무원 공부에 엄청난 집중력 방해를 초래해 4월에 있었던 9급행정직시험에서 불합격의 고배를 마시지 않았던가? 그 후, 최근에 화선을 만나 대화중에 최인강이란 놈이 한석음주운전클럽의 회장이란 말을 듣고 타도와 박살내야겠다는 강한 동기부여가 되어 관련된 인터넷 카페를 찾아 가입하여 활동 중에 지금 이 광폭음주운전차량박살내기클럽 회장직을 맡게 된 게 아닌가? 이 모든 동기부여와 원천적인 의지와 에너지는 이 세상에서 가장 사랑하는 존재인 김화선이 있었기에 가능했다. 그런데 오늘 역사적인 서울역 집회하는 시간 틈을 타, 나의 친구이자, 노량진에서 9급 공무원시험 공부를 함께 했었던 전동화와 그의 차 안에서 장미꽃을 이리저리 꺾고 있었다니! 이게 말이나 되는가?

그 당시, 김화선이 최인강에게 성폭행을 당했다고 했기에… 사실은 그녀가 그와 유희를 즐겼으면서도 남자친구인 이경수로부터 빠져나가기 위해 트릭을 썼다. 아무튼, 그때, 그 1차 충격에 이어 이번엔 이경수로선 가장 친한 친구였던 전동화에게 2차 충격을 받게 된 것이었다.

　"이런 발칙한 년, 놈들. 아 아!… 다 소용없다. 너희를 믿고 광폭음주운전차량박살내기클럽 중책인 총무 자리를 맡겼건만… 아 아! 정말, 슬프고 비참하다. 더럽다. 하지만, 난 너희들 같은 추잡한 년놈들을 박살내진 않으리라! 그것은 내 손이 너무너무 더러워지기 때문이다. 대신, 난 조용히 떠나리라! 아무도 없는 곳으로 날아가리라! 더러운 년놈들!"

　이렇게 그는 정신없이 순간 영혼이 흔들렸다. 그래서 홀로 이름 모를 골목으로 막 뛰어갔다. 그저, 막 앞만 보고 달리는 게 편했는지도 모르겠다. 그렇게 한참을 달리다가 문득, 마지막으로 진한선팅차량박살내기클럽 김학수 회장이 떠올랐다. 자신이 음주운전차량 박살내기 과업이 마무리되는 대로 만나자고 했었는데… 끝자락에 와서 개인적인 문제로 흔들리는 자신의 모습이 무척 미웠는지도 모르겠다. 그래서 무작정 승용차에 오르며 김학수 회장에게 전화를 넣는다.

　뚜르르르르 신호가 가고 그가 받는다.

　"아이고, 이경수 회장님, 하시는 일은 잘 되시지요?"

"아예, 김 회장님, 근데 사람이 사는 건, 다 그런 건가보죠?"

"아니, 이 회장님, 그게 무슨 말씀이신가요?"

"아네, 인생은 원래 홀로 살아야 하고 떠날 땐, 그렇게 홀로 말없이 아무도 없는 곳으로 가버리면 되는 것이겠지요? 그러면 좋잖아요? 부담이 없고 근심도 없으니까! 이름 없는 새처럼 말이에요."

김학수는 이경수의 전화를 받고 무척 의아하게 생각한다. 왜냐면 평소 이경수 회장답지 않다고 느꼈기 때문이다. 늘 패기와 열정으로 가득 찬 그였기에 그렇다.

"아니, 이 회장님, 왜, 무슨 일이 있으세요? 왜 그러세요?"

"……."

"이 회장님, 이 회장님, 왜, 아무 말도 안 하세요? 이 회장님. 회장님."

"김학수 회장님, 너무 존경합니다. 꼭, 기필코 제 몫까지 해주십시오. 안녕히 계세요. 김학수 회장님, 잊지 않겠습니다. 그럼 이만…."

그러자, 김학수는 수화기에 대고 아주 크게 소리를 지른다.

"이경수 회장님, 무슨 일이에요? 회장님."

"……."

이경수는 아무 말 없이 가만히 있다가 핸드폰을 끊는다. 그후, 차에서 내려 마트로 걸어 들어가 소주 3병과 쥐포를 구입한다. 그리고 벤치에 앉아 소주를 종이컵에 따라 홀짝홀짝 마신다. 어디선가 계속 전화가 온다. 폰을 보니 김학수 회장이다. 그래서 받지 않는다.

소주 3병이 다 비워졌다. 많이 어지럽고 알딸딸하다. 그렇지만 기분이 나아지진 않는다. 왜일까! 그만큼 이 세상에서 가장 사랑했던 김화선이란 존재가 자신에게 보인 모습은 가시였기에 그렇다. 내 살을 완전히 도려낼 것만 같은 날카로운 가시였기에 그렇다. 당신이 그토록 가시라면 난, 더 이상 그대를 바라보며 기대하지 않겠다. 육신의 가시엔 영혼의 가시로 대하리라!

그 영혼의 가시란 무엇인가? 나도 그대에게 가시를 꽂겠다는 것을 의미한다. 그것은 무엇을 뜻하는가? 내가 떠난 후, 나의 존재 가치를 한번쯤은 느껴보라는 의미를 나타낸다. 내가 살아 있을 때와 내가 죽었을 때의 차이점 같은 것을 말이다. 오히려 그에겐 행복을 선물하는 것일까? 그건 내가 알 길이 없다. 그 마음은 그대 밖에 모르는 것이기 때문에….

이경수는 A4 용지를 한 장 꺼내어 유서를 작성한다.

사랑했지만 마지막엔 증오하게 된 존재인 화선에게

난, 널 사랑한 것만큼 넌 그 자체가 고문이었으리라… 이젠 그 고문에서 벗어나라! 하지만, 광폭음주운전차량박살내기클럽과 진한선팅차량박살내기클럽 김학수 회장님을 위해 끝까지 분투해 주길 바란다.

김학수 회장님께 전합니다. 말로만 약속해 놓고 끝까지 도와 드리지 못해 죄송스럽고 송구합니다. 제가 저승에 가서라도 김학수 회장님의 음주운전차량 및 진한선팅박살내기클럽의 대승을 위하여 영원히 응원하겠습니다.

먼저 떠나는 배신자를 용서하세요.

이런 내용의 유서를 작성한다. 그리고 그 유서를 들고 술에 만취해 비틀거리는 몸을 가까스로 지탱하면서 자신의 차가 있는 곳으로 가서 올라탄다. 그리고 자신의 인생에 대해 인정사정 봐주지 않고 액셀을 아주 세게 밟아 버린다. 이 때, 시간이 대략 오후 5시쯤이었다. 그는 알코올이 몸에 극에 올라 운전하면 안 된다는 신념을 망각한 채, 막무가내로 핸들을 막 돌리며 대로로 나간다. 그야말로 음주운전을 하는 것이었다. 바로 이경수 자신이 광폭음주운전차량박살내기클럽 회장이 아닌가?

지금까지 줄곧 수개월 간이나 음주운전 차량, 뺑소니 차량과 싸워온 그가 음주운전을 하고 있는 기막힌 일이 벌어지고 있는 것이다. 거기에다가 그는 너무 알코올이 막 치밀어 올라 큰 대로변에서 옆을 지나가는 차량을 들이박기까지 하였다. 피해 차량의 운전자가 차를 세우려고 하는 순간, 그냥 도망쳐 버렸다. 뺑소니를 쳐 버린 것이었다. 그러더니 계속 돌진해 나가더니 송파구 잠실동까지 달려갔는데 그곳에 있는 삼성교 가드레일을 들이박고 차는 다리 아래 물속으로 빠져버렸다. 차가 가드레일을 들이박을 때, 차 유리문이 깨지면서 그가 종이에 썼던 유서가 밖으로 튕겨 나와 바람을 타고 날아가 땅바닥에 떨어졌다. 그리고 그는 물속에서 차와 함께 뒤엉키다가 끝내 숨지고 말았다. 제보를 받고 출동한 경찰과 119대원에 의해 발견은 됐지만 이미 시간은 늦었다.

경찰은 삼성교 부서진 가드레일 옆쪽에 유서가 발견된 점을 감안하여 사고경위를 조사하였으나 그 유서의 내용을 심층 분석해 보았을 때, 사랑했던 애인의 변심으로 인한 정신적 충격을 받고 알코올을 과다복용하고 음주운전 후, 뺑소니까지 저지르고 결국 삼성교 지점에서 방향감각을 잃고 가드레일을 들이박고 한강으로 차가 떨어지게 된 것으로 최종결론이 났다.

이 사고 내용이 모든 방송매체를 통해 일제히 보도가 되자, 이 날, 서울역 광장에서 광폭음주운전차량박살내기클럽이 집회를 열었던 모든 회원들은 심한 충격과 당혹감에 빠져 버렸다. 더군다나 언론보도 내용은 삼성교 가드레일 들이박고 한강으로 떨어진 사망자가 오늘 오후에 서울역 광장에서 음주운전차량 박살, 타도 대회, 집회 단체의 회장이라는 것이 알려진 상황이었다.

모든 회원들은 한참 서울역 광장에서 오후 6시쯤에 집회가 절정으로 치달아 올라가는 그 시간에 스마트 폰으로 그 보도를 접하자. 망연자실하며 완전 넋을 잃어 버렸다.

　어떻게 이럴 수가 있단 말인가? 그 누구보다 음주운전 차량 박살내기, 타도에 앞장섰던 우리 회장이 지금 이 시간에 집회가 한창 진행 중에 술에 만취해 차를 몰고 뺑소니까지 저지르고 다리를 들이박고 한강으로 떨어져 숨지다니! 그래서 광폭음주운전차량박살내기클럽 회원들은 급하게 집회를 중단했다. 그 후, 회원들끼리 서로 우왕좌왕하며 안절부절 못하였다. 더군다나 회장 아래에서 막후역할을 했던 전동화 총무, 김화선 총무마저도 보이지 않았다. 수많은 회원들은 완전 중심을 잃고 표류하기 시작했다. 그 두 사람도 스마트 폰 상으로 그 보도를 접하고 엄청난 충격 속으로 빠져들었다. 자신들의 애정행각으로 인해 그가 충격을 받고 그런 음주운전 행동을 해 버린 것이기에 그렇다. 그래서 두 사람은 다시 서울역 광장 집회장소로 가지 않고 얼른 다른 장소로 피해야겠다는 불안감이 엄습했다. 동화는 화선을 차에 태우고 강원도 강릉으로 도망친다. 상황이 이렇다보니 집회 장소에 모여 있는 회원들 중에 총무가 없으니 그 아래, 5명의 중대장들이 흔들리는 상황을 하나하나 추스르기 시작했다.

　한 중대장이 구심점을 잡기 시작했다.

"자! 여러 회원 동지 여러분! 지금 방금 전에 저희 클럽의 이경수 회장님이 너무 안타까운 사고로 인해 운명하셨습니다. 여러분, 이럴수록 흔들리지 말고 침착하게 대응해 주십시오. 이 사고로 인해 사망자가 우리 클럽의 회장이라는 사실이 그대로 보도가 되어버렸으니 우리가 지금 하는 집회의 이미지가 적잖은 타격을 받을 것은 피할 수 없는 일인 것 같습니다. 그러니 일단 지금 이 시간을 기해 오늘의 집회는 여기서 끝내는 것으로 하고, 지금 시간도 꽤 되었으니 조용히 침착하게 앞으로의 전략과 방안에 대해 대화를 나누는 시간으로 하겠습니다. 회원 동지 여러분! 저 쪽에 걸려 있는 플랜카드는 얼른 떼어 놓으세요. 그리고 한 분도 이탈하지 마시고 자리를 지켜 주십시오. 우리 광폭음주운전차량박살내기클럽의 전투는 계속됩니다. 너무너무 감사합니다."

이렇듯, 중대장 중의 한 명이 흔들리는 전체분위기를 조금 안정시켰다. 그러던 중, 진한선팅차량박살내기클럽 회장 김학수도 뒤늦게 이 상황을 보도를 통해 접하게 된다. 김학수는 순간, 하염없는 눈물을 줄줄 흘린다. 이게 어떻게 된 일인가? 방금 전에 나와 전화통화를 했던 그가 이젠 더 이상 볼 수 없는 사람이 되어 버리다니! 김학수는 흐느끼는 목소리로 전동화 총무에게 전화를 건다. 그런데 안 받는다.

사실, 이 대목에서 전동화 총무와 김화선 총무가 서로 눈이 맞아 서로가 장미꽃을 이리저리 꺾고 있던 장면을 이경수가 목격하게 되어 이런 불상사가 일어났다는 정확한 사고의 배경은 김학수는 모른다. 거기에다가 이경수 회장과 김화선 총무가 연인 사이였다는 것도 모르고 있다. 서로서로 그런 대화는 안 했으니 당연히 모를 수밖에….

그리고 전동화가 김화선과 아까 자신들도 너무 당혹스러워 강원도 강릉으로 도망친 사실은 더더욱 알 리가 없다. 이경수가 양분된 광폭음주운전차량박살내기클럽으로 창설된 후, 별도로 총무를 뽑는 과정에서 전동화, 김화선 두 사람을 그 자리에 앉혔다는 것은 알 수 없다. 그리고 그렇게 양분된 뒤에 이경수가 보라매공원에서 실시한 죽창 찌르기 휘두르기 훈련과정에서 그 두 사람이 총무가 된 후, 서로 처음으로 눈이 맞게 되어 애인이 된 시점이라는 것까지 전부 모른다. 전동화 총무의 핸드폰 컬러링 소리가 반복적으로 울려도 그는 받지 않는다.

급기야, 김학수 회장은 이 시간 서울역 광장으로 달려온다. 무슨 상황을 알아야 되기 때문이다. 그가 자신의 진한선팅차량박살내기클럽 회원들과 그곳에 도착했을 땐, 광폭음주운전차량박살내기클럽 회원들은 조용히 앞으로 있을 전략, 전술에 대해 의논하면서 이경수 회장의 시신이 안치되어 있는 영안실에 조문 갈 구상을 하고 있었다. 김학수가 서울역 광장에 나타나자 술렁였던 회원들이 그나마 어느 정도는 안정을 되찾는다.

6월 말까지, 원래 김학수 회장 혼자서 광폭음주운전 및 진한 선팅차량박살내기클럽을 이끌었던 단체였다. 그 후, 이경수가 나타남으로써 조직화, 체계화를 위해 김학수가 그에게 음주운전 차량 박살내기 영역을 넘겨줬던 것이다. 그러니까, 그전에 원조는 김학수였기에 이곳에 모여 있는 회원들은 옛 회장이 돌아왔으니 정신적으로 안정을 되찾을 수도 있으리라….

김학수는 이곳 광장에 도착한 후, 느낀 점은 회원들의 숫자가 예전보다 엄청나게 늘어난 것을 보고 매우 놀라워하는 표정을 짓는다. 그렇지만 이경수 회장이 숨진 일에 대해 침통한 마음을 금할 길이 없었다. 저녁시간이 다 되자, 잠실샛별종합병원 영안실에 시신이 안치되었다.

김학수 회장은 말한다.

"자, 우리 회원님들 우리 클럽을 위해서 그리고 음주운전차량 박살내기를 위해서 온 몸을 던지셨던… 지금은 고인이 된 이경수 회장님의 시신이 안치되어 있는 잠실샛별종합병원에 다녀옵시다. 우리 회원님들 인원이 너무 많으니 대표로 총무님과 몇 분만 더 가기로 합시다."

"아예, 회장님, 너무 마음이 아픕니다. 으 윽 흑흑흑…"

이렇듯, 몇 명이 대표로 조문을 가자, 서울역 광장에 남아 있던 김학수 회장 밑에서 총무를 맡아 보았던 선우재철이 모든 회원들에게 오늘 다 하지 못한 집회를 며칠 뒤, 목요일에 바로 이곳에서 오후 2시에 다시 열기로 통보를 한다.

"아아… 이곳에 남아 있는 많은 회원님들은 16일, 그러니까 목요일에 바로 이 자리에서 오후 2시에 새로 집회를 열기로 하겠습니다. 그럼 그때까지 건강하십시오. 안녕히 돌아가세요. 그 날 뵙도록 하겠습니다."

그러자, 수많은 회원들이 여기저기에서 답례를 한다.

"아예, 알겠습니다. 그렇게 하겠습니다. 그러기로 합시다. 그렇게 알겠습니다."

핵심 몇 명은 그곳으로 조문을 갔다. 밤을 지새우고 그리고 며칠 더 머물며 모든 장례절차를 마치고 돌아왔다.

음주운전
박살내기
클럽

17. 서울역 2차 집회

그 후로 며칠이 지나 다음에 열기로 했던 집회 하루 전날 진한선팅차량박살내기클럽 선우재철 총무는 모든 회원들에게 공지를 띄웠다. 내일 서울역 광장 오후 2시이니까, 잊지 말라고….

날이 밝자, 그날이 되었고 오후 2시에 그곳에서 며칠 전에 그 인원이 그대로 모두 다 참가하는 기염을 토하는 일사불란함을 보여줬다. 이젠, 이 시간 이후로 양분됐던 광폭음주운전차량박살내기클럽과 진한선팅차량박살내기클럽이 다시 합치는 순간을 맞이한다.

물론, 이경수가 숨지는 불상사가 생겨 그런 것도 있지만 원래 애당초 그도 음주운전차량 박살내기 문제를 매듭짓고 다시 돌아와 진한선팅차량박살내기클럽 김학수 회장을 도우려고 했었다. 결과적으로 그날이 조금 빨리 돌아왔을 뿐이다.

지금 이 시간, 서울역광장에 모인 총 인원들의 면면을 살펴보면 이렇다.

1. 진한선팅차량박살내기클럽 회원 200여 명.

2. 광폭음주운전차량박살내기클럽 회원 250여 명.

3. 7월 15일 수원역광장 집회 때, 동참한 애국시민 100여 명.

4. 번개음주운전클럽 회원이었으나 지금은 개과천선 되어 동참하는 120여 명.

5. 한석음주운전협회회원이었으나 지금은 개과천선되어 동참하는 80여 명.

6. 7월 16일 서울역 광장 집회 때, 동참한 애국시민 100여 명.

이렇듯, 다 합쳐 800여 명이다. 실로 엄청나게 인원이 늘어났다. 정말 가공할 만한 인원이 아닐 수 없다. 이 많은 인원이 모인 자리에서 지금 이 순간을 맞이하여 다시 합치는 총 연대를 하는 시점에 김학수 회장은 인사말을 시작한다.

"존경하는 우리 광폭음주운전 및 진한선팅차량박살내기클럽 회원 동지 여러분, 그리고 최근에 저희 클럽에 깊은 관심을 갖고 동참해 주신 애국시민 여러분, 또 한때 저희와 칼을 겨누며 살벌하게 대적했던 번개음주클럽, 그리고 한석음주클럽 여러분! 저희가 힘을 하나로 모아 이 땅에 미친 듯이 날뛰며 음주운전하고 다니고 거기에다가 과다하게 진한선팅하고 다니며 미친 듯이 날뛰며 불륜과 강간을 저지르고 다니는 차량들을 우리가 똘똘 뭉쳐 박살내 버리라는 하늘의 뜻으로… 이렇게 많은 분들이 동참하여 주신 것입니다. 모든 교통사고의 주범은 무엇입니까? 바로 그런 놈년들 때문 아닙니까? 그 자식들 때문에… 보행자들이 길을 지나가다 참변을 당하는 현실입니다. 왜, 관계기관은 음주운전과 같은 몸의 반응이 나온다는 진한선팅에 대해 과감한 규제와 단속을 하지 않는지 정말 개탄스럽기 짝이 없습니다. 이게 국가입니까? 전 세계 어떤 나라를 보더라도 이렇진 않습니다. 국민들의 안전과 평화를 위하여 진한선팅 차량은 엄중하게 강력하게 단속, 처벌하고 있습니다. 그러나 유일하게 대한민국만이 그게 안 됩니다. 정말, 한심한 나라이지요? 정말, 못난 나라이지요? 국민의 안전은 뒷전이고 자신들 돈 빼돌리는 일에만 혈안이 되어 있죠. 거기에다가 진한선팅하는 놈 년들의 목적이 뭡니까? 모텔 들어가려면 신경 많이 쓰이나요? 간편한 게 필요한 거겠죠. 국가는 언제부터 사인의 불륜과 강간행위를 보호해주는 단체로 전락했을까요. 이런 대변 소변도 구분하지 못하는 정책 때문에 길을 지나가는 보행자는 차 안을 바라볼 수가 없어 자칫 잘못하면 그냥 감으로 지나가다 참사를 당하고 또 진한선팅차량 아닌 차량은 그 자식들 때문에 시야가 가려 그냥 감으로 핸들을 돌리다 대형 교통사고를 당하는 개죽음을 당하는 사고가 빈번히 발생하여도 누구 하나 나서서 이 문제를 해결하려고 하지 않는 것은 국가는 사인의 사생활보호인 불륜과 성폭행 행위를 보호하고 조장하는 정말 퇴폐적인 클럽이나 다름없습니다. 혹시, 그렇지는 아니길 바라겠지만 관계기관 자신들의 그런 행위가 들통날까봐 규제, 단속을 꺼리는 것은 아니길 진심으로 바랍니다. 이에, 우리는 이것을 그냥 두고 볼 수는 없습니다. 우리가 나서서 개선하고 뜯어 고쳐야만 하겠습니다. 그리고 다음으로 다 아시겠지만 며칠 전에 광폭음주운전차량박살내기클럽을 맡아 주셨던 이경수 회장님이 운명하셨습니다. 그분이 사고당일 날에 과다음주운전으로 삼성교 가드레일을 들이박고 떨어졌는데 어쨌든 매우 안타까운 일이 아닐 수 없습니다. 음주운전차량들을 타도, 박살내는 목표를 지니고 활동했던 단체의 수장이 그런 행위로 사고가 있었다는 것에 대해 저 자신도 몹시 답답하고 괴롭게 생각합니다. 그래도 짧은 기간이나마 예전에 제가 처음으로 창설했던 광폭음주운전차량 및 진한선팅차량박살내기클럽이었는데 그 중, 한 영역인 음주운전차량 박살내기 쪽을 그 분이 맡아서 수행해 주셨던 고마움은 잊지 않겠습니다. 고인의 명복을 빌도록 하겠습니다. 우리는 이젠 다시 하나로 합쳤고 또, 저, 김학수가 총괄적인 대표로 되었습니다. 이 시간부로 저는 더 최선을 다해 그 분의 몫까지 아니 그 몇 배 이상으로 싸워나갈 것임을 다짐합니다. 무엇보다 하늘은 우리 편이라는 게, 바로 여기에 나타나 있는 것을 볼 수 있습니다. 한때, 칼바람을 일으킬 정도로 대적했던 음주운전세력들이 저희와 함께 같은 길을 걷기 위해 이곳에 모여 있으니 말입니다. 자, 여기에 모인 모든 안전지킴이 여러분! 다 함께 아주 크게 함성 한 번 지르면서 오늘 집회를 시작합시다. 때려잡자! 음주운전차량! 쳐부수자 진한선팅차량! 자, 파이팅 합시다. 파이팅!" "때려잡자! 음주운전차량! 쳐부수자! 진한선팅차량! 파이팅, 파이팅, 파이팅!"

"와 아아아⋯ 음주 운전하는 놈 년들은 다 죽여 버려야 돼! 죽여 버려 이 개자식들."

이렇듯, 회원들 중, 일부 과격주의자들은 격앙된 멘트를 날리는 이도 있었다.

이렇게 시작된 광폭음주운전차량 및 진한선팅차량박살내기 클럽의 서울역 광장 오후 2시 집회는 성황리에 펼쳐졌다.

김학수 회장 다음으로 선우재철 총무가 연사로 등장한다.

"안녕하세요. 선우재철 총무입니다. 여기 이 자리에 예전보다 더 많은 구국 회원님들이 모여 주셔서 너무너무 고맙고 감사드립니다. 그럼 다음으로는 더 웅장해진 우리 단체의 다음 일정에 대해 말씀드리도록 하겠습니다.

우리 8백여 명의 철옹성 회원님들은 지금까지는 어느 정도 음주운전차량 박살내는 부분은 정리가 된 듯 하니 이젠 다음으로 진한선팅차량 박살내기 쪽으로 초점을 맞춰 진행해 나가려 합니다. 사실, 저희는 다 아시다시피 6월 말에 두 영역을 조직화, 체계화를 위해 양분했었는데 그래서 저희는 2백여 명으로 진한선팅차량 박살내기활동에 주력했었는데 인원이 부족했었고 또 상대해야 할 적군들의 세력들이 너무 방해해서 제대로 싸워나가질 못했었습니다. 진행을 못하고 무척 지지부진했었는데 이젠 오늘처럼 이렇게 웅장한 대규모의 저희 회원님들이 증가됐고 확보됨에 따라 이젠 적군들을 상대로 제대로 한번 붙어보자! 싸워보자! 라는 의욕과 패기가 생겨난 것 같습니다. 그럼 더 구체적으로 우리가 그간 싸워 온 실적과 대응방안에 대해 말씀드리도록 하겠습니다. 우리는 회원들이 삼삼오오 수도권을 돌아다니며 과다진한선팅 차량에 대해 경고조치를 취했습니다. 그러나 성과가 없어 직접 부딪치며 적군들과 몸싸움내지 패싸움으로 이어지는 상황들이 속출했습니다. 그런데 문제는 그런 미친 듯이 날뛰는 차량들이 너무 많아 저희들이 감당해 내기엔 엄두가 나질 않는다는 것도 엄청나게 느꼈습니다. 그때그때 관계기관에 진정서, 탄원서를 내 보기도 했지만 좀처럼 먹히질 않았습니다. 그때마다 화가 치밀어 올랐고 분노를 금할 길이 없었습니다. 이제는 우리도 세력이 더 웅장해졌고 강해졌으니 더 강력하게 더 힘껏 그런 돼 먹지 못한 세력들과 싸워나갑시다. 이렇게 해서 기필코 우리가 승리하여 더 이상은 과다진한선팅 차량으로 인해 억울하게 사고를 당하는 제2, 제3의 피해자가 생기지 않도록 최선을 다해 싸워나갑시다. 우리는 그런 적군세력들로 인해 억울하게 피해를 당했던 제1의 피해자들 아닙니까? 참담하고 가슴 아팠던 과거의 쓰린 상처는 모두 다 한강물에 내던지고 우리 다 함께 불법 진한선팅 차량 박살내기 운동에 온 몸을 던집시다. 우리의 이웃과 국민과 자라나는 후손들을 위해 그들의 안전과 평화를 위해 교통사고 없는 대한민국을 만들어 나가는데 우리의 목숨을 걸고 죽기 살기로 과다진한선팅 세력인 못 배운 세력들과 사투를 펼쳐 나가고자 하는데 여러분 생각 어떻습니까?"

선우재철 총무는 있는 힘, 없는 힘을 다해 있는 힘껏 외치고 외쳤다.

그러자, 늘어난 800여 명의 많은 회원들은 일제히 함성으로 답했다.

"와 아 아아아… 죽기 살기로 하자고요. 그래요. 그럽시다. 아 싸 아 아아아아아!"

이게 바로 이들 광폭음주운전차량 및 진한선팅차량박살내기 클럽의 영혼이고 사명감이었다. 이들은 바로 그런 피해자들의 애환과 하소연을 하며 더 이상 그런 제2, 제3의 피해자가 나타나지 않도록 노력하는 피해자들의 모임이다. 김학수 회장과 선우재철 총무는 이미 이번 집회를 대비하여 진한선팅 차량들을 효과적으로 차단하고 단속하기 위하여 전체회원들을 각각 몇 개조로 나누어 수도권에 한 개 시에 40명씩, 차단단속반을 두기로 하였다. 서울의 경우는 한 개 구에 더 많은 인원을 배치하기로 했다.

그렇다면 결국엔 봄에 수도권지역에 광범위한 조직으로 탄생한 장밋빛진한선팅섹스클럽과 피바람을 일게 하는 대혈투가 기다리는 것은 피할 수 없는 운명적인 일인 것 같아 보인다.

이 장밋빛진한선팅섹스클럽은 음주운전이라든가 뺑소니나 성폭행, 이런 것은 하지 않고 오로지 과다진한선팅을 하고 이성교제, 즉, 바람을 피우고 다닌다거나 원조교제나 직장동료들끼리 섹스를 하다가 싫증나면 서로 교대로 섹스를 즐기는 이런 쪽에 집중되어 있는 클럽이다. 그런데 이 클럽도 너무 광범위하다 보니 아지트가 있다. 위치는 신갈오거리 첫만남상가 건물 지하에 있다. 이들 단체는 뺑소니와는 다소 무관할 수도 있지만 상황에 따라 그런 것이 벌어질 수도 있는 것이다.

뭐! 사실, 이 세상 인간들을 보면 꼭 이런 클럽이 아니라도 사적으로 그렇게 과다진한선팅을 하고 다니면서 바람을 피우고 다니는 놈년들이 얼마나 많은가? 그러다가 진한선팅으로 시야가 뚜렷하지 않아 지나가는 보행자가 차량 안, 운전자의 동향을 파악을 못한 채, 지나가다 참사를 당하는 가슴 아픈 일이 얼마나 많은가? 아니면 다른 진한선팅을 하지 않은 우직한 정도를 걷는 차량들을 들이받아 사고를 내어 엄청난 피해를 주고 피해자는 그로 인해 평생 신세를 한탄하며 불구로 한평생을 사는 가슴 아픈 일이 얼마나 많은가?

이렇듯, 이 문제는 단순한 사적인 러브 스토리 차량이나 불륜 스토리 차량 문제가 아닌 그야말로 심각한 범죄행위, 살인행위임에 틀림없다. 그러니 다른 나라에선 엄격하게 규제하고 단속하는 게 아닌가?

한국만이 흐지부지 술에 술탄 듯, 물에 물탄 듯, 개인의 사생활 보호가 어쩌고저쩌고 온갖 핑계를 갖다 대며 하지 않고 있다. 무능하다 못해 너무 바보 같은 나라인 것 같다.

대한민국 말이다.

쓸데없이 스포츠, 게임 쪽에만 목숨 걸고 인간들이 서로서로 스트레스가 많다 보니 이걸 푸는 길은 오로지 소주, 맥주, 삼겹살, 갈비, 회, 노래방, 노래 도우미와 끌어안고 노래 부르기가 전부이다. 이런 쪽으로만 온통 정신이 쏠려 있고 어떻게든 과다진한선팅 해 놓고 기회, 찬스를 포착하여 한 번 제대로 성폭행을 하는 데만, 목숨 거는 이 세상의 인간들…. 이 존재들이 교통사고의 주범들이다. 강도 높은 규제와 단속과 처벌이 뒤따라야 하겠다.

어쨌든, 현재 7월 16일 다시 양분되기 전, 예전의 김학수 회장이 이끌었던 광폭음주운전차량 및 진한선팅차량박살내기클럽의 모습으로 돌아갔다. 또 나름대로 세력도 커지고 강해졌기에 한번 제대로 적군들과 붙어볼 만 하다는 분위기가 팽배하였다. 방금 전, 선우재철 총무가 밝혔듯이 음주운전 차량 문제는 일단락됨에 따라 이젠 모든 초점은 과다진한선팅 차량박살내기 쪽으로 집중하여 경고, 규제, 단속을 해 나갈 것을 천명했다.

여러 조로 나누어 과다진한선팅 차량들이 수도권을 활개치고 다니지 못하도록 감시활동을 전개해 나간다는 전략, 전술을 수립한 뒤, 이 날 집회는 마쳤다.

이 날, 대회를 마친 순간부터 각각 나누어진 조들은 조별로 자발적으로 활동을 전개해 나가기에 이른다. 이들은 수시로 서로 긴밀히 연락을 취하며 활동 진행상황을 보고한다.

김학수 회장의 스타일은 간단하고 명료하다. 늘 회원들에게 강조하는 것은 이것이다. 회원 네다섯 명이 일사불란하게 도심지를 순찰하다가 과다진한선팅차량을 목격하거든 다가가 일단은 경고조치를 취하고 만약에 불응한다면 강제로 진한선팅을 손으로 뜯어내라는 것이었다. 눈에는 눈, 이에는 이, 전법인 것이다. 사실, 이것 말고는 달리 전법이 없다는 것을 많이 강조했다. 그래서 회원들도 이점을 집중하고 실행에 옮겼었다.

이 날, 서울역 집회를 마친 직후부터 바로 이어지는 것이었다. 무조건 몸으로 부딪치는 것 밖에 없다는 게, 지론 중의 핵심지론인 것이다.

이 날도 그렇게 진행됐다.

음주운전
박살내기
클럽

18. 무조건 돌진

수도권 도심 곳곳에서 광폭음주운전 및 과다진한선팅차량박살내기클럽 회원들은 무조건 앞만 보며 돌진했다. 집회가 열렸던 당일 날도 밤늦게까지 감시활동을 하며 과다진한선팅 차량들과 몸싸움내지 패싸움을 끊임없이 이어가던 회원들은 새벽이 다 되어 귀가했다. 내일도 무조건 과다진한선팅 차량 타도, 박살내기는 계속된다.

날이 밝자, 어제 오후에 서울역 집회의 그 기운과 정기를 하나로 모아 더 가열하게 이판사판식의 진한선팅 차량과의 전쟁에 나설 것을 회원들 각자 각자가 결의에 결의를 다진다. 오늘은 불금이니 그런 진한선팅 차량들이 더 활개 칠 것으로 판단되니 이에 대한 철저한 대비를 다진다.

이윽고, 기다리던 전쟁의 순간이 다가왔다. 신논현역에서 일어난 이야기이다.

저녁 7시에 장밋빛진한선팅섹스클럽 회원들이 신논현역 주변에서 섹스를 즐기기 위해 차를 세워 놓고 안에서 스킨십을 작렬시키고 있었다. 그러자, 광폭진한선팅차량박살내기클럽 회원들이 그곳으로 다가가 차 유리문을 노크를 한다.

똑 똑똑똑 똑똑 딱 딱 딱딱.

그러자, 차 안에서 빨간색 장미꽃을 검정색 장미꽃으로 아주 검붉게 물들이고 있던 사람들은 순간 깜짝 놀라며 얼굴이 상기되며 온몸이 완전 굳어지고 있었다.

"아니, 이봐요. 문 좀, 열어봐요."

"……."

차 안에서 놀란 남자는 혹시 저 사람이 이 여자의 남편이라도 되는지! 몹시 두려운 마음으로 여자에게 말한다.

"아니, 저기 밖에 좀 봐! 저 남자 아는 사람이야?"

"아니, 아닌데… 모르는 남자인데…."

"뭐야? 모르는 놈이라고… 근데 차 유리문을 두드리고 있어. 이런…."

그런데 이 진한선팅 된 차안에는 남녀가 한 쌍이 아닌 두 쌍이나 되었다. 한 쌍은 앞 쪽에서 장미꽃을 이리저리 꺾고 있었고 다른 한 쌍은 뒤 쪽에서 다른 장미꽃을 이리저리 꺾고 있던 것이었다. 이들 네 명 다 충격 속으로 들어간다. 도대체 밖에 있는 저 사람이 누구인가! 이게 문제이다.

"에잇, 술 취한 놈인 가봐! 어휴, 저 술주정뱅이 때문에 장미 향기 다 날아갔네!"

"그래, 진짜 미치겠다. 에잇, 시팔, 다른 데로 가자고…."

그래서 이들은 짜증나고 화가 치밀어 올라 장미꽃이 완전 절 정으로 구부러져 가는 과정이었기에 더 분하고 혈압이 오르는 것이었다. 그 짜증과 격분을 참고 그냥 얼른 다른 곳으로 가려 고 시동을 걸자, 진한선팅박살내기클럽 회원들은 얼른 차 앞 을 가로 막아 버린다. 그리고 소리를 지른다.

"야아아… 가긴 어딜 가! 이것들이 죗값은 치르고 가야 지…."

"아니, 저 자식 봐라! 아예, 차를 막아 버리네!"

박살내기클럽 회원들이 계속 차 앞을 가로 막자, 차 안에 있 던 진한선팅섹스클럽 회원들은 차 문을 열고 나온다.

그 후, 서로 엄청난 실랑이가 벌어진다.

"이게 정말 뭐하는 놈이야!… 술 취했으면 곤히 가서 자빠져 자야지! 이게 뭐야?"

"야, 이 자식아! 너희 같은 과다진한선팅하고 다니며 섹스나 하고 다니는 놈들 때문에 어이없게… 보행자들이 시야를 가려 치여 죽기도 하고 불구가 되기도 한단 말이야! 또 다른 진한선 팅을 안 한 차량들에게 시야를 가리게 해 사고가 나 죽기도 하 고 불구가 되기도 하지! 그래도 너희들이 잘못이 뭔지 모르겠냐? 이 개자식들아."

"뭐야? 우리가 너희를 죽였어? 어쨌어? 뭐, 그리고 개자식이라고… 이런 개새끼 봐라! 이것들이 죽고 싶어서 날뛰지? 얼른 꺼져버려… 이 새끼야."

"그래, 너희 놈들 잘 걸렸어! 저, 진한선팅 필름을 확 벗겨 네놈들 면상에 붙여주겠다. 에 잇."

박살내기클럽 회원들은 이들을 확 밀어버리고 지프차에 붙어 있는 선팅용지를 완력으로 떼 내려고 있는 힘을 다한다. 그러자, 진한선팅섹스클럽 회원들은 그들을 가로 막으며 막 밀어버린다. 그러다가 서로가 격렬한 몸싸움이 벌어지고 말았다.

"이 시팔, 비켜 이 선팅용지를 떼 내버리게… 이씨… 어휴…."

"아니, 이게 뭐, 이런 새끼가 어디에 있어!… 이씨… 어어…."

이렇듯, 격렬한 몸싸움이 벌어지자, 이 신논현역 주변에 차안에서 섹스를 즐기고 있던 다른 진한선팅섹스클럽 회원들이 차 유리문으로 그런 몸싸움이 장면을 보게 된다. 그러자, 이들은 한참 장미꽃을 이리저리 꺾고 있다가 동료회원들이 몸싸움이 벌어지고 있으니 안 되겠다 싶어 재빨리 차 안에서 나와 그곳으로 뛰어온다.

"아니, 무슨 일로 그러는 거야? 이 사람들 왜 그러는 거야? 누구야 이 사람들…."

"아니, 내 차의 진한선팅이 어쩌고저쩌고 하면서… 뭐, 보행자들에게 피해가 어떻고 또 다른 차량에게 피해가 어떻고 떠들어대는 거야! 세상에 별 놈들 다 보겠네!"

"그래, 뭐 이런 새끼들이 있어? 정신이상한 놈들이다. 저리가, 이 새끼들아."

이렇듯, 진한선팅섹스클럽 회원 동료들이 황급히 달려와 실랑이가 벌어진 회원을 도와 협공을 하는 상황이 되어 버렸다. 이들 섹스클럽 회원 동료들까지 합쳐 10명이었다. 그러나 진한선팅 박살내기 회원들은 4명밖에 없었다. 그러니까, 10명대 4명의 격돌이 벌어시는 상황이 된 것이었다.

진한선팅차량박살내기클럽 회원들은 4명밖에 안 되는 수적 열세에도 불구하고 전혀 물러서질 않았다. 서로는 계속 옥신각신 거리더니 급기야 터지고 말았다. 먼저 선제공격을 날린 쪽은 섹스클럽 회원들이었다. 느닷없이 얼굴을 향해 스트레이트가 날아온다.

"야, 이 자식들아! 네 놈들이 우리가 진한선팅을 하든 말든 니들에게 피해 준 것도 아닌데 왜, 지랄이야! 이씨…."

"어 억 억억… 으 윽 흑흑."

박살내기클럽 회원 1명은 무방비로 스트레이트를 맞고 주춤

주춤 거렸다. 그러자 나머지 3명은 진한선팅섹스클럽 회원들을 향해 동시에 공격을 퍼붓는다.

"아니, 이게… 이씨… 아 아 아 아아아… 확확… 니들 죽었어!"

그러나 10대 4라는 절대적 수적 열세를 극복하기란 현실성이 없는 것이었다. 2015년 7월 17일 저녁 10시, 한 여름 밤에 신논현역 옆, 화산타워 앞에서 진한선팅섹스클럽 회원 10명은 자신들의 차량에 진하게 선팅 했다는 이유로 태클을 걸은 진한선팅박살내기클럽 회원 4명을 향해 무자비하게 폭행을 휘둘렀다.

10명이 4명을 에워싸고 동시다발적으로 스트레이트, 훅, 어퍼컷, 로우 킥, 미들 킥, 니킥, 엘 보우, 눈 찌르기까지 심지어 그들 4명이 엄청난 융단폭격을 맞고 쓰러지자, 스탬핑 공격에 이은 사커킥까지 날아왔다. 그야말로 엄청난 살인적인 집단폭행이었다. 하지만 이 길을 지나가는 행인들은 그저 묵묵히 바라보며 강 건너 불구경하는 표정들이었다. 박살내기클럽 회원 네 명은 무자비한 융단폭격을 맞고 길 바닥에 피를 줄줄 흘리며 몸이 벌벌 떨리고 있었다.

그런 상황 하에서도 그 중 한 명이 지푸라기라도 하나 잡는 심정으로 엄금엄금 자리에서 일어나 재빨리 다시 그곳으로 달려가 핸드폰을 꺼내어 자신의 진한선팅박살내기클럽 회원에게 구원을 요청했다. 이 인근에서 진한선팅차량을 감시, 단속하고 있다는 것을 알고 있기 때문이다.

"아아아… 형, 거기 어디야? 우리 여기 화산타워 앞인데 단속하다가 재수 없게 그놈들이 너무 많아서 우리가 지금 엄청나게 얻어맞고 있는데… 으 윽 흑흑…."

"뭐야, 너희들이 지금 화산타워 앞에서 얻어맞고 있다고… 그래 알았어! 갈게."

지금 전화를 받은 사람은 진한선팅차량박살내기클럽 동료 회원이다. 동료들 3명이 강남역 10번 출구 쪽에서 아이스 아메리카노를 테이크 아웃하여 마시며 쉬고 있었다. 그런데 갑자기 이런 전화를 받자, 심하게 놀랍고 충격을 받는다.

그래서 중간 쯤, 마시고 있던 아이스 아메리카노를 그곳 땅바닥에 '팍' 집어 던지고 자신들이 가방 속에 비상용으로 준비한, 미니죽창을 꺼내 들고 화산타워 앞을 향해 100미터 전력질주 하듯, 아니 그 이상으로 죽기 살기 식으로 아주 크게 소리를 지르며 달려간다.

"아니, 우리 동생들을 진한선팅섹스클럽 놈들이 무자비하게 때리고 있단 말인가! 섹스클럽 놈들을 내 지금 들고 있는 이 미니죽창으로 네 놈들의 목을 날려 버리리라! 조금만 기다려다오! 동생들아."

동료들 3명은 강남역 10번 출구지점부터 화산타워 앞에 까지 미니죽창을 들고 사력을 다해 달리고 달렸다. 이를 악물고 달려갔는데 그때까지도 동생들이 발로 밟히고 있었다.

이렇듯, 3명의 지원군이 도착함으로써 이젠 박살내기 측도 7명이 됐다. 방금 도착한 3명은 미니죽창으로 그들 10명을 향해 마구 내리치고 찌르고 후려쳤다. 그러자, 계속 얻어맞았던 4명도 가까스로 일어나 아픈 몸을 이끌고 막가파식으로 그들을 향해 주먹과 발로 공격했다.

그러다 보니 그들 섹스클럽 회원들 10명도 미니죽창으로 엄청난 강타를 당하여 얼굴이 찢어지고 피가 흐르고 너무 아파서 비명을 지르는 이도 나타나기 시작했다. 박살내기 회원들 4명도 미리 미니죽창을 준비했더라면 아까 그렇게 무방비로 막당하진 않았을 수도 있겠지만 이들은 미쳐 준비를 안 한 상태였다. 어쨌든 뒤 늦게 지원군 3명이 가세함으로써 점점 전세는 역전되어 가고 있었다.

이젠 섹스클럽도 쓰러지는 사람이 나타나기 시작했다. 이 광경을 그들 섹스클럽 여자회원들이 차 안에서 지켜보다가 더 이상 그냥 두면 무척 위험할 거라는 것을 의식하여 얼른 경찰에 신고를 한다.

신고 후, 10분쯤이 지나자, 경찰차가 멀리서 보이기 시작했다. 박살내기클럽 회원 7명은 멀리서 경찰차가 오는 장면을 볼 수 있었는데 여기 그냥 있어선 안 되겠다 싶어 재빨리 섹스클럽 회원 10명 중, 2명만 인질로 잡아 쏜살같이 골목으로 도망 쳤다.

그 후, 경찰차가 화산타워 앞에 도착했고 경찰은 이 사건을 조사하기 위해 여기 남아있는 8명을 연행해 간다. 이 주변에 진한선팅섹스클럽 여자회원들은 무서워서 차 안에서 나오지도 못하고 가만히 숨을 죽이며 상황만을 지켜 볼 뿐이었다. 섹스클럽 회원 8명은 인근 파출소로 연행되어 간 후, 이런저런 조사 중, 아까 있었던 일을 자세하게 말하였다.

그러자, 경찰은 그런 사소한 시비가 일어나 10명이 먼저 공격을 가했으나 그 후, 반대편도 7명이 흉기를 들고 이리저리 휘둘렀기에 쌍방폭행으로 규정지었다. 그러나 반대편 7명이 이쪽 2명을 인질로 끌고 간 부분에 있어서 목격자를 중심으로 계속 수사를 펼친다는 뜻을 밝혔다.

그리고 종결됐다.

한편, 진한선팅박살내기클럽 회원 7명은 인질 2명을 붙잡아 끌고 우성아파트 주변 놀이터로 갔다. 그 후, 혹시 진한선팅도 대규모의 클럽이 있는지에 대해 집중 추궁하였다.

밤 11시가 넘어가고 있는 시간이었다.

"야, 너 말이야, 아까 그 진한선팅 일당들 모임이야? 밴드야 뭐야?"

"아니요!… 아아아… 으 윽 흑흑."

인질 2명은 아까 그곳에서 미니죽창으로 얻어맞은 부위가 너무 아파 심한 통증을 느끼며 비명을 계속 지른다. 그러자, 박살내기클럽 측은 다른 단체가 있는지 살살 유도를 한다.

"야, 너희들이 다 털어 놓고 또 다른 그런 모임들이 있는지 말하면 우리가 얼른 약국에 가서 연고나 파스 같은 거 사다가 줄 수도 있어. 그러니 모임 같은 거 있으면 말을 해봐!"

"……."

인질들 2명은 처음엔 말을 하지 않았으나 몸의 통증이 극심하여 더 버티지 못하고 자신들 장밋빛진한선팅섹스클럽에 대해 말을 한다.

"우리는 섹스를 즐기기 위해 차에 진하게 선팅을 하고 돌아다니며 노는 모임이라고… 이 정도 말 했으면 됐어요? 아 아아아… 으으 윽 흑흑흑."

"야, 이 자식아, 그 정도 말로는 안 되지! 뭐, 더 자세한 너희들만에 아지트라든가 그런 걸 알려 줘야지! 이 새끼야, 너, 더 맞고 말할래? 아님, 그냥 말할래?"

"그래 그래, 알았어요! 말하지, 아 아 아아아… 으으 윽 흑흑흑. 우리가 모이는 아지트는 신갈오거리에 있다. 그곳에 첫만남상가 건물이 있는데 거기 지하에 있다. 됐어? 빨리 연고나 파스 좀 사다 줘요!… 빨리, 아 아아아… 어어 억, 으으 윽 흑흑."

진한선팅박살내기클럽 회원 7명은 이 말을 듣자, 통쾌하다는 회심의 미소를 짓는다. 그리고 상갈동 사무실에서 그리 많이 떨어지지 않은 곳이라 쾌재를 불렀다.

　"야야, 알았다. 기다려. 약국에 가서 연고, 파스, 붕대까지 사다가 내가 치료해 주겠다."

　한 명이 우성아파트 인근의 약국으로 달려갔으나 약국은 이미 문을 닫았다. 하는 수 없이 편의점에 가서 마데카솔을 구해왔다. 인질들에게 연고를 발라주면서 말한다.

　"약국이 문을 다 닫았다. 찢어진 상처엔 마데카솔만한 게 없다고 하더라. 그러니 이거라도 발라라. 그리고 우리가 너희들을 이렇게 때리고 싶어서 때렸겠냐? 네놈들이 진한선팅하고 다니면서 시야를 가려 보행자들이나 다른 선팅 안 한 차량들 사고내고 다치게 하고 그러니까, 우리가 그러는 거지! 앞으론 절대 그런 짓 하지 말라!"

　"……."

　"왜, 대답을 안 하는 거야?"

　"아아아… 예예, 아 아 아아아… 으 윽 윽 흑흑… 어 어 어 어 어 억 억."

　진한선팅박살내기클럽 회원 7명은 그들 인질 2명에게 연고와 파스를 붙여준 뒤, 이들을 차에 싣고 용인 상갈동 힌트건물 사무실로 간다. 상갈동 사무실은 원래는 예전에 번개음주운전클럽 차지태 회장의 아지트였는데 최근에 광폭광폭음주운전 차량박살내기클럽이 그들을 점령한 후, 그들에게서 투항을 받아냄으로써 이젠 그 사무실은 양분됐던 광폭음주운전 및 진한 선팅차량박살내기클럽이 사용하게 됐다.

이렇듯, 인질 2명을 붙잡아 상갈동 사무실로 들어간 박살내기 회원들은 이 사실을 얼른 김학수 회장과 선우재철 총무에게 알렸다. 그러자, 회장, 총무는 곧 도착했다.

김학수는 인질 2명에게 묻는다.

"너희들 내가 방금 전, 우리 회원들에게 전해 들어 알긴 하는데… 언제 너희들의 정기모임이라든가 그런 것 있어? 그것을 알려주도록!"

"……."

인질들이 침묵을 지키자, 김학수는 갑자기 화를 내며 아주 크게 소리를 지른다.

"아니, 이 개자식들아! 네놈들이 그러고 다녀 억울하게 사고 피해를 당해 죽거나 불구가 된 이들이 이 땅에 얼마나 많은지 알아? 어서 아지트 모임이 언제인지 말하지 못해? 어서 말을 하란 말이야! 이 개 같은 자식들아."

그대로 끝내 말을 하지 않자, 김학수 회장은 한 손으로 휠체어를 끌고 다가가 다른 한 손에 든 죽창으로 그들의 어깨를 아주 세차게 후려친다.

"말을 하란 말이야! 내가 지금 이렇게 평생 휠체어 신세가 된 것도 다 너희 같은 놈들 때문이란 말이야! 그러나 이런 피해자는 나 한 사람으로 족하다. 난, 작년 봄에 너희 같은 진한 선팅차량에게 보행자 신호가 들어와 걸어가다가 참변을 당했다. 그때 그 차량은 운전자가 진한선팅으로 시야가 뚜렷하지 않아 나를 제대로 못 봤지! 그래놓고 그 놈은 뺑소니를 쳤지. 난, 그 순간부터 이렇게 평생 휠체어 신세가 되어 버렸다. 눈물도 많이 흘렸고 좌절도 했고 너무 힘들어 자살을 여러 차례 시도했었다. 하지만 번번이 내가 다시 살아난 것은 하늘은 내게 한 가지 사명을 안겨줬다. 그것은 바로 나 같은 피해자를 만들지 말아달라는 계시였다. 난, 그것을 따르겠다. 하늘을 뜻을 따르겠다. 내 목숨 걸고 불법한 진한선팅 차량들을 다 부숴버리겠다. 그래서 너희들 같은 개자식들을 타도, 박살내려 하는 것이다. 당장 네놈들의 정기모임을 말하지 않는다면 이 죽창으로 네 놈들의 목을 잘라내 버리겠다. 너희 놈의 목이 두 동강이가 날 때까지 후려치겠다. 이 죽창에 목이 잘려나가 죽고 싶으냐? 아님, 네 놈들 정기모임 날짜를 말 하겠느냐? 선택할 수 있는 시간, 10초만 주겠다. 5초는 생략하고 5,4,3,2,1, 에잇!"

김학수 회장이 오른 손에 든 죽창으로 그들을 후려치려고 들자 이들은 입을 열기 시작했다.

"아 아 아아아… 잠시, 잠시 만요. 말할게요. 어 어 어 어 어 어."

"그래, 말해봐!"

"아예, 저희는 다음 주 월요일, 그러니까 20일 저녁 7시에 광교호수공원 옆 신대저수지에서 저희 장밋빛진한선팅섹스클럽 전체회원이 새로운 파트너를 데리고, 날씨도 너무 무덥고 그래서 강원도 속초로 피서를 떠나려는 계획이 잡혀 있습니다. 그때 다 모입니다."

"뭐야! 강원도 속초라고… 이 자식들이 속초 같은 소리하고 있네! 사회 암적 존재들이 속초로 피서를 간다. 이거지? 그날 속초는 다 갔어! 그날 광교호수공원 신대저수지가 너희 놈들의 피서지가 될 거다. 그 물 속에 다 빠뜨려 버리겠다. 으 윽 윽."

"아아아… 예에… 어어."

인질들은 이 말을 듣자, 충격적인 표정과 당혹스런 마음 감출 수 없었다. 김학수는 그 날, 상황을 대비하기 위해 다른 것도 묻는다.

"그래, 그리고 너희 놈들 전체회원 수가 어떻게 돼?"

"아예, 대략 2천여 명 조금 넘는 걸로 알고 있습니다."

"뭐야, 2천여 명이 넘는다고… 이런 개새끼들 봐라… 그래 좋다. 신경 쓸 것 없다. 우린 8백여 명 밖에 안 되지만 다양한 세력이 연합을 했기 때문에 검도 고수들도 있고 뭐, 다 설명하기 복잡할 정도로 강력하지! …산전수전 다 겪은 사람들이라 임기응변 능력도 탁월하지! …그날은 다 죽는 날이다. 으 으으으 윽윽."

인질 2명은 이 날 밤부터 이곳에 밧줄로 묶인 채, 구금되어 주는 밥만 먹고 그날 20일 월요일, 저녁 7시, 장밋빛진한선팅섹스클럽 전체회원들이 모이는 정기모임이 있는 그 시간까지 꼼짝 못하는 신세가 되어 버렸다.

음주운전
박살내기
클럽

19. 일망타진

17일 금요일 밤 11시 경에 이곳 상갈동 사무실에서 인질 2명을 밧줄로 묶은 회원이 예전엔 음주운전세력 회원이었다. 과거엔 자신이 박살내기 회원들한테 밧줄로 묶였는데 지금 은 자신들이 다른 진한선팅섹스 회원들을 인질로 밧줄로 묶다보니 마음속으로 어쩌면 인생의 한 단면일 수 있는 격세지감을 느끼기도 한다. 이윽고, 며칠 지나 인질들이 말했던 장밋빛진한선팅섹스클럽 전체회원들이 광교호수공원 신대저수지에서 모여 강원도 속초로 여름휴가를 떠나는 날이 왔다.

인질 2명은 그대로 상갈동 사무실에 묶어 두고 박살내기 측 회원 5명이 남아서 지키는 것으로 하고 그 나머지 8백여 명의 광폭음주운전 및 진한선팅차량박살내기클럽 총연합군은 그들 장밋빛섹스클럽이 모이는 저녁 7시가 되기 두 시간 전에 미리 그곳에 가서 그 신대저수지 외곽을 에워싸고 있다가 그들이 다 모이면 일제히 회원들은 모두 죽창을 들고 돌진하여 인정사정없이 후려친다는 계략이다. 아! 지금 이 순간, 1분 1초가 너무도 길게 느껴지는 게 왜일까! 빨리 후려치고 찌르고 부숴버리고 싶은 마음 뿐.

이런 생각을 가슴 속에 지닌 채, 진한선팅차량박살내기클럽 회원들은 점심식사를 마치자마자 각각 9인승, 11인승, 승합차를 타고 광교호수공원 신대저수지로 향한다. 조금은 긴장은 되지만 박살내기클럽의 사기는 중천에 떠 있었다.

전체 인원은 그들에 비해 많이 부족하지만 진한선팅차량들을 완전히 깨부수어야 한다는 각오와 굳은 사명감으로 사력을 다할 것을 다짐하며 결의를 다진다.

저녁 6시 반쯤이 되니 정말 그 인질 2명이 말한 대로 장밋빛 진한선팅섹스클럽 회원들이 모여들기 시작했다. 모두 한결 같이 엄청날 정도의 과다진한선팅 섹스족들이었다.

저들이 모임을 갖는 정각 7시가 조금 넘어갔다. 인질 2명이 말한 대로 2천여 명 정도 되는 것으로 보인다. 눈 깜짝할 사이에 벌써 20분이 흘렀다. 거의거의 다 된 것 같다. 이젠 김학수 회장의 공격개시 명령만이 남은 상태이다. 김학수는 반대편 쪽에 진을 치고 있는 선우재철 총무에게 전화를 넣는다.

"아네, 회장님, 어떻게….."

"총무님, 그쪽에 진을 치고 있는 회원님들에게 공격개시명령을 내리십시오."

"아예, 알겠습니다."

신대저수지 반대편에서 진지를 구축하고 있던 선우재철 총무는 아주 크고 우렁찬 목소리로 고함을 지른다.

"저, 진한선팅섹스클럽 놈들을 향해 앞으로 진격하라! 완전히 박살내라!"

"와 아 아아아… 쳐들어가자!… 다 죽여 버려."

멀리서 이 광경을 지켜보던 김학수 회장은 이젠 이쪽의 회원들에게 공격개시 명령을 내린다.

"자, 이 앞에 보이는 진한선팅섹스클럽을 향해 돌격하라! 완전히 박살내라!"

"와 아 아아아… 돌격하자!… 다 없애 버리자고!"

이렇듯, 진한선팅박살내기 회원들은 양쪽에서 동시에 광폭적인 거센 공격을 퍼부었다. 그러자, 진한선팅섹스클럽 회원들은 몹시 충격적인 모습과 당혹스런 표정으로 어쩔 줄을 몰라 했다. 일부회원들은 이렇게 피할 수 없는 상황이 되어 버린 이상, 맞부딪쳐 싸워야 한다는 말을 하고 있었다. 또 이들 회원들 중, 일부는 며칠 전, 신논현역에서 저녁 때, 패싸움이 일어났던 그때 그 사람들이 아닌가! 생각하기도 한다. 그런데 오늘은 어떻게 저렇게 인원이 셀 수 없을 만큼 많은 것을 보니 더 당황스러운 것이었다. 사실, 지금 이렇게 당황스러워할 때는 아니었다. 맞부딪쳐 격돌을 하든지, 아니면 도망치든지 둘 중, 하나를 선택해야만 한다.

여기서 주목할 부분은 이것인 것 같다.

인원수만 놓고 보면 장밋빛진한선팅섹스클럽 회원들이 2천여 명이라, 상대편인 진한선팅차량박살내기클럽 회원들이 8백여 명 보다 수적으로 압도적 우위를 나타내는 것은 사실이다. 하지만, 박살내기클럽 회원들은 다양한 세력들이 심지어 서로 적대적이었던 세력이 하나로 합쳐지는 과정에서 사투를 펼쳤던 실전경험이 풍부했다. 조직 구성원들 봐도 문, 무신이 공존하고, 검도 고수들도 상당수 포진하고 있다. 반면, 진한선팅섹스클럽 회원들은 무신이 아니고 위와 같은 그런 사투, 혈투의 경험이 전무하고 오로지 유희만을 즐기고 다니던 이들이라 근력이나 체력이 매우 약하다. 매일같이 에어로빅이나 하면서 정력보강이나 한 사람들이다. 거기다 결정적으로 그 중에 반은 여자였다. 섹스는 혼자 할 수 없으니. 그러니 전투 가능한 요원은 반으로 줄어든다.

그러니 수적 우위가 문제가 아니라 막상 격돌이 벌어지면 가늠하기 어려울 것 같다. 정확히 말한다면 1천여 명 대 8백여 명의 대혈투가 벌어질 듯하다. 진한선팅섹스클럽 회원들도 물러서지 말자는 분위기였다.

"아니, 저런 미친놈들이 저게 뭐하는 놈들이야!… 피하지 말고 맞장 뜨자고."

"그래그래, 그러자고… 야, 막 덤벼… 막 까버려… 막 쳐, 쳐, 쳐."

그러자, 박살내기클럽 회원들은 죽창으로 섹스클럽 회원들을 마구 후려쳤다. 이 엄청난 죽창공격을 맞고 추풍낙엽처럼 하나, 하나 떨어졌다. 엄청나게 얻어맞은 섹스클럽 회원들은 옷에서 핏자국과 핏물이 '팍팍' 튀기도 했다. 삽시간에 피범벅이 되어 버려 상당수 섹스클럽 회원들이 쓰러져 버렸다.

그러자, 나머지 회원들은 심각한 위기의식을 느끼고 이젠 도망쳐야겠다는 쪽으로 생각하고 뒷걸음을 치기 시작했다. 그래서 현재 절반의 회원은 쓰러졌고 나머지 500여 명이 아직 쓰러지지 않는데 이러다가 죽게 생겼다며 이를 악물고 도망치고 있었다. 이 광경을 박살내기클럽 회원들이 가만히 두고 볼 성질이 아니었다. 도망치는 그들을 향해 번개같이 쫓아가 더 강하게 죽창으로 후려친다. 그러자, 그들 500여 명도 모두 다 피를 흘리며 쓰러지고 말았다. 이렇듯, 광교호수공원 옆 신대저수지에 장밋빛진한선팅섹스클럽 회원 중 남자 회원 1천여 명이 죽은 물고기 떼처럼 쓰러져 피를 줄줄 흘리고 있었다.

그러자, 박살내기클럽 회원들은 재빨리 준비해 온 질긴 밧줄로 쓰러진 1천여 명과 차안에서 겁만 먹고 떨고 있던 여자들 1

천여 명을 모두 끌어내 한명, 한명 다 묶어 버린다.

이렇듯, 깨끗하게 마무리가 된 시간이 저녁 9시쯤이었다. 7시 30분쯤부터 섹스클럽을 향해 죽창후려치기를 했으니까, 종결되는 시간이 1시간 반 정도 소요된 셈이다.

불과, 한 시간 전에 장밋빛진한선팅섹스클럽 회원들이 이곳에서 모여 1시간가량 서로 미팅을 하고 강원도 속초로 여름휴가를 떠나려 했던 계획은 피범벅과 함께 수포로 돌아갔다. 섹스클럽 회원들은 아까 처음에 이곳으로 모일 땐, 멋지고 진하게 선팅 된 외제차에 멋진 진한 선글라스를 끼고 옷도 멋진 피서 복을 입고 왔었는데 지금 이 순간, 인생의 고독과 덧없음을 뼈를 깎을 만큼 느끼며 살을 에이는 상처로 남아 있다. 그야말로 한 여름 밤의 진한선팅 차량 섹스클럽을 향한 타도와 박살내는 대란이었다.

이렇듯, 광폭음주운전 및 진한선팅차량박살내기클럽은 엄청난 과업을 이루고 날이 밝자마자, 대형 플랜카드를 마련하여 이곳에 걸어 놓고 지나가는 산책객들이나 행인들에게 보게 하여 진한선팅차량의 위험성을 알리고 조심해야 된다는 당부를 할 계획이다. 더불어 서로서로 힘을 모아 관계기관에 강력한 규제와 단속이 이루어져야 한다는 내용의 청원서와 탄원서를 보내 줄 것을 요청할 생각이다.

무려, 2천여 명이나 되는 엄청난 인원의 진한선팅섹스클럽 회원들을 신대저수지에 질긴 밧줄로 꽁꽁 묶어 놓은 채로 박살내기클럽 회원들은 밤을 지새웠다. 그리고 날이 밝아 아침이 오자, 김학수 회장은 대형 플랜카드를 초안을 잡아주고 마련해 올 것을 선우재철 총무에게 지시했다.

이 플랜카드를 이곳에 걸고 놓고 또 이 포로 2천여 명을 그대로 묶어둔 채, 최대한 이들의 불법성과 관계기관의 잘못된 점을 알리겠다는 것이다.

지금 이 순간, 예전에 음주운전박살내기 측과, 번개음주 측, 그리고 한석음주 측, 간의 서로 물고 물리는 대혈투를 펼칠 때, 박살내기 측한테, 번개음주 측, 한석음주 측, 회원들이 질긴 밧줄로 꽁꽁 묶인 적이 있었는데 오늘 이 시간은 이들 3단체가 하나로 통합하여 전혀 다른 분야인 진한선팅섹스클럽 회원들을 질긴 밧줄로 꽁꽁 묶어 놓았으니 이것이 바로 인생무상인지 아니면 공수레 공수거인지 모를 일이다. 어쨌든, 지금 이 순간, 옛 번개음주 측, 한석음주 측, 회원들은 만감이 교차하고 있었다.

어느새, 선우재철 총무는 김학수 회장이 초안을 잡아준 대로 대형 천에 다음과 같은 내용을 인쇄했다. 그리고 그것을 잘 보이는 곳에 걸었다.

이 길을 지나가는 행인 여러분! 지금 땅바닥에 밧줄로 묶여 있는 이들은 과다진한선팅 차량으로 섹스를 즐기고 다니며 시야를 제대로 확보하지 못해 길을 지나가는 보행자나 우직하게 정도를 걷는 차량들에게 엄청난 피해, 사고를 일으켰던 살인무기나 다름없는 인간들입니다. 이들이 계속 건재하게 활동한다면 이 땅에 안전과 평화는 더 이상 존재하기 어려울 것입니다.

여러분이 힘을 모아 진한선팅 차량으로 인해 교통사고가 발생하는 일이 없도록 관계기관에 이런 불법진한선팅 차량들을 강력하게 규제, 단속해 줄 것을 청원서, 탄원서를 작성하여 보내주시길 바랍니다.

만약에 그랬는데도 불구하고 시정, 개선되지 않는다면 여러분들이 우리 클럽과 함께 동참하여 진한선팅 차량들을 목격하게 되면 직접 손으로 뜯어 버리십시오.

관계기관이 안 한다면 직무유기를 한다면 어쩌겠습니까?

여러 시민 여러분들이 우리 광폭음주운전 및 진한선팅차량 박살내기클럽을 도와 직접 나서 주십시오. 여러분의 안전과 평화는 스스로 챙겨 나가시고 도중에 어려운 점이 나타나면 우리 클럽이 적극적으로 돕겠습니다. 파이팅 하겠습니다.

우리 클럽은 위와 같은 사고를 당했던 피해자들의 모임입니다.

이 땅에 더 이상, 저희 같은 제2, 제3, 제4의 피해자가 생기질 않기를 진심으로 간절히 소망하는 바입니다.

오늘도 좋은 하루되십시오.

오늘은 7월 25일이라 여름이 완전 절정으로 치닫는 시기였는데 그래도 오전시간이 되자, 광교호수공원산책로에는 그래도 꽤 많은 산책객들이 운동하기 위해 지나가며 이 대형 플랜카드를 보게 됐다. 그러자, 산책객들 중에 이 플랜카드 내용을 보고 동병상련을 느낀다며 자신들도 그런 비슷한 경우를 많이 겪었다며 적극협조 하겠다는 반응을 보이는 이들이 많이 나타났다.

삽시간에 수백 명이 호응하기 시작했고 오후가 되자, 더 많은 산책객들이 이 광경을 보고 다소 충격적이라는 반응도 있었지만 그래도 상당수는 공감한다는 반응이 주를 이루었다.

그러나 이렇게 많은 진한선팅 차량 불법행위자들을 강제로 질긴 밧줄로 꽁꽁 묶어 놓은 부분은 너무 심하지 않았느냐며 묶인 자들을 보며 측은지심을 느끼는 이들도 다소 나타나기도 했다.

"아니, 그래도 그렇지 저렇게 무슨 짐승들처럼 밧줄로 묶어 놓으면 됩니까? 얼른 풀어주세요. 너무 불쌍해 보입니다."

"아니, 뭘, 불쌍해요. 불쌍하기는 저들 때문에 대형 사고를 당한 억울한 피해자들이 얼마나 많은데…."

이렇듯, 산책객들 간에도 의견이 충돌되는 경우도 나타났다. 하지만 대체적인 반응은 이 인간들을 더 강력하게 응징해야 한다는 쪽이 더욱더 우세하였다. 어쨌든, 이 날 시간이 지나면 지날수록 동참하는 시민들이 무척 많아져 직접 협조하겠다며 나서기 시작했다.

해질 녘, 저녁시간이 되자, 셀 수없이 수많은 사람들이 이곳에 모여 적극협조 하겠다는 내용의 구호를 외치기도 했다.

그렇게 되어 광폭음주운전 및 진한선팅차량박살내기클럽 회원들 8백여 명과 그리고 이곳을 지나가다 동참하게 된 수백 명의 사람들이 동시에 나란히 서서 대규모로 구호를 외치며 함성을 질렀다.

"관계기관이 직무유기로 나간다면 우리 시민들이 힘을 모아 과다진한선팅 차량의 선팅지를 강제로 벗겨내 버립시다."

"그럽시다. 경찰이 안 한다면 우리가 해야지! 누가 하겠습니까? 옳소! 맞아요."

여기저기에서 동참하며 동조하는 함성소리들….

오늘 이 시간부로 이곳 광교호수공원에 모인 많은 애국시민들과 그리고 그간 음주운전 차량들과 진한선팅 차량들과 맞서 격렬하게 대혈투를 펼치며 격돌했던 구국회원들은 자신들의 인생의 안전과 평화는 자신 스스로 챙겨야 한다는 신념을 다지고 또 다지면서 이런 비뚤어진 교통문화와 불법음주운전,

불법진한선팅 문제를 앞으로도 지속적으로 알리고 부각시켜 나갈 것을 결의하면서 더 강력한 안전법규가 탄생하는 그날까지 싸워나갈 것임을 선포하는 장이었다.

그리고 그 무엇보다 평생 휠체어에 의지할 수밖에 없는 장애를 안고도 자신이 한 몸을 바쳐 자신 같은 피해자가 나오지 않기를 바란다는 절규를 반복하며 힘들고 외롭고 고독하게 상대 불법행위클럽들과 대혈투를 펼쳐준 광폭음주운전 및 진한선팅차량박살내기클럽 김학수 회장의 정의감에 대해 경의를 표하는 바이다.

이에 수많은 수도권 시민들이 김학수를 사랑하는 지지하는 모임에 동참하여 자발적으로 나서게 됐다. 국민안전지킴이 모임의 가족들에게 영원한 행복과 무한한 행운이 깃들길 기원한다.

음주운전
박살내기
클럽

20. 에필로그

이 글은 수도권의 교통체증 문제와 더불어 음주운전차량 문제를 한번 짚어 보고 싶었다. 거기에다가 추가로 과다진한선팅차량문제까지도 다루어 보았다.

교통체증 문제는 어쩔 수 없는 일인지도 모르겠다. 수도권에 인구가 밀집되어 있다 보니 그럴 수밖에 없으리라 생각한다. 누구나 차 한 대 있으니까!

예외도 있지만….

그보단 심각한 것은 음주운전 문제가 아닐까 생각한다. 스트레스가 포화된 알코올 섭취가 유난히 많은 이 나라에선 이 문제가 언제나 심각한 문제이긴 하지만 그 무엇보다 운전자 개인의 의지에 달려 있다고 봐야할 것 같다.

음주운전을 하게 되면 운전자 개인의 정신적, 육체적인 여러 가지 치명상이 생길 수 있으니 절대 해선 안 된다고 보고 또 다른 차량이나 보행자들에게도 억울한 치명상을 입게 할 수도 있으니 더더욱 금지되어야 하고 관계기관도 철저한 단속이 있어야 되겠다.

다음으로 과다진한선팅 문제인데 이 또한 여간 심각한 문제가 아닐 수 없다. 사실, 이 부분이 음주운전 차량 못지않은 문제이다. 그런데 이 문제가 유난히 해결이 안 되는 나라가 한국이다.

어느 기사를 보니 사생활 보호, 사적침해를 운운해 놓은 대목을 보게 되었다. 불법과다진한선팅 차량이 80%가 육박하기에 너무 많아 단속하기가 엄두가 나질 않는다는 기사도 본 적이 있다. 글쎄, 왜, 과다진한선팅 차량의 사생활을 보호해 줘야 한다는 건지, 도무지 이해가 가질 않는다. 단속기관과 언론기관의 궤변에 한심하단 생각밖에 다른 생각은 없다. 구체적으로 어떤 사생활 보호를 말하는 것인지, 분명하지가 않다.

밖에서 바라보는 사람들의 눈에 띄게 되어도 전혀 문제가 없는 사생활에 대해 인간들이 그렇게 과다진한선팅은 하지 않을 것으로 본다.

이것의 반대 경우이기에 그렇게 민감해지는 게 아닌가? 그런데 국가가 왜, 이런 부분까지 보호하려 하는가?

불법과다진한선팅 차량이 80%라 너무 많아 단속하기가 곤란하단 논리도 있었다. 만약 절도범, 사기범이 80%가 넘으면 단속하기가 곤란해 그냥 둘 건가?

이런 궤변들이 한심하다 못해 개탄스럽다.

이런 모든 부작용의 피해는 누구에게 가는가?

정답은 이 땅에 사는 그 누구에게도 언제 어느 때 피해로 닥칠지 모르는 것이다. 직무유기를 일삼은 관계기관 당신들에게 그 피해가 고스란히 갈 수도 있다. 길을 걸어가는 행인이든 노약자, 아동들이 진한선팅 차량 운전자의 눈을 마주칠 수가 없으니 그저 차가 서 있으면 지나가도 될 것이라 판단하여 감으로 걷다가 차에 치이는 경우가 속출할 수 있다.

진한선팅으로 운전자의 움직임을 보행자가 알아차리기가 어렵다. 이게 보행자 사고의 결정적 원인이고 다음으로 우직하게 정도를 달리는 평범한 진한선팅 안 된 차량들도 피해가 올 수 있는 것은 마찬가지다. 진한선팅차량 운전자가 어느 방향으로 갈지 시야가 잘 보이지 않기 때문이다. 그래서 우직하게 정도를 달리는 평범한 진한선팅 안 된 차량들도 큰 아픔을 겪게 된다.

이 얼마나 허무하고 괴롭고 슬픈 일인가?

누가 무슨 피해를 입지 않으려고 만든 괴상한 관행이 시간이 흘러 알 수 없는 법칙으로 돌고 돌아 그 누구 가슴에 비수로 꽂히면 그 후, 그 누구는 도대체 그 누구를 원망의 대상으로 삼아야 정답인가?

누구 탓 하지 말길 바란다.

이 세상에 벌어지는 모든 안전 불감증 문제, 대형사고 문제, 서로 간의 불신 문제, 원인을 찾아 들어가면 바로 나일 수도 있고 바로 너일 수도 있다.

네가 내가 될 수 있고 내가 네가 될 때, 즉시 이 문제는 풀린다.

2019년 12월 18일 수요일
경기도 용인에서
박종삼